巡山队

索南才让 著

作家出版社

图书在版编目（CIP）数据

巡山队 / 索南才让著 . -- 北京：作家出版社，2022.11
（第八届鲁迅文学奖获奖者小说精选集）
ISBN 978 – 7 – 5212 – 2029 – 2

Ⅰ. ①巡… Ⅱ. ①索… Ⅲ. ①中篇小说 – 小说集 – 中国 – 当代 ②短篇小说 – 小说集 – 中国 – 当代 Ⅳ. ①I247.7

中国版本图书馆 CIP 数据核字（2022）第 174057 号

巡山队

作　　者：索南才让
责任编辑：史佳丽　李亚梓
装帧设计：琥珀视觉
出版发行：作家出版社有限公司
社　　址：北京农展馆南里 10 号　　　邮　　编：100125
电话传真：86 – 10 – 65067186（发行中心及邮购部）
　　　　　 86 – 10 – 65004079（总编室）
E – mail: zuojia@zuojia. net. cn
http: // www.zuojiachubanshe.com
印　　刷：唐山玺诚印务有限公司
成品尺寸：152 × 230
字　　数：202 千
印　　张：16.5
版　　次：2022 年 11 月第 1 版
印　　次：2022 年 11 月第 1 次印刷
ISBN 978 – 7 – 5212 – 2029 – 2
定　　价：49.00 元

目 录

德州往事

一

那时候，我爹苍老、胆怯、如僵尸般不讨人喜欢。但他对我挺狠，在去往德州收拾羊粪期间，揍了我几次。他不让我去瞧那些蒙民和藏民女人，怕惹祸。他很滑稽地认为是个本分的男人都会遵循他那一套准则：对女人保持不欣赏、不说话、不打听的态度。他说过这么一句话：知道那人吧？就是因为女人而被打成那个样子，他们连自己人都不放过更何况是你？你会完蛋我告诉你，到时候我也要完蛋！

他说的到底是哪个人却一直没说清楚，我不敢问，一问准挨揍。但那些女人又不是小蝴蝶小蜻蜓，可以随意从我眼皮子底下飞逝。她们活生生在我眼前晃来晃去，花枝招展。我如何能视而不见？我管不住我的眼睛。

我爹带着我，还有那把秃光光的完全就是废品但他舍不得扔的扫帚，我们要到那个草原黄得相当纯粹的地方去收拾一些羊粪，然后用马车拉回家去。对于我家来说，羊粪的用途主要有三点：一可以当柴烧，既不要钱又暖和；二可以用来煨炕，这是它最棒的用途，再也没有比羊粪烧炕更好的东西了；第三，能当肥料，把它往地里一撒，地就肥了，种地种菜都很棒。所以当冬日还没有深入严寒之际，爹埋头思考了三天——他在纠结去哪里更划算，会有意外的收获。我爹他这些年为了省钱，将牧区熟悉到了无以比拟的程度，当然也做出过很多不要脸的事。我听了都臊得慌，但看他的模样似乎不甚在意，仿佛那些事不是他干的。

他念念叨叨地准备了三天，到第四天清晨，他把我拽出暖洋洋的被窝，命令我拾掇东西出发。

我们要去的那个地方离家有五十多公里，但他又说是六十多公里。这事全按他的心情，没个准。在半路上爹害怕，他对我说，常娃，要是他们不给羊粪那可咋办？咱爷俩晚上住哪儿呀？他狠狠地沉下脸又说，要不咱俩回去把那半麻袋洋芋背上吧，也好说个话？

他在走之前将那半麻袋洋芋背起放下地折腾了一个小时，我吃完饭他还在折腾，最终也没狠下心来背上。我们走的时候，他嘱咐我娘把洋芋重新背回窖里去，不要让风给打绿了。现在，他又这样说。我很是鄙视他。我说要去你去，我不回去。他说那到了你去说说，兴许人家看你一个毛头小子怪可怜的就答应了。

我无语地撇撇嘴，只有傻瓜才会同情我，再说我不需要谁的同情。

我和爹每人背着一个包裹，他的那个里面全都是些无用的玩意儿：橡皮筋、雨衣、棉裤、大针、一把壶以及一捆塑料绳子等，东西虽然多但不那么沉。不像我背的，尽是吃的和穿的，死沉死沉。我建议换过来背，不料被他踢了一脚，骂我白白浪费了好身板，就是个傻大个。

他穿着二十岁高龄的棕色棉衣，表面已经糟糕透了，仿佛一碰就会碎成渣渣，他尖尖的脑袋上挑着一顶同样颜色的贼娃帽，也在苟延残喘着；他的鞋是正宗的军用品，穿了三年，头两年舍不得穿，被珍惜得不得了。只有在他认为重要的时候才穿。到第三年那股新鲜劲一过，他就不脱了，做到了鞋不离脚脚不离鞋。现在尽管沾满了泥巴，但一眼也能瞧出与众不同。我爹他对这么一双破鞋翻来覆去地赞美：军用品就是军人用的东西，就是牢固。看看，现如今哪有这样的东西？还是军人好啊，用的都是顶好的东西……

后来但凡买东西他都想买绿色的，但凡买绿色的他都得买军用的。是军用品吗？他总是这样问一句。

我从来都不和他一起上街。

我爹他从来不穿袜子。按他的说法那简直多此一举。他的脚皮糙肉厚，顶得住受得了任何折磨，从来不曾听他说过脚怎么怎么了。事实上他浑身上下都没有问题，就算有也会被他变成没有。

我爹他轻飘飘地在前面带路，我脚步沉沉地跟着。望着他的后脑勺，想着他鼻子下、嘴唇往上的胡髭：那一小撮东西他辛辛苦苦攒了两年多，才长出一指宽的、稀稀落落的几根，也不黑，焦黄，仿佛被火燎似的。他格外稀罕那撮在我看来无比滑稽的东西，在人前会故意不停地用手去捋。别人说起他的胡髭他会格外高兴，反之就很郁闷。而让他恼火和扫兴的是鲜有人关注他那东西，除了他的小舅子。可他的小舅子之所以要提及它并不着痕迹地赞美一番是因为想从他的手里借点钱花，或占一些别的便宜。这招屡试不爽，我爹在他面前简直就完啦，像白痴一样。

他的小舅子狡猾如狐。他虽也是我的舅舅但我一点儿也不喜欢他。我从不跟他打交道。

我和我爹在路上不怎么说话，主要是因为一说话他就不停地告诫我，让我烦不胜烦。不听还不行，每每说到一定程度他便会反问：你记住了没？我都说了些什么呀？

后来，我就远远地跟着他，坚决不和他一并走。

那天下午，他将背上的扫帚取下来，说怎么都碍事。我建议说可以横着固定在背包上面，那样绝不会碍手碍脚。他说，既然这样，那你来吧……我不答应他就又揍我。而且我还不能躲，我一躲就完啦。他非得揍一个小时才肯罢休。

当天傍晚，我们路过好几户人家，从其中一户大门近前过去，红色大门半掩着。我和爹朝里面贼兮兮地张望，盼着出来一个好人，把我俩留宿在这栋漂亮的房子里。我和爹慢吞吞地在大门口磨蹭，弄出一些响动，并做出随时展露笑脸的准备。爹还特意搓了搓那张大脸，他的脸天生僵硬，冷不丁要用时就会误事。不过我们做什么显然都是多余的，那大门之中别说一人，连个鬼影也没有出现，静得一塌糊涂。爹还格外有心，他重新走了一遍，最终失望。他扭头望了一眼压着山头的落日，最后的光线到处洒开着，洒到我爹的脸上，映出一片紫金色，连眼睛也变了色。爹他一转身，就听见身后有人喊，干吗呢干吗呢？那家没人。

爹吓得一哆嗦，我也吓得够呛，共同朝前犹如兔子般蹦出去老远。这才回头，露出早就蓄谋已久的但还是略带惊慌的笑容，我爹他不管年龄地招呼了一声哥哥！接着又招呼了一声兄弟。然后红着脸，咧着嘴，龇着牙，惶惶地站在那里不动。静看着那人嘟嘟囔囔地回身，进院。大门砰砰啪啪地一阵响后再无动静。尽管是在一个院庭并不十分密布的牧区的村子里——家家户户之间的距离在农村足以满足三户人家居住——但我还是在那一瞬间觉得仿佛自身就在放个屁隔壁都能听见的农村而不是在牧区里。世界是如此地不安详，可马上又是如此地安详。

我爹不露声色，默默地继续走路。但我觉得他也是这么认为的。天一黑，四野蒙蒙，极好地掩盖了所有的不堪。这时候，爹他居然来了劲，健步如飞。我跑步追上他。他说常娃，咱俩睡在一片野地里吧！

二

我和爹扫完第一家牧人羊圈里的羊粪，装在甚是牢固的麻袋里，背到羊棚外面的一个角落整整齐齐地码好。这是一个长年弥漫着酒气的人家。不见女人，有两个男孩和一个男人。男人天天喝酒，夜夜大醉。我瞧见两个男孩从男人的口袋里偷出钱，商量着谁去买花生糖。后来大一点的那个去了，回来还给了我两枚。我是极想吃的，但我爹他在一旁监视。在他毒辣的目光中我还是不舍地还给了他们。

昨天下午我们第一站来到这里。醉汉对我父亲说，没问题，你想要多少都可以。爹说那等明天你醒了咱们再说。醉汉说我不醒，你爱扫不扫，你扫不扫？爹说那就扫吧。醉汉说晚上喝酒……照我说，糊里糊涂的人难以纠缠，不如算了。但爹说，德州人愈加地难以相处了，还是扫吧，啥时候能找到下一家呢！

到了第二天傍晚，我和爹收拾完了羊圈里所有的羊粪。我们没住醉汉家里，连夜赶路，穿过马路，穿过好几个产羔时母羊吃的草场（爹说的），来到了一户人家。我爹说在此他有交情。我俩站在窗户外，站在煤油灯照不到的地方。爹酝酿了一番，开始呼喊，他叫了一个长长的名字——闹思日·大叶登·登知布。

他极为笨拙地喊了一遍，然后直接喊登知布了。

当他喊到第五遍时，那扇看着极为厚重的木门吱吱地打开，出来一个矮汉子。身披黑漆漆的衣服，犹如夜的同体。他径直走到爹的眼前，歪着脑袋瞅了半响，一连问了好几声你是谁。他问得既急促又不留空隙，根本不给人回答的机会，仿佛故意如此。我爹笨嘴笨舌地终于在第三声之后做出回答：哎，我是晁家旺哎，晁家旺！

我爹继续说，就是去年帮你在水峡赶了牲口的那个晁家旺。

"哦……哦……哦……"那人瞎叫了一大堆"哦"后使劲揉着后脑勺，强迫自己正常下来，当他认为差不多了这才慢悠悠地说："晁家旺，是你啊？对，就是你，你怎么跑这儿来了？"但不等爹回答他就嚷嚷："先进屋，进去说。你咋来了……"

我和爹终于坐在炕上了，头顶有了遮天的土瓦，四周有墙和窗户。再没有风像昨晚那样朝我们的衣襟里面钻，再不会冻得头发都乍起来……我暗自埋怨爹跑了多年的江湖那脸皮依然还是不够厚，昨晚我们是不该睡在野地里的。像今晚这样有热的茶热的饭，多好！

登知布的老婆和女儿为我们重新做了饭，是我从来没吃过的一顿饭——名字始终没搞清楚——做法就不一一陈述了，总之米饭里面有肉粒、胡萝卜、白萝卜、土豆、葱和肉肠，或许还有别的东西。总之非常可口。

登知布的老婆和女儿在地上忙碌的时候，我爹和登知布盘腿稳坐在炕上。我跨在炕沿上，一边漫不经心地听着他俩聊天，一边端详着那道细挑的身影。我觉得她忙活的时候很赏心悦目。我爹在没人注意的时候用拳头捣我的腰，拿眼珠子瞪我。

登知布叫花姆添茶——原来是叫花姆——然后拿酒来。

花姆先给爹的碗里添满了茶，又给我添了茶。似乎惊异为什么我连茶叶也喝了，她特意瞅了我那么一眼。

我爹和登知布有说有笑地聊着。我继续观察着她。试图找出拙藏的不安分和跃动，假正经背后的冲动和龌龊，掩盖在褐色眼珠下的骚动与青春。我根本不相信她目不斜视的冷静源自本能。她在伪装——和所有的人都没有区别。

她削土豆皮的手指灵动、顽皮，态度认真。另外，她似乎在侧耳凝听他们的谈话，又似沉寂在自己的世界。

但渐渐地她露出不自在，炉火的声音轰轰作响，我爹的说话声轰轰作响。我们两个陌生的人可能使她讨厌。尤其一个人还自以为很熟悉这里地侃侃而谈，红光满面。

她的母亲不知何时坐到我对面的炕沿上，就再没动弹过。饭快熟了，蒸汽突突地贴着天花板游走、滚动。登知布和我爹已经好半斤酒下肚，我爹吹擂得更厉害了。他一喝酒就变得更加没羞没臊。我出去撒了一泡尿，透透气。

夜沉重如水，寡情寡意。正是入眠的好时候。

我实在饿坏了，不客气地连吃了三大碗饭。饭菜像子弹一样弹进我的嘴里，畅快淋漓。爹又捣了我几下，我无动于衷。之后爹就不理我了，他们谁也没有对我的饭量表示惊叹。连花姆也没反应。她坐在一张矮凳上，身影在煤油灯光下摇曳，分外迷人。她简直快要迷死人了。我原本要吃第四碗饭，但因这美妙的情景吃了一惊，放下了碗。我端起茶碗灌了一口，缓解了失态。他们谁也没有注意到我的失态。也许是注意到了，但权当没注意到。这么一恍惚，我的碗筷就被花姆收走了。她动作麻利地洗涮了一锅碗筷，然后消失不见了。

我爹说时间不早了，咱们睡吧。

我和爹被安排在一间最左侧的房间里。这屋里虽然有炉子但显然已经很久没有烧过了，冷如冰窖，并强烈地弥漫着呛人的炕烟味。我说爹，被这么大的炕烟一打明天我还能干活吗？他说，咋不行？常娃，你糊弄鬼呢？

我爹首先去摸炕角，他将手伸到褥子下片刻，然后笑眯眯地点点头，表示对炕的温度他很满意。接着他脱去衣裤，躺到被窝里舒坦地呻吟出声音来。他叫我别犯傻，快睡觉。

花姆一直没有露面，我想这有两个可能：一是她去亲戚家睡觉了，二是她在外面某个地方等着我。我越想第二个可能性越大，虽然我们一句话没说，但那又有什么关系？直觉是不需要太复杂的。于是我就盼着爹赶紧睡着，打起他那个稀奇古怪的呼噜。但爹他就是不睡着，他磨着牙，时而自言自语时而厉声教训我，还冷不丁抬起头来看我在不在。没完没了地叫我，不答应他就抬起头来……

我屏住呼吸，耐着性子，蒙着头在有一股异味的被子里等待了半个小时……一个小时……我爹终于不再哼哼唧唧，他可亲的呼噜声响起来了。但我已经困顿得不行，紧接着就跌入梦乡了。我一进入梦乡便迫不及待地飘出去，正好瞧见花姆，她从马棚的草料房里出来，她浑身白得吓人，眼神相当可怕。她好整以暇地距我不到一尺站住，在她寒意深深的气息中我瑟瑟发抖，退让一边，不无遗憾地望着她扬长而去。我浑身精湿地回到屋里，未等揣测完毕事件的来龙去脉天就亮了，一群大麻雀在窗户上横排着啁啾不休。

我对昨晚的事不再思考，转而焦虑这一天的工作如何完成。而之后，我俩又要去哪里求宿？可不管去哪里，我知道再也不会遇到像花姆这样既漂亮又冷酷的女孩了。我一边想着她的好，一边跑出去数她家的羊棚，她家有两栋羊棚，像兄弟般并排在一起。一栋较为破旧，在安置阳光板的前墙根处有一行绿色的小字：建于公元 1991 年，秋，菊香大队。已有十多个年头了。两个羊棚里的货都不甚丰厚，我默默一算，也就勉强可以装满二十个麻袋，天黑前可以轻松干完。

可这样一来，又要黑灯瞎火地找人家吗？我断定爹他再也没有啥朋友了。我爹他就是一个骗子，不过这一次他总算给自己长了脸。他的这个朋友，以及朋友的家人——看来有着诸多古怪的人家——在吃早饭的时候劝我和爹今晚也住下，而且登知布会找一些人家给我们羊粪让我们扫。当时我坐在昨晚坐的位置。我爹和登知布的位置也没有变。唯一变过的就是花姆，她像一头小兽，独自在房间最里角的一个小靠背椅子上，那里黑得一塌糊涂，一点儿也没有白天的感觉，甚至比夜晚更黑。她的一对绿松石般的眼睛盯着我看了一个早上。自我坐下以后她就盯着我。她突然对我有一种略有敌意的兴趣，而她身上散发的一种醇厚浓郁的哀迷气息也使我不能自拔。我的欲望像火苗一般遇风而涨，欲望叫我惊愕，并很快高不可攀。于是我闪电般跑出屋子，在凄凄的杂草中撒了泡尿。犹如水银似的尿水带出邪念和妄想，和杂草一起冻在地上。冷冽的寒流令我皮肤发麻，接着颤抖。我重新回到屋里，开始怀疑坐在对面的端着茶碗的这个老女人是否真的存在。

昨天晚上，她一直没有从我的眼前消失过，但事实是，她在另一个房间里为我和爹张罗铺盖。第二天早上，也就是今天早上，我意外地发现房间里面还有一个陌生——昨晚没见过——的男人。一位年轻的男子。他居然熟悉地和我爹打招呼，对我却没有理会。我爹也热情地夸赞他的划拳技艺高超，和酒量相得益彰。我站在一边，惊恐万分地张着嘴，说不出一句话。我茫然地觉得，时光在昨晚的某个时分与我擦肩而过，我被遗弃了。

这个叫热拉的年轻男子亲热地告诉我爹，完全不必要为下一个扫羊粪的人家担心，他会在下午我们干完活之前亲自搞定这件事。另外，他建议我爹不要走了，今晚也住下来。接着昨晚好好地喝一顿。我爹高兴地连连点头，虚伪地说下午找个地方买两瓶酒去。热拉不悦地阻止了，他说家里有酒，多得是。

热拉用摩托车送他的父亲登知布去湖的南岸。登知布晚上不回来。他叫我爹想住几天就住几天，也就是说他好几天都不会回来。

热拉和登知布走后，两个女人转身回屋去了。我爹踢着我的屁股说，看什么看？干活去。他一眨眼就沉下了脸，严厉地警告我不要动那些歪脑筋，否则他要打死我。他说他下午要回去，驾马车去。这次出来异常顺利，已经攒够拉一马车的羊粪了，离他的目标三马车也已不远。他没想到才两三年时间，这里家家户户都成大羊群主了。他羡慕得直咂巴嘴，说了一大堆牧人们生活的美，嘴角说出白沫沫来了。

我爹到底没干多少活，只装完半个羊棚的羊粪便到了中午，他去要来了一壶茶，吃了我们自带的馍馍。然后他就走了。把一个半羊棚的扫羊粪任务交给了我。走之前他撂下狠话：这里的羊粪，还有热拉给找的人家的羊粪，都叫我收拾得妥妥当当的，装完剩下的所有麻袋。

我在东面的羊棚里干了两三个小时，日头西移，全面地照射在棚里，毒辣的阳光射得我汗如浆流，并有灼烧感。骨头仿佛被烤得噼啪作响。这种以前不曾有过的事情真叫我大吃一惊，我立马丢下扫把，去找花姆讨水喝。

花姆爽快而大方地在一个特大的放有红枣和冰糖的杯子里给我倒满开水。她的手指粗短，圆润；她的眼睛在青天白日下又变了，这次是正常的黑褐色。

"今天你一个人能干完吗？我看悬得很哪。"她靠着墙，眯着眼，"你干活的方式我见了，真他妈的别扭。你他妈的到底会不会干活？"她突然言辞激烈，但接着又情绪低下，暗自伤神。我几乎本能地察觉到，在精神层面上，她存在一种难言的、无以名状的痛苦。

她夺过我手中的茶杯喝了一口，在嘴里抿了四五秒，然后"咕嘟"一声咽下去。鼓动了一会儿舌头，吐出三根茶来。"我本来打算帮你，可我为什么要帮你？我一眼就看你不顺眼。"她揉了揉胸口，用一种极具优越感的语气说，"你打过野战吗？"

"野战？"我觉得这两个字组成的词荒芜之气扑面而来，颇有惊心动魄之感。

"野战！难道你不明白？"她吐出鲜红的舌尖在牙齿上欢快地荡漾，她的嘴唇突然间亮晶晶的，性感十足。她高傲地缅怀了一会儿什么，然后说："你真他妈像一只笼中的小鸟。小鸟懂吗？可不是你裤裆里的那个。"她突然嘻嘻一笑，"让我看看你的小鸟。"

我双手空空地逃回羊棚，整颗心"嗵嗵"地狠跳。

花姆尾随而来，"小鸟，小鸟，我的小鸟。"她红光满面地进入羊棚，熊熊的目光盯着我，"我的小鸟……我的小鸟……"

三

热拉很晚才回来，喝得酩酊大醉，认不清谁是谁，直叫我欢蛋蛋……他阿妈抽了他一巴掌，他顺势倒在炕上，直挺挺地伸着腿，再也没起来。我们吃过晚饭，老女人开始讲野鬼和狐狼的故事（后来我想，故事就是给花姆讲的），花姆又如今早那般缩在角落的沙发上，但已看不见绿松石似的眼睛。她想必没有在听老女人的故事。临近午夜，老女人的故事讲完。花姆再次神奇地消失了。油灯费尽力气也没有到达的那个角落里，沙发上什么都没有。屋里只剩下我和老女人，以及差不多是个死人的热拉。老女人终于打了个哈欠，露出洁白的牙齿，满嘴的牙一颗不少。她仿佛在故意让我看清楚，半天没有闭嘴。我从来没有近距离地观察过别人的口腔中世界，不由仔细瞧了瞧。她没有虫牙，牙齿好得令人羡慕。我好奇她是怎么做到的。但就在这时，一股气势恢宏的恶臭自她的口腔深处奔腾而来，我猝不及防，被正面攻击。这股恶臭之气带着难以抵挡的力量，毫不费力地把我熏倒在炕上，一下子就是几个小时，等我再次醒来时天光已经大亮了。

我被接二连三的遭遇打击得昏头昏脑，连扫把也拿不动。我急切盼着爹赶紧回来，带着我逃离这魔窟。我坐在羊棚的一角，侧耳倾听外面的动静。花姆的声音刺耳又尖锐，像一支响箭，周而复始地不断射痛我。我的脑海里全是她的声音。我难受得要死，盼不来爹，但更渴望看见阳光，渴望那五颜六色的光线火辣辣地打我，让我只剩下阳光这一种感觉。

羊棚里的羊粪还有很多，似乎已经永远扫不完了。一面的侧墙上写着一些乱七八糟的字和画：我的母羊、枪下留人……还有一幅模糊的画，大体是一头牛，或者是超大的羊，也许是别的东西——很多地方被涂抹得看不清了。这些字和画是用五号电池里的黑电条写的。这玩意儿以前我也玩过，我在村子的榨油房外壁上写了一回，内容记得是这样的：张玉香，我爱你！嫁给我你会快乐得像小猪，不嫁给我你明年就会死。尽管我夸张地改变了字迹，可也担心了好几天，怕被揭发出来。过了几天，无事。大家兴致勃勃地猜测书写之人的可能性，被怀疑的人很多，我也有，但排在第二十位，我的前面的所有人都比我有可能。我可能只是个充数的，因为我的后面再也没有人了。所以，他们永远也猜不到了。

我猜测这些字的作者是热拉还是另有其人，但当我端详着这些字时，脑海里出现的人竟然是花姆，然而我也没有惊讶，仿佛在潜意识当中也认为是她。如今她留给我的印象是那么地恶劣，以至于我会把所有不美好的事物都和她联系在一起。哪怕明知不是也乐此不疲。

阴郁的天气持续到正午，总算撕开了一道狭窄的缝隙，透出惨白的太阳，只一会儿，阳光便开辟出自己的一片天地，昭示着下午将会迎来明媚的好天气。我在羊棚里的阳光板下走动，无心干活。羊棚里的粪尘无风自起，浮游生物般升上去闪没于出现蒸汽的采光板上，采光板的颜色变得昏黄，很快又成了乌云般的铅色。

整个下午没见花姆，一点之前还能偶尔听见她或放肆或夸张的胡叫乱喊，一点之后戛然而止。热拉也从早不见人影。我以为和他算得上是个马马虎虎的朋友，但在黄昏，望着赶着羊群出现在山头的身影时我很有自知之明地嘲讽这个想法很是荒唐透顶，紧接着我感到一种怅然若失的糟糕情绪，萦绕着我久久不散。热拉驱羊进圈，我闪开在一边。他对我的态度相当粗暴，厉声叱我走开。

羊群像棉花团，从我的眼皮底下滚进羊棚里，热拉在最后的一只羊的屁股上踢了一脚，顺手拉过铁皮门，铁皮门一动弹就哗啦啦乱响，他又踢了一脚铁皮门，然后挡在羊圈门口，用一根木棍横挡在门上，系上了绳子。"你还没完？什么时候走？"他的语气是很不耐烦又勉强压着的那种，似乎再多说几句他就要发作了。

"还多着呢，今天没见你呀？"我说。

"这不挨冻去了吗？野狐成天找机会，实在是不得好死。"

"上午可够冷的，我在羊棚里都感觉到了。"

"脚和耳朵没知觉了。瞎老天。"他破口发泄了一句。我们一同往家里走去。在羊棚和房屋之间的一角，我接着听他讲："从前那里有个又深又宽的车轴印，里面长满了茂密的草，只要把脚往里一伸，马上就不冷了。"

"我家用的扫把就是用蒿草做的，可耐用啦。"

"我家也是，不过我不大用那玩意儿，掉得厉害，等于什么也没干。"

"我可从小就练出来了，不怎么费劲。"

"哦对了，差点忘了。"他说，"今儿死了一只羊，不大，但也不小。我根本就懒得拿来喂狗。你要不？拿去吃是没问题的，你知道这会儿的羊膘情最好。"他的手臂一指西方，"在那边，要的话现在就去吧，我把刀子借给你。"

我的第一个念头是不去，尽管我已经很久没吃过羊肉了——原以为会在牧人家里吃一顿呢，可惜愿望落空——但实在是懒得走那么远，不过我的第二个念头立马打消了第一个念头，要是爹知道我丢弃了一整只羊肉他会毫不犹豫地打死我。何况他一定会知道的。他在这方面具有天生的敏锐性，如同空中的老鹰。

我接过别在热拉裤腰带上的一把带刀鞘的绚丽夺目的短刀，按照他的指示路线朝山头走去，太阳跌失后，山里到处都是森森的阴气，俨然一副地狱景象。一连翻过多个山头，我才看见他所说的那个像狗一样独立的石头和邻居草场隔栏，再向西南方向延伸两百米，暮霭中一团白色的东西很醒目，那就是羊了。可怕的是我没有电筒，前方的草丛中有活物簌簌地跑动，我把眼珠子都快瞪了出来也没瞧出是个什么东西，背后凉风瑟瑟，脚下不安分的石子儿乱跳，开阔之地居然惊现了回声……经过一根水泥杆子时，一头猛禽忽而从杆头冲天而起，顿时惊出了我一身的汗，没走几步便响亮地打了个喷嚏。四周又是一阵不绝于耳的响动。好一会儿我才站在死羊前，不敢久留，我将羊的两条后腿抄起，背着它原路返回。它的犄角和前腿不断地碰撞着我的脚踝，左右摇摆，几步之内必然与小腿相撞。每一次碰撞都叫我疼痛难忍，不得不调换姿势，寻找最佳的背负方式。一直到房子前的那座山头，看见热拉家的煤油灯昏昏如萤火虫发着微光，我这才吐出一口憋气，抹掉额头的细汗。

到了门口无人出来。而我爹还没到来。

四

我笨拙地剥着羊皮，由于热拉的小刀锋利无比，加上从窗户透过来的光线微弱不堪，羊皮上到处都有被划破的痕迹。皮子算是彻底报废了。我干到一半的时候，我爹赶着马车来了。他将马车停在我旁边。我没有抬头，继续干着我的事。我爹也一声不吭，他瞥了我一眼，然后盯着祖露在混光里的惨白的肉一个劲儿地抽缩鼻子。他从浓浓的血腥中嗅到了肉的质量——也许心里给肉打了个八十分——接着他的表情很喜悦，放松，还有那么一点得意。没错，就是得意。不知道他在得意什么，是因为平白无故地得到了一只羊的肉吗，还是觉得夜里在牧人家门前剥一张他家的羊本来就应该得意？

屋里没有任何人到我俩跟前来。我瞥了窗户一眼，由于窗户上绷着塑料，所以看不清里面的情况。奇怪的是连说话的人也没有。爹将车赶到羊圈的墙根里，去卸车了，然后从马的脖子上取下围脖和嚼环。他踌躇了片刻，去问热拉，可否让马在牛圈后面的小铁丝网里吃上一个晚上？他极难为情地得到了热拉的同意。热拉很不愿意这件事，但还是同意了。爹他拉着马转了几圈，让马身上的汗散发散发。他牵着马到牧道尽头的水房去饮水。这么一来又得花一些时间，等他回来的时候估计我都弄完了。

夜已深，空气疑似要结冰。我冻得一阵一阵地哆嗦。

我将卸开的两条羊后腿装进一条干净的尿素袋里，把其他的部位也都卸开后装进去。把血淋淋的羊皮摔到一边的墙角去。然后我坐在台沿上偷偷摸摸地抽一根烟，等着爹饮马回来。

五

我从一卷麻袋里摸出干粮袋子。干粮是我妈出门前一天赶做的，当时吃着软硬适中，也很可口，但现在需要在口腔里来回捣腾多次才能下咽，否则不噎死也够呛。我艰难地吃了半张饼，爹还连个影子都看不见。我心慌，起身顺着牧道朝水房走去，脚步在黑暗中踩着坚硬的路面，发出像敲木鱼一样的声音。我一步一步进入深夜，在一个草场的拐角处遇上迎面而来的爹和马。爹他步调悠闲，仿佛在一边散步一边欣赏美景。"怎么回事？"我说，"太晚了，他们会不会不高兴？"

他立刻愁着脸应和："我也这样想，坏就坏在登知布走了。他在咱俩就自在。"

"他也靠不住，烦着我们呢。"

"不会，怎么会？他是我的朋友，较好的那种。"

我哼哼着不言语，暗想谁知道他有拿你当朋友吗。

我俩越来越愁，走得越来越慢。但路总有走完的时候。在小铁丝网的门口，我打开了门，爹把马赶进去，连带着笼头和缰绳放了。马放了一个响亮的臭屁，挤出来一堆热气腾腾的粪便；又撅着屁股撒了一泡尿。这泡尿在草地上浇出了一个小坑，酷似啤酒味儿的马尿和还带着青草的味道的粪便围绕着我和爹，我俩静静地待了一会儿，看着马一边吃着草一边走远。我爹期期艾艾地叹了一口气，朝屋子走去。我紧紧地跟着他，生怕被抛在外面。

就在这时，我猛然听到花姆多重的声音如潮水涌出屋子，在黑色的空气中快速传播，快速推进到我的身上。我被这声浪险些推了一个跟头……我爹他吓了一跳的同时不忘轻声地骂一声："臭婆娘！"但借了这个声势，我俩都舒了一口气。步伐轻快地走进屋里。

花姆回来了。她什么时候回来的？

但花姆发疯了。

热拉阴沉着脸对我和爹说："她又疯了。"

他手中握着一瓶酒，他说她疯了的时候就如同在说一只小狗疯了，不带一丝的感情。他将那瓶酒拧好盖子揣到怀里后又说："这个婊子疯了！"他闪开身子，得以让我们看到里面的情况：花姆几乎脱光了身上的衣服，她的母亲正在阻止她脱得更多。她的乳房和屁股即便挡有一片遮羞布也足以引人注目，她的脸无法控制地抖动，仿佛下一刻就会掉下来。她的嘴里残留着烟的碎屑，但小嘴鲜艳亮丽。她有规律地叫喊，无法辨别内容。她的眼球光芒四射，亮得吓人……

热拉出了门，没入黑暗中。

我和爹进退艰难，不知如何应付。恰在此时，我俩的肚子同时大声地叫唤起来，无法掩盖。好在没人注意这些动作。花姆挣脱她的阿妈朝我走来，我看见昨天留下的捏痕在右臂上醒目地存在。其他地方倒是瞧不见。

"我的小鸟，我的小鸟来了……小鸟……来了……"她突然跑来抱住我，蜻蜓点水般地吻我的脸颊，口水抹了我一脸。

然后她赏了我一个巴掌，一个清脆的巴掌。巴掌上带有一丝清油的腻味，我猜测她是在做完晚饭后出事的。老女人突然跳起来拉住爹，不让他来搅和我和花姆的事。她拉着爹去了另一个房间。她居然亲切地握着爹的手，笑呵呵地走了。

我挣脱花姆跑到厅堂。花姆紧跟着我，她带有异味的小手和宛如灵蛇的手臂，柔软地缠绕着我。这会儿她开始低声呢喃着，几欲哭泣。

我看着厅堂靠北端坐的那些佛像，那些佛龛中的佛爷饶有兴趣地看着我们，一如看着世间的凡事。我再望一眼那空空如也的厨房和兀自燃烧的炉火，突然明白了这件事所蕴含的使命般的意义，如同命中的因牢压住我，使我难以反抗。

六

炕上铺着紫红色的亚麻布床单，两个炕角叠垒着褥子、被子和枕头。用银白色的丝绸巾盖住。炕沿上有一条浅绿的塑料单铺满整个炕沿。人一坐上去，塑料单刚好就在屁股底下。它的作用是坐在此处的人不管身上多脏都不用怕，因为是塑料的，清洗是很方便的，不管多脏，用抹布一擦就万事大吉了。可炕上还是被微尘日复一日不着痕迹地覆盖着。我们一躺上去立刻激起了一阵泛黄的微尘，像生命一样久久不落。这些微尘轻飘飘地直冲鼻孔，我打了一个响亮的喷嚏。

我听见老女人在隔壁的房间里哈哈大笑，并附和着我爹的笑声。我和花姆在炕上紧紧地拥抱着，不分彼此。

后半夜，花姆的病果然好了，她盯着我的脸，噘着嘴说了一些温柔的话。她和昨天、和刚才差别巨大。而我的变化更大。后来，她说："你到昨晚睡的那个房间去吧？"

"他们在那边。"

"我叫她过来。"她喊了一声阿妈。过了一阵子，老女人拖着扑扑的脚步过来了。我已经穿戴整齐，和她擦肩而过，她朝我点头示好。我到了那边，看见爹靠坐在沙发上，自得其乐地玩着纸牌。他叫我坐在对面的木椅上，"咱俩玩两把吧。"他说，"吹牛皮，你会吗？"

我点点头。我实在不想玩，又累又饿。四处打量，很高兴地看见桌子底下的格层上的几个馒头，我捞了两个，就着爹的杯子里的茶水吃了。

"你果然会玩。"他把纸牌大概分成三份，一份给我一份自个儿留下，另一份被推到一边。"我先来，"他说，"三个五。信不信？"他贼兮兮地对我笑，一副阴谋得逞的样子。

"我信。"我说，"下次我就不信。"

"两张十。信不信？"他右手捏着一张牌，跃跃欲试。

"我加一个十。"

"我不信。"他翻开我的那张牌，"上当了。你怎么会有十？"

我将五张牌压在桌子上，"五个三。信不信？"

"不信不信，"他去翻牌，"哪有五个，你——"

"我咋把大小王给忘了？"他气咻咻地拾起桌上的牌。"这次我要先来。"他蛮不讲理地说。

我和爹又玩了四把，我吃了四个馒头喝了两杯水。爹点了一根烟说："再玩不？"

我说不了，早点休息。

"看把你整的。"他斜眼瞅着我，"得逞了？"

我说："爹，咱们明天回家吧，咱家的那两头猪咋样？"

"回。"他说，"还能咋样，你以为几天就能长大了？"

我躺在炕上说："爹你还不睡？"

"没见我吃馍呢？"他含糊不清地嘟囔，"旦姐做的馍还真有味道。"

"谁是旦姐？"

"花姆她妈呀，热拉他娘呀。"

"今晚没混上饭。"

"旦姐已经道过歉了。"

"可饿呀。"

"这不有馍吗？"

"不顶用。"

"忍忍吧。"

"她没说花姆是怎么回事？"

"她倒是想说，但看来一言难尽啊！"

"嗯？"

"我哪里知道，你没问？"

"没。"

"别管啦……多好的一个丫头。"

"她算是丫头吗？"

"照说是算的，但被你这么一搅和反倒乱了。"

"花姆有时候太缺德了。"

"你不要说这样的话。"他踱着满足的步调来到炕前，居高临下地看着我，"我看她无多大的毛病，挺好。"

我摇摇头，"她的这个病——"

"没事，常娃，"他满不在乎地随便挥挥手，"你看，你能随便治好的病，算什么病？"

"花姆大多数时候都挺好。"

"就是。我和旦姐商量了。"

"能行吗？"

"这事她做主。"

七

第二天，我和爹装了一个早上的车。其间热拉来帮了一会儿，他啥也没说，只是叹为观止地欣赏着爹的装车技术。他肯定没想过一辆小小的马车能装这么多的麻袋。看了一会儿，他悄无声息地离开了。

我一边背麻袋，一边留意花姆，但她没有出门来。

昨天晚上，我爹起来去找旦姐谈事情，我等着等着睡着了，不知道事情到底怎么样了。但爹一早上没骂我，我就知道是怎么回事了。

又过了一会儿，旦姐领着花姆出来了。

花姆今天很漂亮，穿着一件藏青色的花团锦簇的长长的藏袍，戴一顶毛茸茸的狐皮帽子；她的头发上串联着很多圆圆的小珊瑚，头发一直到后腰处；她的脚上是一双高腰的冬靴，乌黑闪亮。她化了淡淡的妆，脸蛋红扑扑的……

我和爹绑好了麻袋，车头对准路口。爹和旦姐告别。花姆静静地站在一边，痴痴地看着旦姐，一双黑白分明的大眼睛满含泪水。

旦姐一个劲地说别欺负……说着说着就哽咽了，再也说不出一句话。她把手中的两个大包袱交给了爹，爹叫我上车，然后他把包袱扔给我。旦姐推着花姆来到车前，扶着她上车。我把手递给她，她轻轻地念叨着什么，握住了我的手，拿那么灵动的眼神凝视我……

爹使唤他的大黄马，马车动了。

旦姐跑到羊粪堆前拾起铁锹，在阵阵的西风中扬起了羊粪……

这是一个风和日丽的冬日的上午，马车在碎石路上"沙沙"地前行。我和花姆高高坐在马车上，看着眼前的一切慢慢退去，直至再无痕迹。

屠宰客

一

我十四岁遇到一人，成了我师父。彼时他颇为传奇，腰间别挂一口宽背银柄杀牛刀，像大侠一样常年游荡在这片草原上。他的这把刀足有两尺长，杀气十足且流光溢彩，见者无不惊叹，但少有羡慕者。为何？皆因此乃"图财害命"之凶器！

但我乍见此刀，顷刻间被迷住。我师父见我有天赋，便收我为徒。师父平生仅收一徒弟，十分高兴，赏我一把牛耳尖刀，名曰"破东风"。

后来他死于"破东风"，仿佛劫数天定。

我佩着"破东风"跟随师父，走南闯北屠宰牛羊，这一路很风光，我差点以为这就是生活的全部，着实骄傲了一阵子。如此两年，师父说你已有一门好手艺，大可赚钱养家去了。就是说，我可以自立门户了。我踌躇一番，没有离去，我仍然跟着师父，觉得和他一起再好不过了。我甚至愿意永远跟着。但我其实并没有永远跟着。他死后，我就孤家寡人了。像遇见我之前的师父一样流浪于草原上，在一户又一户牧民那里屠宰他们的牛羊，混口饭吃。

由于师父很有口碑，我们就有固定的且不断增加的客源。他们大多用手机联系我们。有时候我们忙得一天就要赶去好几个地方，宰杀五头以上的牛羊。每当这种时候，我和师父又累又开心。我们丝毫不觉得双手沾满鲜血是罪恶的。牧民因为这个忌讳而越来越不再愿意亲自动手了，所以我们才有机会赚这笔钱。我觉得我会做得比师父、比师父的师父更好。那会儿的牧人们愿意自己干，那会儿的牧人认为既然人养畜生，那么畜生养人也理所当然。那么沾染上畜生的血又有何妨？所以师父年轻时并不能天天见到血溅三尺的场面，不过这事儿有利有弊。我师父还是个菜鸟的时候，屠宰的活儿很简单，只要把牛或者羊宰杀了，把皮子剥了，活儿就算是干完了。但后来就不行了，有些狡猾的牧人觉得他们的钱付出得不划算，就千方百计地压榨我师父。我师父人老实，愿意逆来顺受，慢慢地他居然习惯了干一大堆活儿。到了我这儿，别说掏心掏肺、洗羊肠，就连灌羊肠也都包含在内了，还要把肉按照他们的要求卸开。有些人的要求太过于变态，居然要每一块肉都得有相同的重量；每一块肋骨都要四寸长，不能有骨头渣子，简直一派胡言！这一整套干完，他们还不满意，还要鸡蛋里挑骨头。我不知道纯朴的牧民们什么时候变得如此刁钻了，等发现的时候我已经和师父一样，养成了"完全满足要求"的好人。还别说，自从我服从要求以来——我好像比师父更加听话——生意无疑是更好了。他们在给别人介绍我时是这样说的：就找贡麻麻，那人听话，你想怎么样的都可以……

这话说的……

我不是没有脾气，我是不忍心对即将到手的钱财发脾气，那多傻呀！只有傻子才会和钱过不去。我在干活的时候心里一个劲儿地嘲笑他们。他们似乎早就忘了我也是牧民，我对他们的想法一清二楚，为此颇为自得，觉得自己真像一个俯瞰草原的巨人，把他们玩弄在心头和手尖上，为此再苦再累也值得，因为没有什么比先知更伟大了。

尽管优越感永久地充斥在心头，流动在脑海，但我还是不甘心就这么算了。我倒是想学学师父，颇有风度地不去计较其实根本伤害不了我的闲言碎语，可归根结底我是我，不是师父，我做不到他那样，所以一旦有机会，我就会报复，而且报复起来颇为自在，仿佛在干活儿一样。但这些都是师父死后的事儿，暂且不提。

二

拜师第二年，我们去草褡裢给一户牧民宰杀了一头牛和两头羊。

听说这家要娶媳妇，是大喜事。师父说咱俩可别出问题，干得漂亮一点。我说："师父，咱们哪次干得不漂亮？"师父嘿嘿一笑，说："那倒是。"

我们先把一头毛色油亮的母牦牛放倒，将四肢用牛皮绳捆得结结实实。这活儿是我干的，入门第一次干活儿，师父就让我捆牛腿，现在连他也要甘拜下风，因为我捆的牛腿绝少有松动的，即使再力大的牛也一样。所以每次都是我来捆牛腿，师父摆弄刀具。等我捆好了，师父就该上场了。

师父的这把刀的钢口那是没的说，一旦磨好了好长时间都不老，他特别爱惜这把刀，从不让我沾手，说那会坏了刀。由于这是把杀牛的好刀，因此遇到牛都是他动手。等着这家的女人拿来了大盆子，然后飞快地走开。师父把盆子用脚踢到牛脖子下，然后抬眼看我。这时我已经在牛的下颌上拴上一条绳子，师父往牛头那里一站，我便拽紧绳子，牛头就拽直了。师父在牛脖子上摸了摸，嘴里麻溜一念，大刀一下子划过牛脖子，只发出"噗"的微弱声响，牛血呈三道血箭喷出来，喷到已经和脖子割开有一尺的颤抖的头肉上，继而急转直下，流进盆子里。到了这会儿，牛仿佛才反应过来，剧烈地挣扎起来，但它越是挣扎，血流得越快，蹬几下腿，直挺挺地翘直尾巴，再挤出一泡粪，它基本上就死翘翘了。牛挣扎的时候，师父坐在牛肩上，把大刀在牛身上来回摩擦几下，擦得不见一丝血迹，这才满意地、小心翼翼地插进鞘中，放在一旁。他用另一把小刀来挑开牛皮。我和师父在剥牛皮的时候分工明确，他剥前腿和脖子，我负责后腿，剥下去三分之一，师父蹲下，利用膝盖顶起牛皮，两手紧紧地拽住绷直了，我则用铁锤来砸牛皮，这样牛皮和肉分离得更快，一边的砸到背脊，然后换另一边。任何活儿干得多了就会练出技巧，也会出现默契，我和师父如此配合干活不计其数，早已心有灵犀，该干什么仿佛本能一般。

全部收拾停当已是下午三点，有人给我们端来点吃的。我和师父坐在阳光高照的草地上，一边吃着粉汤，一边看他们忙碌。他们扎了好几个帐篷，有蒙古毡包也有藏民的黑帐篷，还有草原上普遍的活动式帆布帐篷。这些帐篷一溜儿排开，士兵似的挺立着。这些帐篷都是给人们摆喜桌用的，每个帐篷按照大小都可以摆上几桌。

有几个人在帐篷一边坐着聊天，提到了我们村吉雅的名字，我一打听，才知道原来这里的新娘是吉雅。吉雅要嫁到这里来了。这个消息让我万分沮丧，整个人都疲乏了。我的幻想就这样给破灭了。

师父说你要是有本事，就去找一个女人睡，别一副死人样子恶心人。我骂了一声狗杂种！他也不生气，反倒笑着说走吧。

路上我看见一只黑颈鹤在青海湖边徘徊，孤独如我。不知为什么我拾起石头打向它，把它惊走了。看着它消失在了蓝色的光晕中我居然感到好受了许多，仿佛把孤独赶走了一样。我重新振作起来。我觉得师父说得有理，我应该去找一个女人发泄一下，我怕什么呢？

突然想起师父的那个女人，每年像等待候鸟一样等着师父光顾。然后在短暂的十几天里把师父伺候得舒舒服服，让师父在接下来的几个月的奔波中都满怀激情和动力，仿佛重新换了一个崭新的、强劲的心脏。他一点也不觉得把挣的大部分钱留给那个女人有什么不妥。他说男人挣钱，不给女人花给谁花？

这话启发了我，我觉得我也可以找个女人，然后挣钱给她花，原本是给吉雅花的……我把所思所想告诉师父，以期得到他的鼓励和建议。但他听了后半晌没说话，然后用看亲生儿子的眼神看着我，说："算啦，你还要照顾家里，难道你不管你的弟弟妹妹了吗？找个结婚的女孩子吧。"

我有些搞不懂其中的区别，负气地说："难道这是两回事？"

"当然是两回事。一个你可以不负责任，另一个你要完完全全地、有始有终地负责，你说能一样吗？"

"那你和那个女人是哪一种？我发现她还有别的男人。"

"你怎么知道的？"

"我看见她家的相框里的照片。"

"你觉得我是哪一种？"

"我觉得你像个野汉子，而她在偷你。所以你可以不用负责。"

师父把刀子朝我扔过来，他怒叱："你个狗杂种，我戳死你。"

三

师父他留心给我找一个看得过眼的女人。

看得过眼。这是他说的。意思就是看得过去就行啦，做老婆的女人先不管漂不漂亮，但一定要稳重。

我说那怎么行。他说怎么不行，要漂亮的女人你找个情人就可以啦，漂亮的老婆是非多！

我才不管是非不是非的。我告诉他我就要一个十分漂亮的女人，要比吉雅还要漂亮。我要让吉雅成为我的情人，我……

师父拿走了"破东风"。他说："你什么时候心平气和了我再还给你。"我说："师父，你是怕我去闯祸吗？"师父摇着头，他唉声叹气地说是他把我影响坏了。他叫我以后不要埋怨他。因为事情并非我想的那样。他说哪有你说的那么美的事，假如我真的那么做了，那一切都没有余地了。我知道师父意指何方，也明白付出的意义。可我依然觉得，吉雅就是我构成完整灵魂最重要的人，我放弃不了。

但我愿意先听从师父的话，和某个女孩交往。师父开始尽心尽力地用自己对草原牧户的熟悉给我物色女人。有时师父他坐在一边抽着烟蹙着眉思考。遇到这种情况我就不会打扰他，我会把活儿全包下来，让他全心全意地去思考我的事。

有一天师父思考完了，他领着我走，我忐忑地跟着，不敢问，生怕出现意外。我极度担心因为突然出现的意外而让我们即将要做的事情变了质。我讨厌因为改变而生出的沮丧情绪。我以前有过一次这样的经历。于是我对师傅说，我们在路上不要和别人说话。

为什么？他显得不理解。我说，我怕出意外。

师父若有所思地颔首。他的胡子又长长了，凌乱地夯在下巴上，这让他整个人的气质变得凝实了。在没有胡子的时候，他是虚的。他的虚使我一度以为他是假的，我根本就没有这样一个师父，所有的一切都是逼迫的意识自我的防卫。但后来师父用行动证明了他是真的，这就是胡子，他的胡子！他的神奇的胡子让他真实极了。

眼下，我看着他的胡子心里一下子踏实了。有胡子的师父比没胡子的师父更让人放心，也更有魄力和手段。果然，他叫我一点也不用担心。认真一点，不让出现意外便是。他轻描淡写但极有气势地说："徒弟，你怕个球！"

我一想，不错不错，我怕个球！难道我连师父也不如了吗？

跟着师父走了很久，也没到达目的地。我问师父怎么还没到，早知道这么远就骑摩托车了。他说："摩托车冒黑烟了，可能是烧机油了，不能骑。再说，骑着摩托车不等于告诉人家你的行动能力了吗？"

这是什么意思？师父的思维有时候太异于常人，我觉得他在胡扯，但又不敢反驳。他站在经验的角度对我指手画脚是因为我是个地地道道的菜鸟，我连一个女孩子的手都没拉过，更不要说亲嘴了。这事我连梦里都没干过。要不然我也不会这样轻易地失去吉雅。

我认为骑着摩托车可以让我显得更帅一点，可以让那个我从未谋面的姑娘情不自禁地脸红心跳。

师父说："那不行，第一眼，只有同情心才是最牢固的印记。"

我说："不会吧，你也是这样得到的？"

他含蓄地点点头，似笑非笑地说往事如梦，似幻似真！

他说再走个五公里，就到了。他从头到尾地把我瞅了一遍，满意地说："行，就你这个夙样，那姑娘见了一定会同情的。"

"我怕她见了后看不起我。"我说。

"瞧好了。"师父说，"我让你见识见识我的本事！"

我说："师父，你还有别的本事？"

师父说："你这是什么意思？"

我闷头不语。师父哼了一声。他的哼是很有讲究的。鼻音很重表示他极为愤怒，而带着浓重的嗓音则说明他只是有那么一点儿生气，可以加深也可以消去。这次他的哼是前者，说明他很生气。他听出我言外之意是说除了屠宰，他什么本事也没有。哪有徒弟这样说师父的？因此他很生气。在后来的路上一句话没跟我说。我也觉得颇为尴尬，一不小心把心里话说出来了。但也不是特别担心，师父这个人看上去细皮嫩肉，皱纹也少，脸庞也大小正好，还有一副好眉毛……但他在性格方面挺粗犷，还是有缺陷的。他做事不会全神贯注，一旦觉得不行就放弃，不会多做努力。说白了就是没有大毅力，是一个"知难而退"的人。这当然让他避免了很多不必要的麻烦——因为谁也不会和不较真的人较真。但另一方面来说，他也失去了许多。不，是很多很多。多到他即使有改变的想法也没有勇气去改变的程度。他相当于自暴自弃了。不过自从收我做了徒弟，事情稍有转机，因为我不是他，我有我的处事方式。而且看上去比他好像要高明一些，尽管并不太多，却也够了。于是他颇为欣慰地把需要出面的或者需要毅力和执拗的精神的事情交给我来办。然后他就显得更加年轻了。我真怀疑他是怎么把那个女人弄到手的。对呀，我几乎可以确定是那个女人把他给搞定了。这是再正常不过的事情。我只见过那个女人一面，可我还是一眼就看出，她是个有计划的、老谋深算的女人。她在只能说"看得过去"的相貌中添加一些柔情，然后发挥到极致。我对她并不反感是因为她把这一切做得光明磊落，比我和师父还要光明。我觉得师父就是陷在了这种光明里。这么一想，就觉得师父也挺可怜的，不管是什么，只要是陷进去了，压根儿就好不到哪里去。但师父他可不这么想，他因为有这样一个漂亮而体贴的女人肯为他付出而沾沾自喜。有时候——通常是他得意忘形的时候——他就会把这个女人拿出来狠狠地夸赞一通，说得我害臊得再也听不下去打断了，他才悻悻地闭嘴。看着沉湎于美好的回忆中我实在不忍打击他，但我确实觉得那个女人不可能一年到头都眼巴巴地等着他。她有自己的生活，也有更长时间陪伴她的可靠的男人。而在这一点上师父是不可能办得到的，即便他不再奔波了他也办不到。他能给她的太少了，而她需要的却不少。师父他要么已经想通了要么就是刻意回避了。我认为后者居多，他像一个涉世未深的毛头小子一样被爱情整得昏头昏脑。

师父的遭遇——我打心底里觉得他的爱情就是遭遇——让我在所难免地想起吉雅，我们的爱情还没有开始就已经结束，多么干脆。但我仍然还有希望，我的心底隐隐有一颗种子在跳动——把吉雅夺回来！可我又踌躇、不安，乃至恐惧，我对今后感到害怕。我担心是因为我从来没有真正地了解过自己，我仿佛一个外人一样旁观自己。我鄙视那些说会控制自己的人，没有人能够真正地控制自己。

我并没有让师父停下来，我想归想，但做归做。心里的想法不一定要体现在具体的行动上，这是亘古以来便奉为真理的事。我和师父来到一户门面气派的人家，这是草褡裢一带最富有的人家之一。我老早就知道，没想到师父带我来了这儿。我甚少和富人打交道，也没想过要从他们那里占什么便宜，我认为这些富人的态度中明显地包含着歧视和嘲讽，尤其是有些富人的眼神，那分明是在说，瞧，这个可怜的小狗，真听话……

师父和这个叫家保的男人是相识的。而且看上去关系挺不错。师父从来没跟我说过，他的大部分朋友——其实也没有几个——我都知道，但唯独不知道家保。想必师父是出于某种自私的心理而没有告诉我。看着他们握手寒暄时，我的眼角瞥到一个身影，一看，只捕捉到一片轻飘飘的衣角，消失在宽大的封闭式阳台的那边。我傻傻地站在院子里，观察着眼前这实在令人羡慕的雕梁画栋的大瓦房。我一辈子都没住过如此气派的房子，不知道是什么滋味。我想着要是这个房子是我的该有多好！我总会有这样一处自己的房子的，这毋庸置疑。

四

师父说人我带来了，你观察一些日子。

家保拉着师父的手进屋，在封闭式阳台里他转过身对我说，进来啊小伙子，千万不要拘束，就当是你自己的家一样。

我惊悚地看着他，看着师父。他们的对话有问题，牵扯到了我，师父的话是什么意思？而家保的话又是什么意思？我踌躇不前，仿佛大瓦房就是地狱。家保以为我害羞，他哈哈大笑着将我拖进大瓦房里。呼啸的风一下子没有了，冰冷的感觉一下子消失了。房间里暖和得让我失去了接着思考的能力。可我的眼睛盯上了那个女孩，我一眼就认定她就是师父说的那个女孩。师父说过……个子有你高，这个可稀罕，而且我告诉你，姑娘的脸蛋一看就知道是处女，我不骗你……

我的目光在她侧过去的脸上逗留几秒钟，而后情不自禁地向下滑到她尖尖的胸脯上。师父说她的胸脯像橛子一样尖翘。如今一瞧，果然如此。我一边感叹着师父毒辣的眼光，一边毫无顾忌地饱览她浑身上下，尤其重点注意露出粉红肌肤的地方。那些肌肤在我不懈的关注下渐渐变得通红。

待她转身走开，剩下我们三个男人，家保给我和师父倒了奶茶，拿来了馍馍，又端来装着炒面和曲拉的木盒子让我们拌糌粑吃。师父和家保的谈话突然变得尖锐又洪亮，震得我耳朵一阵阵发痒。我拿起茶几上的一根筷子，在耳朵里捣鼓着，听着这一胖一瘦、一高一矮的两个中年男人说着一些无关痛痒的话，一点没有要切入正题的意思，于是我就知道自己应该出去，以方便他们说说悄悄话。我走过家保家的长长的阳台，来到最西头的房间，看见最里面是一张土炕，炕上的两边叠着宛如豆腐一样整齐的被褥，盖着有梅花鹿和腊梅的刺绣布单。炕正中央的墙壁上挂着一幅火焰般的骏马的头像，马是钻绣的，随着角度和光的不同而闪着光，煞是好看。

我观察完这间房间，转而走进客厅。客厅很大很宽敞，靠窗户的一面有一排厚实的棕色沙发，东面的墙下也有一条三人沙发，颜色变成了黑色。一条长长的似乎是定制的茶几摆在棕色沙发前，黑沙发那里是一条相对而言小一点的茶几。我猜可能就是和棕色沙发一套的。中央部位很不协调地立着一尊黑漆漆的炉子，烟囱直挺挺地捣向屋顶，穿到外面去了。炉子是冰冷的，想必从春天起，几个月都不曾生过火了。北墙根的电视柜和两个大衣柜都是白色的。没有电视。墙上有一幅长长的装在镜框里的画片。这是我从来没见过的一幅画片，一幅一下子抓住了我的心的画片。我的一个爱好是每到一个人家都要细致地观摩画片（所有的牧人家都有画片，各式各样的），然后从画片的风格上揣摩这个家庭，而且总也有点帮助。家保家的这幅画片是十几匹骏马，工笔画，有可能是出自名家手笔的印刷版。这些马形态各异，颜色亮丽，有母马、公马和小马驹。尤其是小马驹和母马，动作格外有神。它们悠闲地在湖边林地里或卧或戏耍或觅食。多么动人心魄的一幅画卷，可我偏偏为什么会在这里看见？为什么我又这么喜欢？

家保郑重其事地把画片装在精致的镜框里，说明他很重视这幅画片。重视有两种解释：要么的确值钱，要么是他特别喜爱。我觉得后者居多一些，牧人们都爱马，换做我哪怕一钱不值只要我喜欢照样会当作宝。

家保和师父开始喝上酒了，家保在向师父敬酒。师父状态极好，他现在的状态是建立在家保的恭维上的。他一边说着不敢当一边笑得欢畅。我觉得师父有点丢人，连起码的一点含蓄都没有。要是我就不会这样。我从客厅出来，瞥见阳台外面，东南角方向的羊圈里黄尘滚滚，伴随着唰唰的声音，那是大扫帚划过羊粪蛋的声音。我开始想象这样一幅画面：一位美丽的姑娘，戴着一双粉红的手套，穿着一身蓝色的大褂，缠着的头巾、口罩和帽子把头和脸保护得严严实实，她弯腰，挥舞着大扫帚将羊粪聚拢成一个堆……

为了验证我的想象，我朝羊圈走去。我一点也没有紧张，似乎她早已在我的记忆中这样存在了千百回，熟悉到我仿佛走向自己身体的一部分，甚至于我自己都没有意识到这一点。可我转过墙角，来到羊圈的门口时，看到的却完全不是那么回事。她的确在扫羊粪，但她既没有穿一身蓝色的大褂也没有戴帽子和头巾，她只是戴着一只口罩、一双白色的崭新的手套，就那么灰头土脸地干着活。她的头发和脸上都蒙上了一层灰褐色粉尘，那是羊粪粉末。我呆呆地看着，却也没有什么失落感。

她瞥见我后停顿了一下，应该是突然给惊吓了。她扭动了一下身子，扫帚小心翼翼地动起来，很快和之前一样大开大合地挥舞着。她已经漠视我了。

我默默地瞧了一会儿，感到浑身不自在，于是就走开了。到现在我都没有正面瞧她到底长什么样，她似乎有意不让我得遂所愿，用一种仿佛是经过千锤百炼的技巧躲闪。这使我想起有些马躲闪要戴的笼头时就是在使用一种巧妙的摆动法。这类马都是狡猾分子，但愿她不是……我在想什么呢……

师父在叫我。他已经喝得红光满面，几欲飘升了。

桌上放着一盘肉，一把小刀插在肉上，师父的茶碗里泡着削成片的肉，他正在用一根啃干净的肋骨一片一片往嘴里拨肉。屋里充斥着一股羊肉的膻味和青稞酒浓烈的醇香。家保瞧不出醉态，魁梧的身材有点驼背，他坐着比站着更具气势，像一头卧着的老虎。他的脸和所有牧区男人一样黑不溜秋，而且还坑坑洼洼的。这张难看的脸倒是无比契合地发挥着他身上的气势，若是没有这样一张脸，他可能就不完整了。

我自己泡了一碗肉，一边应着家保的客套一边瞪着师父。我觉得师父这家伙其实远不是我想象的那么无聊，我被自己的判断给害惨了。事到如今，我也不打算反抗，我甚至认为正合我意，因为相比飘飘渺渺的吉雅，灰头土脸而实实在在的这个女孩更易把握，我从她这儿领略到浓郁的生活气息。但就这么被出卖了而没有一点反应，却是怎么也说不过去的。于是我才瞪着师父。然而师父或许醉了，也可能是懒得理我。他愣是没看出我的不愉快。倘若时间倒退个把小时，我是有办法让他知道厉害的，但现在瞧他醉醺醺的模样我深感疲惫，进一步打消了不良的念头，转而对家保露出笑容。既然事已定局，那么我对未来——这极有可能——的老丈人表现出好的一面就显得尤为重要了。除了身上脏一点，我想不出他对我还有什么可挑剔的，我觉得自己简直就是一个完美的女婿形象。无论是身材、相貌、品德，还是能力、脾气以及聪慧，我都可圈可点。但是归根结底，这事儿我说了不算，所以我才要讨好他。

他这会儿似乎有点放肆，看我的眼神充满幸灾乐祸的意味，我一惊，顿时感到有阴谋爬上身来了，可又无法确定到底是什么，这可真熬人。我斟满酒杯，恭恭敬敬地给家保敬酒。师父喊我来就是此事。我叫了一声伯伯，请喝三杯小侄敬的酒，祝您安康！除此之外我不用多说，因为所有的其他的事师父都替我办好了。

家保喝干酒，和师父对视一眼，终于说到正题上了。他说："麻麻，估计你也有所猜测了。不错，我托付你师父给我物色一个女婿，一个能够配得上我的宝贝女儿的小伙子，今天，他把你带来了。我知道你，我更了解你，所以我很高心你能来，但这件事说破天也要尊重你的意见，你是否看得上我的女儿，是否愿意当我的女婿，这都看你自己，我只是把要说的话说在前头，以免你有顾虑。"

师父说："徒弟，你一点也不要生我的气，那是没有意义的，因为你根本什么伤害也没有受，反倒有可能一步登天。家保我是放心的，他可是我最好的朋友，听着，是最好的，你明白吗？"

我不负期望地认真点点头。他一说，我就知道了，他们是换命的交情。难怪他会和其他的朋友分开，像最后一道墙似的看着我。我猜了一会儿，搞不清他们友谊的关键点是什么时候，是什么事情，统统不明白。但这不妨碍我对他们这种坚挺的友谊的羡慕，我活到这会儿，都快觉得自己老了，也还没有一个这样的朋友。我很想要一个，但却越发谨慎了，以至于新交一个朋友都感到战战兢兢，如履薄冰。

五

我根本懒得反对，我更没想过要拒绝。这是一桩美事，我巴不得早一点梦想成真，我甚至有一点儿仿佛报复了吉雅的快感。

最高兴的是师父，他太高兴，很快醉倒了，接着家保也倒了。我把师父丢到炕上，把家保安顿在沙发上，这才慢悠悠坐下来，挑了一块肥瘦恰好的羊肉吃。我不嫌肉凉了，因为我胃口好，再说凉肉也有其独特的味道。正在吃的时候，她进屋来了，带来了一股浓烈的羊粪的味道，呛得我吃不下去，但我没有把不满写在脸上，我甚至很有风度地朝她笑。"扫完啦？"我说。

"嗯。"她说。

她给炉子添了羊粪。羊粪和铁勺一起刺啦啦地响，像豆儿似的滚进了炉子里。炉子里轰一下子，红黄的火苗活蹦乱跳，房间里仿佛一下子进来无数苍蝇，嗡嗡地飞着。

她洗了手，抹了脸，背对着我站在窗台根的案板前，喝茶、吃馍馍。

"过来吃肉啊。"我说。

"你吃。"她说。

"我还不知道你叫啥名字呢。"

她沉默一会儿，说："桑吉拉姆。"

"我叫麻麻，贡麻麻。"

"嗯。"

"需要我帮你背羊粪吗？"

"已经背完啦。"

"这么快？你干活真麻利。"

"嗯。"她说。

"那还有什么要我帮你？"

"没有。"

我们的谈话到此结束。她去干什么我不知道，我本来想跟着，转眼一想那多没劲儿呀，人家还觉得我像流氓呢，于是我待在屋里。后来去了院子里，又去了屋后的小草场，看见对面的湖。湖的周围是沼泽，唯有一条细长的牧道直抵湖边，我看见桑吉拉姆正赶着羊去湖边饮水。

天空阴沉沉的，几乎要下雨。南面的沙漠上蓝色的天空，在慢慢地褪去。风刮着，漫过这个季节。我心里乱糟糟的，不知怎么回事，就想躲避一下。躲避什么呢？桑吉拉姆，还是这些所要做出的选择？我以前可不这样，自从失去了吉雅，又打算和师父一样有个女人后我开始变了，现在的心慌，是慌慌张张到来的。但是我说过了，想是一回事，做是一回事，我想着这事，脚步却朝桑吉拉姆那里迈过去。

"冬天怎么办？"我说，"这湖冬天冰封吧？"

"冬天去那边。"她指给我看。那个孤零零的小房子是水房。类似的水房在牧区有很多。

"那为什么不去那里饮水，不是近一些吗？"

"这湖是咸的。"

我一听就懂了："羊拉肚子了？"

"嗯。"桑吉拉姆她不和我一起走，总是走在前面，要不就落在后面。

"你家有多少只羊啊？"

"五百。"

"我家以前也有。"

"在哪里？"

"我家么？在凯热。离这儿不是很远。"

"我知道。"她说，"现在呢？"

"我早已不放羊了，不是不想放而是一些别的原因，以后给你说。"

我们在一堆蒿草上站立着，看着羊群散开后排在湖边吃水，然后在水边的碱土上吃冰草。有一两滴雨水掉下来，天边白蒙蒙的，那是雨线造成的，很快就会来到这儿。我们收拢羊群往回赶，在半道上遇到大雨。每一滴都带着充足的水分，几乎分分钟便把我俩淋得精湿了。到了这会儿我才想起应该让她先回去，我把羊群赶回去。不管她愿不愿意都是一次表现的机会，就这么白白浪费掉了，而且我担心她心里也在骂我不会怜香惜玉。现在说也不是不说也不是。磨磨蹭蹭一会儿，她家的草场到了，羊群自个儿一溜儿地跑进去，她关上铁丝网的门，"哎呀"一声，跑了。我一愣神的工夫她已经跑出去老远。她这是在躲避我吗？

师父要去我家商量婚事。师父对家保说："他阿爸的想法，我有谱。"

他们三言两语就决定，结婚的时间最好不要超过一个月。师父大大咧咧地保证没有问题。吃过早饭，我稀里糊涂地跟着师父回家。我想留下来。师父说你想得美。我想跟桑吉拉姆告别一下，但她躲起来不见我。

师父在家保面前自信得不得了，一出来就开始犯愁了。愁怎么跟我的阿爸阿妈说这件事。他旁敲侧击地向我打听以前阿爸阿妈是否有这方面的考虑，或者意愿，我认真想了想，一点印象也没有。于是我说不可能，我是家里的长子，哪有长子去做上门女婿的道理？

师父说，怎么不可能？你家那么多孩子，适合的只有你一个，你弟弟太小。况且，你去了，家保还能在经济上帮助家里，多好的事儿？

我说，我们家不需要。

怎么不需要？难道你弟弟妹妹不吃饭、不上学了？瞧你父母那憔悴样，不愁死也快累死了。

我沉默了。

师父乘机说："回去后你拿出担当来，既然你已经学了本事，又可以成家立业了，以后的前景是好的。你相信师父，你会给家里帮上大忙的，可以让弟弟妹妹吃穿更好，也可以上大学，多好！"

"但我现在也有本事，我可以自己挣。"

"你傻呀，有一个让你少奋斗三十年的机会为何要放弃？难道你看不上桑吉拉姆？"

"那倒不是。"我说，"就是觉得没有他们我照样可以改变家里的情况。"

"别固执了，做给谁看呢？没几个人在意你做得有多好，但会有一大群人在意你多富有，你越快富有，就越有地位，越被人在意。"

"话虽这么说，但要去做也太难。"

"你坚决如此，他们还能不同意？"

下午回到家中，看见熟悉的破旧的土平房，焦躁烦闷瞬间消散了，只剩下对家人的爱。

六

我的父亲叫耶登，我的母亲叫阿娃。我的弟弟和妹妹上学去了。家里还有最小的妹妹，她叫斯琴塔娜。她是世界上最可爱的四岁的小女孩。我都快想死她了。当我们一见面，她就赖在我的怀里，再也不肯下来。她说再也不让我走了。我心爱的妹妹，亲得我满脸都是口水。她一声声的哥哥意外地让我坚定了决心。师父说得有道理，我怎么不应该给弟弟妹妹们一个好的生活？我就是他们的后盾，当他们需要帮忙的时候我不能只有羞愧和难过。

吃过晚饭后，师父说了他早已在脑海中训练了千百遍的话。阿爸和阿妈静静地听着。我抱着妹妹也静静地听着。我一边轻轻地摇晃着让妹妹睡得更舒服，一边感叹师父有时候说话真他妈的妙语连珠，活生生把一件在阿爸看来并不光彩的事情说得好像阿爸非常伟大似的。最后阿爸问我的意见，我毫不犹豫地点头。阿爸紧闭着嘴唇，阿妈也一样。师父却露出笑脸，因为他强烈地感觉到事情已经成功了。他说服了我的父母。我回顾了一番师父说过的话，觉得其中对父亲影响最大的无疑是家保，他觉得家保是一个值得托付并且尊重的人，他将善待自己的儿子，不会做出有碍于身份的事情；其次是桑吉拉姆，我要是看不上她阿爸就不会再考虑这件事，但我一点也不含糊地同意了，于是他知道了我的想法。他太了解自己的儿子，所以也就不怀疑。

阿爸对师父说要想一想。师父说好啊，咱们明天再说。师父说得很笃定，一点也不犹豫，他装得很有水平。阿爸对此很是在意，师父越是如此阿爸就越是放心。

师父逮着机会对我一阵眨眼睛。我明白他的意思，所以见缝插针地和阿爸聊了一会儿，有意无意地说到家保家的富裕，和我去了之后所面临的优越，我说等再过几年他老了，那些财产就都是我的了……

虽然我说的时候阿爸面无表情，但他已经心动了。临睡了他说，就是有点担心你吃亏，人是不能保证的。

说完他就睡了。而我却不平静了。我觉得这句话像炮弹一样打中了我，这就是在说我，因为我前一刻还信誓旦旦地想着要与吉雅永结同心，但一转眼却张罗着和桑吉拉姆一起生活一辈子。我只是将吉雅当作口号一样喊了喊，再没有努力就放弃了。真是不得了的变化啊，在父亲说这句话之前，我似乎一直在压着某种疑问，用这种手段镇压，但父亲的外来之力打破了防守，我再不能接着装了。而且这句话还有更多解释和意思，我越想越心惊，来不及做噩梦，天已亮了。

我悄悄地离开。阿爸说得很对，人是不能保证的。我不能保证我，师父不能保证家保，家保不能保证桑吉拉姆。既然一切不能保证那么现在所做的事又有何意义？

我不知道为什么去找桑吉拉姆，但我就是去了。我有想过吉雅，但她在哪里呢？她在我根本不知道的一个地方，我孤独地与她渐渐远离，再不重逢……

桑吉拉姆好端端地在家里，对我突然出现一点不惊讶。我说家保去哪儿了，她说你怎么这样说，你没礼貌。

我懒得辩解，我说我们的事存在问题，很难解决。她说你说说，是什么问题，你怎么了？我说我没事。

不，她说，你有事，你怕了。

没。我说，我担心婚姻的质量，我害怕的是不完美。

她哭了，说我知道自己配不上你。你嫌弃我不好看。

我心里一酸，也掉了几滴眼泪。我说，你别那么说，你这么好看……

桑吉拉姆呓语般地说着我听不清的话，走出去了。夕阳金光闪闪地感染了一切，连她也变得金灿灿的，我好像丢掉了财富一般傻愣着。

我看见家保一步步向我走来，他说了什么，我没听清。"啊？"我说。

"我女儿怎么哭了？"他说。

"哦，我说我们可能不合适。"

"怎么不合适了？你父母不同意？"

"那倒不是。"我说，"就是感觉以后可能不好。"

"你是神仙，知道以后的事？小子，你要我闺女。"家保突然就发火了。

我急忙说："没有没有，没有的事，桑吉拉姆那么漂亮，我很喜欢，但是……"

"别说了。"家保说，"少跟我来这套，你师父呢？我要好好问问他是怎么回事。"

我说："他可能还在我家呢。"

家保说："那不来了吗？"我一看，果然见师父一溜烟地奔来，他是骑着阿爸的摩托车来的。家保走过去了。

我对桑吉拉姆说："你去劝劝你父亲。"

她说："我不去。"她又抽泣起来，断断续续地说："你昨天还说得那么好听，你这个骗子。"

我说："我不是骗子，我是突然想明白一些事情。"

她说："我看你是更糊涂了，你这个混蛋。"

我说："你可别骂我，我又没怎么你，你乱哭个什么劲儿？"

她哭得更凶了，说："你玩弄我的感情，我以为你是我心中的那个人，你……"

家保和我师父的对话很激烈，不一会儿就吵吵起来。而且越吵越凶，他们每个人都有道理可讲，都有指责对方的理由。桑吉拉姆看了一会儿，感到害怕了，她拉一拉我衣服，说："你去劝劝，怎么就不好好说话？"

我说："我可不去，他们爱咋咋地。"

她气呼呼地说："这是你惹出来的，还不快去？"我心虚地往那边瞅了瞅，觉得过去了可能更糟，于是就说："怎么说是我惹的？这件事本来就是他们策划的，知道吧？"

她突然推着我说："快去快去，他们打起来了。"

我一看，两个大男人果然扭抱在一起，他们左摇右摆，寻找机会攻击彼此。我往那边跑过去，还有一半距离之时俩人一翻滚，掉到边上的小水沟里去了。我赶忙加紧脚步来到水沟沿上，瞧见师父正骑在家保身上，抡着拳头打家保，一边还在破口大骂。家保既在还手也在还嘴，一点不肯吃亏。我突然感到心脏一阵阵地紧缩，仿佛要把里面的血液都迸溅出来，剧烈的疼痛使眼前发花，发白，视线都模糊了，但我还是紧紧地、死死地盯着家保的手，我看到了什么？本来别在师父腰间的我的"破东风"不知何时出现在了家保的手上，银晃晃的刀光刺了我的眼睛，紧接着一闪而没，刀光进入师父的腹中了。师父猛地一顿，而后大叫一声向后退去，狠狠地把自己靠在沟坎，黑红黑红的热血喷了一大片，家保的两条腿上满是油腻腻滑溜溜的血。他面无表情地看着腿上的血。

我还是站在水沟上面，木木地看着这一切，觉得太荒唐了。我看着家保手中的"破东风"，一如往日那般绚丽，寒刃保持镇定。手持"破东风"的家保已经站起来，冷冷地看着师父。师父好像根本不痛，也不麻木。师父一手捂着涌着热血的腹部，眼睛却牢牢地锁住我。我后退了一步，扭过头去，那边的桑吉拉姆还站在门口，然后缓缓地跌坐地上。在这栋雄伟的屋舍之上，出现的是如血的晚霞，在无声地变化着……

寻牛记

一

丹木正独自喝了半宿青稞酒，迷迷糊糊坐到天明。他用一碗残剩的浓茶果了腹，精神头十足地走出家门，巧遇赶牛的贡嘎。他向贡嘎打听不在他视听范围内发生的有趣事儿。贡嘎说起几天前喝酒不见踪迹的弟弟才巴，一脸愤懑，对丹木正也饱含怨气，仿佛是他引诱才巴跳进了颓废之坑。丹木正讨了个没趣儿，心里就恨上了贡嘎，盘算着如何给他神鬼不知地戴一顶绿帽子。而贡嘎可能在想如何让弟弟和这个二流子断绝来往……他们各自打着主意，在夏天热闹一时、现已撤走的"草原蒙古大营"的窝子上分开。丹木正觉得贡嘎见人就咬的遗传病想必是没治了。他的父亲，更早的时候他的祖父，都是暴虐的人，都喜欢以伤害别人来愉悦自己，仿佛只有这样他们才能活下来。但丹木正觉得他管不着，此刻他更想喝酒。

丹木正九点钟的时候走上公路。路面上最后一些残冰也在无穷无尽的车轮的辗轧下分崩离析了。他站在公路边缘的白线上，遥望着贡嘎的那一片白茫茫的冬草场，他又回首看了看自己的有一大片阳坡，既能避风又能晒太阳的冬草场，不禁有些得意起来。和贡嘎的相比，他的草场里的雪已经不多了。他觉得自己的羊比起贡嘎的羊真是太幸福了，因为他的羊可以一边吃着草一边晒着太阳，而贡嘎的羊却要在雪地里一边发抖一边努力地刨雪寻找食物。假如天气再冷一点，他的羊就会飞快地瘦下去。再过一两个月就到了产羊羔的时节，丹木正断定贡嘎今年的羊羔成活率不容乐观，很可能惨不忍睹。他很乐意看到这样的情景出现。他摇摇晃晃地站在公路上呵呵傻笑，并频频转头看他的草场，然后再回过头去望望贡嘎的，他越看越满意。不过他很快就意识到不对了，因为日子在一天天地走，这个冬季也会成为过去。贡嘎要是熬过了这个冬季，待到三四月开春大雪融化，那他还会有什么事？他的草场的青草会像玉米一样地长，等到了秋天，草势再不济也能淹没羊的四条腿。而他的草场长势可能连贡嘎的一半都没有。而贡嘎一定会熬过去的。丹木正恨恨地想，去年形势那么严峻，他也是一点事没有。他用饲料有惊无险地渡过难关。今年入秋以来，他的羊在那片丰茂的草场里使劲地吃膘。换句话说贡嘎今年完全可以利用吃上了大膘的羊轻轻松松地过冬。丹木正闷闷不乐地蹲下。从默勒拉煤下来的大货车鸣着刺耳的喇叭呼啸而过，丹木正闻到一股橡皮的焦味。他一动不动，对擦身而过的大卡车视若无睹。记得以前刚刚修了这条公路的时候，他都吓得不敢上去，一有车来就跑得远远的……可他如今——准确地说是从今天早上——在乎的是如何报复贡嘎，那样他就会乐得几天睡不着觉。他绝对不会去想这么做有什么意义，他觉得那样去想才是没有意义的。没看见现在人人都这么生活吗？既然都是这样，那就是有意义的吧！

　　大概是宿醉或空腹的缘故，他的手一直在轻微地颤抖，他的脸色也很差。风越吹越大，但他感觉不到，他走下公路，向他的春草场走去。在去的路上他想，跟贡嘎一个草场隔栏真是倒霉透了。每年他们的羊羔总是从铁丝网的空隙里钻来钻去。他不得不经常去抓羊羔，也就不得不天天面对贡嘎那张永不快乐的黑脸。这时他才意识到自己对贡嘎的恨由来已久，像酒一样酿得越来越陈了。

二

丹木正在自己的春草场里走来走去，宛如视察领地的王爷。他走着走着肚子开始饿了，觉得浑身冰冷。正好看见骑着摩托车的尕拉毛，他招手叫住她。这个女人说要去德州商店。她把头和脸裹得严严实实，只露出一双凄迷的大眼睛，睫毛上面有白色的冰霜沾着，这让她的眼睛更好看了。她打趣丹木正大清早发什么疯，是不是被娜措赶出来了。丹木正说没有的事，他骑到摩托车后座上，叫尕拉毛快走。为了报复她刚才的嘲笑，他在她的腰间和大腿上连掐带摸。尕拉毛惊叫几声。她讽刺说你是不是男人，怎么像婆娘一样学会掐了？丹木正再次伸手到胸前，更加用力地捏了几下，这次尕拉毛却无声无息了。她专注地看着前方。丹木正的身子和她紧紧贴在一起，他享受地闭上了眼睛。

丹木正在商店门前依依不舍地下了车。商店的门还没开，于是就邀请尕拉毛去家里坐一会儿。

但她幸灾乐祸地说："算了吧，我可不敢去。刚刚拐弯的时候看见你老婆了，那么老远我就感觉到了杀气，我可不想羊入虎口！"末了她还添油加醋道，"我想你回去会有暴风雨等着呢……"

"她还没那个胆子。再说，就算是老虎也轮不到她呀，你更像一头虎。"

"我怎么就成老虎了？"

"不是说虎狼之年吗？说的就是你呀。"他哈哈大笑，"难道你不像虎？"

"去你妈的虎狼之年，你老婆才是虎狼之年，你怎么不去说，是不是没那个胆？你就那点狗胆！"

"这跟你有什么关系？"丹木正凑上前去闻着她的身上混合着肉体香水的香味，说，"你管得着吗，你想男人想疯了吧？"

尕拉毛身子靠在商店的铁大门上。她斜视着丹木正，仿佛在看一只无家可归的小狗，脸上充满了悲悯的关怀。她半晌不说话。丹木正意味深长地一笑，手已经不客气地攥住了她的乳房。尕拉毛胸前一阵酸痛，差点叫出声来。她被丹木正紧紧地挤在铁门上动弹不得。她想掰开丹木正的手，但他的手像机械手一样扣在乳房上，纹丝不动。折腾了几下后被捏得更紧，她觉得后颈都麻木了。可即便是这样她也不想出声求饶。她看着眼前这个衣衫不整，脸色蜡黄又神经兮兮地四处张望，随时会抱头鼠窜的男人，心里平静下来。她从这个男人身上看到了卑微和无助，她甚至感觉到他隐藏的那份悲怆。

尕拉毛毫无征兆地大嚷一声："有人来了！"

丹木正的手好像被一条蛇蜇了般缩回去。他目不斜视，微微地低着头，迈着大步匆匆地拐过了墙角，然后再闪过一个墙角就不见了。尕拉毛看着仓惶逃离的男人，软软地蹲在墙根里。一束阳光暖暖地照顾了她，她出了一鼻子细汗，微风一吹突地打了个颤，身子轻轻一斜就跌坐地上。她头一歪，就再也站不起来了。她突然间什么也不想管，只是就这么睡上一觉，那该有多舒服！她似有感知地往左瞟了一眼，就见丹木正远远地站在了公路上，像一只傻兮兮的缩头缩脑的老鹰。

丹木正明白被尕拉毛给耍了。他灰溜溜地逃离，形象很不雅观。他心里堵得慌，有心回去报仇。不过只是想了想，他并不想真那么做。他穿过公路，坐在路沿的水泥墩子上，从这里可以俯视老店的大部分房屋，可以看见自家朝东的大门，这在老店是独一家。通常他家开的是右扇。不过这会儿两扇门都紧闭着。他在想尕拉毛说看见老婆了，到底是不是真的？老店静悄悄的，再过一会儿，各家的牛羊就要出圈了。

丹木正不想操心牛羊，他知道有人操心。他也不想回家，也不知道现在要干什么。他估算了一下可以喝酒的朋友，最后打算凑合凑合去找阿力腾·乌勒。谁叫他是小舅子呢？而且是和姐夫很臭味相投的小舅子。

丹木正在这个冷冽的早晨只穿着一件红色的毛衣和牛仔裤，光着头在公路上走。他穿的皮鞋准确地说不是他的，他也不知道是谁的，总之是他前几天半夜里穿了回来。他自己的鞋不知道去了哪里，事实上他连自己穿的是什么样的鞋都忘了。这不能怪他，因为他已经十几天都没有彻底清醒了。换了谁都记不住。

丹木正走得很快，他不觉得冷。他觉得穿着刚刚好。再多不行，少了也不行。就是皮鞋稍微有一些小，他的最小的两个脚指头叠在一起，有一点点痛，不过他还能忍受。他下了公路，拐上一条水泥路。这时候有一辆小轿车驶过来，他老远就看出了那是才巴的"夏利"。因为只有他的车才会三百六十五天都震动着音响。他突然想起贡嘎，嘴角就一翘。

车到了近前，副驾驶坐着表哥尕日玛。他们两个明显还没彻底清醒，肿头肿脑的，一身酒气。

车子险险地擦着他的脚尖停下。

丹木正上了车，瞧见座位上有几瓶啤酒和一壶散装的青稞酒，五斤的塑料壶里只剩下一小半。"你们这是去哪儿啊？"他问道。

"听说你都喝了十几天了，还没有醒过来呢？"表哥尕日玛用一双充满血丝的眼睛打量着丹木正，然后说，"看你状态不错，那我们就接着喝！才巴你说，去谁家喝？"

"丹木正你去谁家？"才巴转过头。他的脸色惨白，格外枯槁，像冻裂了的冰面。丹木正吃惊地看着他，心脏剧烈地跳动起来："你怎么了？"

才巴说："什么怎么了？"

"你的样子好吓人！"

才巴说："你也好不到哪里去。我告诉你，我已经好几天没有好好吃饭了。"

丹木正说："那就吃啊。"

才巴说："难受得吃不下。"

表哥说："吃什么饭？我们已经在吃粮食的精华了。"

才巴说："丹木正你去哪儿？"

丹木正说："我去小舅子家。"

尕日玛说："我们都去吧。"

丹木正催促才巴："赶紧掉头……哦，不成，开到公路上再掉头，就你那烂技术，我怕翻到沟里。听说你考了一辈子的驾照，到现在还没拿上？"

尕日玛叼着烟："他买了一个装驾照的皮本儿，空空儿地揣了这么多年，居然还像新的一样。我都换了四五个了。"

才巴说："放屁！你我半斤八两，还好意思说我？"

丹木正得意地说："考驾照最能考验一个人的综合素质，所以我还是有两下的。"

才巴说："你的意思是我很差喽？"

丹木正说："这话不是我说的，是驾校王教练说的。有本事你去打掉他的牙。"

"王教练算个屁！我早晚打光他的牙。"

"我建议你拿到驾照后再打。"尕日玛认真地说，"说实话我也早就看不惯他了。"

丹木正说:"这个等到时候再商量,现在你快开车,去公路上掉头。"

"你老丈人不在吧? 你先打电话问问。"才巴一边将车开上公路一边说,"你不要说是来喝酒的,先问阿爸好!"

尕日玛摇头晃脑地说:"真是啰唆,我们直接去你的相好的那里不就得了? 多自在。"

"你想得美! 你怎么不说去你的相好那里? 自私鬼!"

"我没有相好你让我怎么办? 我可不像你,活得那么潇洒。再说,有也不是寡妇呀,去了不方便。"

丹木正口渴得厉害,就咬开了啤酒瓶盖喝了一口,一股透心的冰凉冲进腹中,他打了一个嗝儿,舒服地叹了口气。

车子沿着水泥路进了新店,路过盖勒家门前,盖勒的老婆正在给母羊撒燕麦。羊群紧紧地围着她,仿佛一群孩子要吃她的奶。他们对她评头论足,才巴放慢了车速,几乎就要停下来了。尕日玛说她的身材苗条,看着养眼,盖勒美得很呀! 才巴说太瘦了,不好,要丰满! 那才有滋有味。丹木正说她的脚肯定被羊踏坏了,刚一说完就看见她跳起脚来。他们三个乐得哈哈大笑。才巴说丹木正你和她心连心啊! 她被笑声引得转过身,虽然看不清脸上的表情,但可以肯定的是一定在骂他们。他们笑得更放肆了。才巴大声喊着问盖勒在不在家,连问三遍都无回应。他只得悻悻地闭嘴。他闭嘴之后把车子开上了去阿力腾·乌勒家的小路。

三

阿力腾·乌勒鬼鬼祟祟地把他的老婆拉到了杂物间,他央求着这个和他共枕同眠还不到一年的女人，心里感到无比憋屈。想当年他也是呼风唤雨朋友成群的，走到哪儿都吃得开有面子。怎么现在变成这样了？他没想到结婚会成如此局面。虽然谈不上后悔和莹莹结婚，但总有一些懊恼，他也不知道在恼什么。想发火也压根儿没考虑过对老婆发。这还是我吗？有时候他不得不问自己。就比如现在，他低三下四地拉着莹莹的手，时刻关注着她脸上表情的变化。斟酌着用词用句，随时准备转变方式。他轻轻地揉着老婆的手说："莹莹，你就给我这一次面子吧，你看他们都来了，我要是不招待的话以后可就有笑话了，说什么的都会出现。我不想那样，那不好。就这一次好不好？我保证，下次我就提前躲出去。但这次你就给我一瓶酒吧！我很快就把他们打发走，然后帮你背羊粪！"

"这个月你都喝了几回了？你自己想想。"莹莹直视着阿力腾·乌勒的眼睛，一直到他躲闪起来才说，"我不是不让你喝，但酒喝多了就会伤身，你看看我阿爸，再看看你阿爸，我不想你也像他们那样。"

"我知道，莹莹，我不喝了。"

"这些人低头不见抬头见，今天你就陪着少喝一点吧。但我有一个条件，对你也有帮助。"

"你说，莹莹，我都听你的。"

"从明天开始你就戒酒，以后不喝了。我都想好了，过几天我俩去县医院找舅舅开一个不能喝酒的病单子。以后我看谁敢再让你喝。"

"好！就这么办。我早就不想喝了，干受罪！"

"酒在堂间的门箱里面，你自己取吧。"

阿力腾·乌勒赞了一声老婆想得周到。

他拿着酒碟子给几人敬酒，才巴夸赞他。他说："你的老婆真是大方，你他妈的就是有福气。要是我有一个这样的女人，我含在嘴里一辈子。"

丹木正立马表示赞同才巴的前一句话，他说阿力腾·乌勒老婆的好这一点毋庸置疑，但他同样觉得才巴的老婆也配得上他。同时他也不含蓄地表示他的老婆更好。他说："她从来都没骂过我，如果我一晚上不回去她就担心死了，一见到我就哭……"

"她是想你呢还是想'你'呢？我觉得她不想你。"才巴大声笑起来，他笑起来就会张开那张大嘴，而且赌气似的往更大里扯，把里面补过的牙全都暴露出来，特别难看。丹木正一直挺反感才巴的牙齿和嘴，如今坐在他对面，就更难受了。丹木正看着才巴，自己也下意识地大张了一下嘴，说道："你以为像你老婆？全世界像你老婆一样的女人太少了，你也太悲哀了。"

"我老婆怎么了？我怎么悲哀了？你给我说清楚。"

"好了，今天咱们不谈女人，只谈男人。"阿力腾·乌勒倒不是怕他们打起架来，主要是担心砸坏了家里的东西无法跟莹莹交代。他只能把这场好戏压住，并且违心地劝说。

"男人有什么好谈的？都是一个德行，不谈！"尕日玛终于插上嘴了，他立刻否决了这看似无聊实则博大精深的话题。对他来说男人这个东西难以理解，比女人更伤脑筋。

他们不再说话，酒过三巡，才这发现原来一切都和男人女人有关系。不谈男女没法说话了。尕日玛提议说畜生。才巴说那就说牛吧！一提到牛丹木正一下子就蹦了起来，他火急火燎地说，六斤那个王八蛋喝醉了酒，把车开进了他的草场里面，把铁丝网都破坏掉啦，他的牛肯定全跑出来了。他拉着才巴要去看牛。他们全部都坐上了车。阿力腾·乌勒撒谎说忙着呢，但被尕日玛和丹木正合力拉了进去。

他们很快出了小路。才巴把车子开得惊心动魄，但他们却不害怕，也不在乎才巴会不会把车开到路边的坑里。他们在车里接着喝酒。

在驶过红垭豁时，他们几个喝得更多了，所以就更不在意下山的路上才巴的飞车表演。半个多小时后，他们来到了丹木正的草场边上，谁也没有下车，他们甚至不知道已经到了。才巴一脸难受地把头搁在方向盘上，一动不动。副驾驶上的阿力腾·乌勒观察了才巴一会儿，他想说句话，或者是叫醒他。不过他的注意力很快放在了后面两人的划拳上面，于是就不管才巴了。

丹木正的这片草场地势平坦，草场的西南一片全是水草丰茂的沼泽，占据了整片草场的三分之一。现在草已枯萎，不现八月的风光，但密而扎实的枯草还是让人心里踏实。靠近草场中间的地方有一条横断了整个草场的深水沟，平常只有很小的一条溪水流淌着，每年夏季发大水，整个水沟都是满满当当。这条水沟越来越深了，给过来过去的牛羊带来困难。丹木正一直想在上面修一座桥，计划很久了，不知道还能不能修成。丹木正没醉，或者说酒醒了。他一直惦记着牛。他朝牛群走去前对他们几个很不客气地说，别他妈的烦我！

他远远地看了几眼扎成一堆的牛群，凭着多年的经验他看出牛的数量不对，少了好几头。四周也看不见一只落单的牛。他感到非常气愤，骂着不让他安心的牛，同时也骂着愚蠢的六斤。一想到要去寻牛他就累。他感到累极了！他慢慢地向牛群走去。牛群站在一块微微隆起的有一两个羊圈大小的冰滩上，它们渴望能有一点水喝，它们可以感受到缓缓流动在透明的冰下面的清澈而寒冷的水。水就像一种致命的毒药，无时无刻不在引诱着它们。它们或急躁不安或悲痛欲绝地等待着，终于把十几天不露面的主人等来了。

丹木正先不去管没有哪几头牛。他从一处坑窝里拉出一把全铁的洋镐，站在了牛群里面，他的脚下是这一处冰滩的源头。他很久没来这里砸冰了，按照冬天的规矩他要严格执行三天砸一次冰给牛饮一次水。可是这个标准他已经很多天没有理会了。要不是铁丝网被整坏了他担心丢了牛，他很可能更长时间忘记他的牛是否能够吃到水。他来到牛群中，看着这些可怜的家伙，想着他们在夏天的时候对他的折磨就有一种报复的快感。他觉得很多事情都是有报应的，而且这报应会让你感受得到。

他奋力地砸了一个大水坑，冰屑飞舞，沾满了他全身。绿莹莹的泉水像果汁一样冒了出来，很快从他的脚下漫延开去，面积渐渐大了。焦急等待着的牛群淹没了丹木正。好一阵子后，他才从另一面出来了，他走到了冰滩的边缘，坐在一块土坎沿上。西风狠烈地呼啸着，他面朝东方，眺望了一阵子苍茫群山，然后把目光放到在风中呼喊蹦跳着的三个人身上，他们摇摇摆摆地纵情欢乐，释放惊心动魄的力量和热情。那些飞扬的沙石躲避着他们，仿佛惹不起他们。他们挑战着冷酷的季节……

丹木正在等待，等待牛群吃饱水后心满意足地离开。他去品尝了那甘醇的泉水。他为自己感到遗憾，没想到过要品尝这泉水，就像有一匹好马却从来没有尽情奔驰过。那一股股精力充沛的甘泉漫上来的时候带着坚强的意志，他觉得从中得到了想要的。他喝了绿色的甘泉，向他的兄弟们走去。

他看见骑着摩托车的尕拉毛。她被他们堵在路上。尕拉毛从摩托车上下来，打开了尕日玛的手。她也看见了丹木正。丹木正朝她挥挥手，她就向他跑过来。

丹木正一下子抱住了尕拉毛，抱得紧紧的。他产生了一种特别荒唐的念头，觉得尕拉毛上辈子一定是他的老婆。他把这想法说出来。尕拉毛身子一僵，随即咯咯笑起来，说你怎么知道。丹木正说一抱着你就知道了。

尕拉毛扭了扭身子，没有挣脱他，就说，你这个可怜虫。

这时他们几个又是怪叫又是吹口哨。尕拉毛脸一红，猛地挣脱了，她理了理衣服，问你们干吗来了，丹木正说喝酒，顺便找牛。

"我的牛丢了。"他说。

她说："喝了酒找什么牛？"

丹木正说："我不知道，喝着喝着就来了。我早就知道丢了牛。"

"那快去吧！"她说，"我去阿爸那里。"

丹木正朝大曲陇方向看了一眼，说："你阿爸好远啊，我们送你吧。"

尕拉毛说："用不着。"

丹木正说："你应该今早就把我带过来。说不定我的牛就不会丢。"

尕拉毛说："是你自己跑了。"

丹木正说："你骗我。"

尕拉毛说："我的话你也信？"

丹木正意兴阑珊地摆摆手，丢下她走了。

但他很快就返回来："我没有你的手机号。你的手机号是多少？"

尕拉毛没吱声。

丹木正又说："我也没有你的QQ号。"

尕拉毛一脸笑意，但还是什么也不说。

丹木正说："加我的QQ，我的网名叫'旷世之恋'，你想听我这个网名的缘由吗？"他跑向尕拉毛。但她早就防备着，一转身就逃开了。

丹木正在后面喊："你不要摩托车了？"

尕拉毛说："我会加你QQ的。你快走，我不想看见他们。"

丹木正一听就高兴了，保证说："好的。我把他们都带走，你一定记得加我QQ。"

尕拉毛说："我一定加。"

四

才巴把一肚子的污秽物吐在了车门上，没一会儿工夫，就冻得像车门一样冷硬。才巴最后放弃了把那东西弄下来的想法。

他把主意转到尕拉毛身上，问丹木正是不是已经搞到她了。丹木正说没有。才巴说你快搞，不然我就搞了。

丹木正说："我正在搞，你找别人去。"

才巴说："难啊！现在已经不好搞了。"他一副伤心表情，好像真的是在为此事难过。

丹木正感觉怪怪的，这种事儿难道也要伤心吗？

他和才巴坐进车里，等狂躁的尕日玛和阿力腾·乌勒慢慢冷静下来。两人朝尕拉毛的方向撒了一泡尿之后也上了车。汽车里的空间很快被烟雾填补。才巴发动了引擎，摇下了车窗。

"现在要去哪儿？"他又把车窗弄上去了，那头不安分的头发顿时比往常更紧密地贴在了脑门上。

"去能喝酒的地方，我今天要喝个痛快。现在我还没痛快！开车。出发！"阿力腾·乌勒嚷嚷着续上一根烟。他的脸红得吓人，这么快就喝上头了。

这当儿，丹木正已经把一瓶啤酒喝干了。他打了一个响嗝，打开车门后将酒瓶砸碎在一块有他的脑袋大小的石头上。他用坚定不移的口气对几个人说："我们去找牛吧，我的几头牛没有了。我们无论如何都要将牛找到。"

"你的什么牛？我不知道。反正我就要去喝酒，其他的我什么都不管。"阿力腾·乌勒扭过身子，他有点头晕，但想要疯狂一把的想法却清晰明确。尕日玛和才巴赞同了他的说法。才巴挂挡让汽车动起来。他打算在车子到达三岔路口前得出一个结论。究竟是北上还是东下，要么原路返回……

丹木正紧迫地想要找到牛，他赌咒发誓可以让他们一直都喝到酒，然后明天继续请他们喝酒。阿力腾·乌勒痛骂丹木正，说他是二流子，连牛都管不好。在三岔路口处丹木正让才巴把车子拐向东面的砂路，这是通向镇上的路。路的两边还是属于德州的地界，围了铁丝网的草场一个接着一个。有的草好，没有被吃完；有的却吃得干干净净，那草场像牛舔的盐布，露出了黑乎乎的地表。丹木正一路上只要看见牛群他都会跑去看看，到下午三点钟的时候才巴将车开上了一条水泥路。这又是一个三岔路口，水泥路向北进入大曲陇，往东的话就是镇子的方向。阿力腾·乌勒嚷着要去镇上的酒吧喝酒。他和丹木正争执不休。其实丹木正也想去酒吧，他一直惦记着那个女店员。挣扎良久，他很好地为自己找了一个借口，如果这最后看见的牛群里没有的话他就不找了。他听从他们的安排。他向牛群奔去，并且很不情愿地找到了他的牛。他有些不高兴，但更多的是如释重负。

他仔细地辨认了一会儿，看出是刘进贵的草场，那么牛也应该是他的。他的家离着不远。丹木正回到车里让才巴把车往刘进贵家开，就在路边上，不到一公里，他们在半路上碰到了刘进贵。刘进贵说他要去看牛。

"你们这是去哪里？"他站在路上，把脸上的围套抹下来说，"你们好逍遥啊！"

"我正要去找你。"丹木正下了车，他握住刘进贵的手说，"我的几头牛在你的牛群里，我正打算跟你说一声，先放一两天，我最迟后天就来赶。你看成不？"

"你的牛在我的牛群里？"刘进贵很惊讶，他肯定地说，"没有啊！我今早还数了牛。没有生牛啊，你看错了吧？"

丹木正使劲握了握他的手然后甩开说："你开啥玩笑？我的牛我会看错？我就算是看错我的老婆也不会看错我的牛。肯定是你搞错了。"

"我才不会搞错，我又没醉。"

"你胡说八道什么呀？我喝了酒就会看错牛？你什么意思啊？"

"啥也别说了，既然都没看错，那么我们走，到牛群里好好看看。一定会看出来的。再说我的牛都有耳穗。"

"耳穗我的牛也有。是红色的。"

"你的牛耳穗是哪边耳朵？"

"左边。"

"我的也是左边。"刘进贵说，"要不等明天你的酒醒了再来？"

丹木正一摆手，说："什么酒醒不醒明天不明天的，我还能弄错？你开什么玩笑？难道你喝了酒会认错老婆？你是不是心里有鬼啊？"

"你怎么这么说？我也是好心。是看你醉得不轻才这么说。"刘进贵很是愤怒，他像赶苍蝇似的挥了挥手说，"行了行了，不说了，我们去看吧！"

"看也白看，那就是我的牛。"丹木正转身就走，不忘叫上才巴他们几个，他们在车里没下来。他们巴不得不是丹木正的牛。阿力腾·乌勒还断言说那不是丹木正的牛，好像他心里明白似的。才巴掉转车头跟在丹木正后面，他的那件红毛衣在惨淡的午后愈发显得鲜艳，但穿在他的身上却无比合适，似乎再也找不到比他更合适穿这件毛衣的男人了。

丹木正和刘进贵钻入牛群。丹木正把指头捅向分散在牛群里的几头牛身上，牛浑然不觉，丝毫不知它们的命运会因为那根悬在空中的粗黑的手指头而发生改变。

"看，难道这是你的牛？我一眼就从你的牛群里把它们认了出来。混蛋，我一定要把它们送进屠宰场。"

"你真的是弄错了。"刘进贵的眼睛滴溜溜地在几头牛周围转了几圈，像乱飞的闪电，不断地打在牛的身上。他又跑到丹木正跟前握住那根乱捣的手指说："那是我的牛。你的眼花了，你回去，好好睡一觉，等你休息好了，你就知道是你的错了。"

"错你大爷！"丹木正嗷一嗓子鬼叫，把刘进贵的手甩开，推了他一把。他从地上找到一块石头，对怒气腾腾的刘进贵说："我算是看明白了，你这是要赖我的牛啊！你他妈的也不想想，世上哪有那美事儿，平白让你发财！嗯？以前听说你有坑蒙拐骗的坏毛病，现在看到果然如此啊！你有种，居然把主意打到我头上来了。"

"我不和你说了，你真是疯了。我找罗书记去，让村委的人看看，到底是谁在胡闹。"刘进贵气得直抹嘴巴，他的帽子不翼而飞，头上没有发，头皮发青。他想离开，去找罗书记。但他很快就倒在了地上，丹木正压住他，他的头已经挨了一石头。倒地之前他已感觉到了，有血流出来，染红了黄黄的草丛。丹木正大叫着让才巴他们过来，他的手捂住刘进贵的眼睛。刘进贵的脸上又被打中一拳。刘进贵什么声音也没出来，他也没有还手。

才巴拿出后备厢里的一根绳子，用无比难听的话咒骂刘进贵，说像这种贼就应该捆起来往死里打。他们既激动又愤慨地数落着刘进贵，对他充满仇恨，免不了拳打脚踢，顺便把他严严实实地捆住。

"把他扔在这里，让他冻死！冻不死就饿死！"阿力腾·乌勒摇晃了一下，然后坐下说，"对这种坏损就把心挖出来、把老二踢烂才过瘾！"

才巴恋恋不舍地盯住他的绳子看了好一会儿才说："丹木正你得赔我一条绳子。"

尕日玛说："才巴你不要担心，不就一条破绳子吗？让丹木正到镇上给买一条新的，看你那女人骂不骂。"

才巴说:"说什么呢?一条破绳子,没就没了,我根本就没放在心上。"

尕日玛说:"你吹吧,德州谁不知道你的老婆?谁不知道你怕老婆?"

才巴扭头看着丹木正。丹木正说:"我肯定给你买。但现在我们去赶牛。"他快步朝牛群走去,把牛收拢,然后往铁丝网门口驱赶。

尕日玛看着丹木正在牛群里跑来跑去,却无法把几头牛分出来,他说:"他不会丢了有一个月了吧?"

阿力腾·乌勒抽抽鼻子说:"谁知道呢?反正这家伙不靠谱,你看他的那张脸,红不红绿不绿,跟鬼似的。"

丹木正把整个牛群都赶到铁丝网门口,他让阿力腾·乌勒站在门口,不要放出去一头与他不相干的牛。尕日玛和才巴在撵一头三岁的小公牛,丹木正在追赶另外一头黑牛。他大吼大叫,试图让牛记起来他是谁,那样它就知道该怎么做了。他追了好一会儿,黑牛就是没有意识到他是谁。它在牛群里面乱窜,很快便搅混了让丹木正费了很大的劲才收拢的牛群。这么一闹,才巴和尕日玛分出去的公牛也像疯了一样地跑了回来。才巴两人实在跑不动了,才巴的一块打出去的石子儿从公牛的头顶飞过去,差一点打中丹木正。丹木正尖声嚷嚷,他不再跑了,等才巴两人到跟前来。

才巴在丹木正的前面跪下来,继而趴在地上,含糊不清地说:"这不是个办法,累死我了……我有一个好主意……我们把牛都赶出去,然后在路道里分隔,那样就容易多了。"

丹木正朝阿力腾·乌勒招招手,他大声喊:"过来,快过来。"

尕日玛说:"你的牛怎么这么难分开,你到底丢了多少日子了?"

"不瞒你说,我都快一个月没来看牛了。谁知道是什么时候丢的。不过,管他呢,反正牛被找到了,是不是?"

尕日玛说："你真有种！我三天就跑一趟，烦死了，一点不敢懈怠。"

丹木正说："你有收牛人的电话吧？"

"有啊，怎么了？"

"给他打电话，就说有四头牛，现在就卖！"

"你要把牛卖了？"

"我才不往回赶呢，卖了请你们去酒吧！"

"你俩快点，有好事。"尕日玛叫他们快来，他把丹木正的决定说给他们听。他们一听就觉得有了力量，很快就把牛赶到路道里了，他们分开行动，一个人堵在路道的北头，一个人拦住朝公路的那头路道，其他两个人把牛从群里分出来。

这次就容易多了，四头牛很快被驱出草场，来到路道里，它们一排儿地往上跑，被站在那里的尕日玛堵截回来。牛在水泥路和草滩中间不断地变换着跑，它们一点儿也没有要跑回牛群的意思。

才巴跑回去开车来，大家都上了车。慢慢地跟在四头牛的后面，等待着那个牛贩子到来。临上车丹木正朝刘进贵绑着的地方瞧了瞧，他只看见了一片模糊。

五

他们慢悠悠地用汽车赶着牛，在公路旁邻村的卫生院门口被牛贩子堵住。这个叫马三友的回民牛贩子先是抱怨天气太冷了，他本不想来，但是看在朋友的面子上不得不来。然后又说起牛的不是来，他大体的意思就是几头牛不大，更没有膘情，恐怕不好。他说他不要公牛，也不要瘦牛。

这个据说是尕日玛的朋友的人开始和尕日玛讨价还价起来。他们把手掩在马三友的油污发亮的军用大衣之下，像老鼠一样地把大衣捣来捣去。他们勾肩搭背地在一起越走越远，不过，转了一圈之后又回来了。

尕日玛很负责地和马三友讨价还价，并且以差不多的价钱完成了交易。当他把六千四百多块钱交到丹木正的手里时，很像一个打了胜仗的将军。丹木正倒显得淡定异常，接过那一沓在风中"哗啦啦"作响的钞票。他明白这钱很快就不是他的了。它们会以各种各样的理由装进别人的口袋里。所以他把钞票漫不经心地装进衣兜，并且一点也不在乎地说："我们去西海镇吧！"

马三友穿着皮裤皮衣戴着皮帽，喷着有股大蒜味儿的口气向他们四人道别。他骑上一块宛如废铁的摩托车，把牛赶走了。

自从付了钱，他再也没有说一点牛的不是。他很成功地扮演了一个牛贩子的角色。才巴的汽车超过马三友和他的摩托、他的牛，来到公路上。

才巴将车开得飞快，丹木正望着车外一闪而过的那些铁丝网和水泥杆子，他想，这种不听话的牛注定了要进屠宰场。

阿布达拉的一场火

一

大火沿着阿布达拉山梁跑了一会儿，被大风逼下山头。一群人用灭火拍、大扫帚之类的东西拍打火苗。一个小时后火苗扑灭了，呛人的黑烟弥漫四周，到处都是一股焦腥味。

高高瘦瘦的阿云德穿着还没来得及换掉的校服，坐在人群中。他和叫王扎西的同学低声说了什么，然后站起来，一起朝银神保走去。

银神保掏出烟，翻来覆去地摆弄。他看着阿云德说："你阿妈呢？"

"在医院呢。"他说着拍了拍身上的灰屑，低着头看着校服。

银神保瞥了他们一眼，说这校服不好看。村长在远处打电话，听出是在和乡上的阿书记通话。村长大声说着草场被烧的面积，说着控制的情况。然后说还在现场。

"没有，都没走。"他说，"好，我们等着。好的，是银神保家的……他家的草场还没吃……"

村长捏着手机，朝空旷的黑色土地走了几步又折回来，他长长的细腿走得异乎寻常地矫健，好像经过这样一件突如其来的灾事，他的工作才在某种意义上真正开始了。阿云德觉得村长严肃的神情下掩盖的是一种古怪的讥讽，这场大火因何而起？似乎瞒不过他。

"你阿妈哪儿去啦？"村长带着一口浓烈的死烟气，质问似的说，"阿书记马上就要来了，你阿妈呢？"

阿云德目测自己家草场被烧过的面积，默默一计算，心头那股火气莫名地消去了，茫然生出一种一切尽在掌握的荒诞感。他看着村长黝黑枯皱的脸颊。这些年他对德州的风最深的感受不是来自那种铺天盖地摧枯拉朽几乎横扫一切的沙尘，而是从这些常年和风沙打交道的牧人的脸上，从阿妈早已没有一点水分的脸上。他几乎是习惯性地对村长点点头，淡然地说："我阿妈病了，村长，病得有点严重，医生说……"他稍微停顿了一下，似乎是在给村长一个接受的时间，"郑大夫说可能要去省人民医院。村长，现在怎么办？"

"乡上的人正在赶过来。你家的草没烧多少……你阿妈到底什么病？"村长一脸困惑地问。

"是腿上的病，村长，说不好……"

村长点点头，垂着眼皮抽烟。

今天早上，阿妈说病情不容乐观时他丝毫没有惊讶，他只是像刚才对村长那样点点头表示知晓了。他听阿妈嘱咐了些家里的事，就出了医院，坐上等在急诊门口姐夫的小货车，一个小时后就到了家里。他第一件事就是去把仓房里阿妈早已煮好的狗食端去给黄母狗，然后站立一旁，一边看着即将产崽的黄狗狼吞虎咽地吃食，一边很自然地摸出烟和打火机，他甚至没像以前那样到处看看就点了一根。他吸得贪婪，呛出许多眼泪。

等黄狗吃完了，把食盒舔得干干净净。他用双腿夹住黄狗的脖子，在它脑袋上揉了一会儿。黄狗摇着尾巴用前爪想扑他。他无声一笑，放开了它，让它如愿以偿地用笨重的两只前爪在他身上拍了又拍，然后他提着食盒回屋去了。

屋里没有需要他操心的，所有的一切都被阿妈收拾得井井有条。他甚至觉得要是他动了什么东西，就会瞬间打破这里蕴藏的某些东西。这是阿妈经过几十年的努力经营换来的一种神秘之物，在他住校的日子里，正是这种东西没有让她感到孤独，阿云德想起以前一次阿妈因为他的擅自乱动而大发雷霆，以前所未有的怒火斥责他。自那以后他就明白了，除了他这个儿子，阿妈还有另外一个更深层意义上的"亲人"，他从阿妈仿佛不计后果的维护中得以解脱，减去了些许负担。

眼下，他站立良久，有些不知所措。屋里静得可怕，炉火早已灭了。他退出屋子，站在封闭式阳台里看几十米外的柏油马路。这条公路通向白佛寺和沙岛，人们都承认这是一条为了旅游而建的公路。有时阿云德走在这条路上会产生一种愉悦感，仿佛自己正在走向某个旅游胜地。他手插裤兜，看着这条公路和 315 国道的三岔口，有十几辆汽车呼啸而去，只有一辆驶入阿布达拉沟，慢慢停下。农知布下车后大喊大叫起来。阿云德被惊出一身汗，他跑出去，看见屋后山坡上大火已经蔓延开来……

二

乡政府那辆白色纳智捷开至路边，几个人朝山坡走来。村长迎过去。其他人站起来，像历经苦难的英雄一样等待嘉奖。阿云德这时才意识到手臂颤抖得厉害，他想掏一根烟却办不到。他求助地看向王扎西，这位同学困惑地审视着他，用干巴巴的声音提醒他："我们是不是也要过去？他们都去了。"阿云德下意识地点点头，王扎西就率先走去。村长已经握住了阿书记的手，阿云德看见了包村干事小刘。阿书记对这些英雄人物做了一番既有激情又含有教育性质和追究责任的决心的演讲，他着重表示后面的救援工作将会报给县有关单位后逐一落实……

"这也是我们乡政府对你们做出的承诺。"阿书记看向银神保，说了结束语。但王扎西不干，他对阿书记嚷道："难道没有我家吗阿书记？我家也受了灾，还是你没看见？"

阿书记吃惊地看着村长，接下来才看向王扎西，他推了推眼镜，说："我知道，我说了，我们一定会有救济的，你家长呢？"

"现在我代表我们家阿书记，如果你非要家长，那我就是家长，阿云德更是家长，因为他母亲病了。"王扎西犀利地反驳了比他矮一个头的阿书记。他被村长拉开，但他还是狡猾地把一个关键问题提了出来："我们想知道会有多大的救助力度。"

这才是他们最关心的，阿云德十分佩服地看着王扎西，既嫉妒又慌乱地朝王扎西点点头，然后痛苦地扭过头去。村长用蒙语训斥王扎西，王扎西不服气，顶撞着，最终村长疲惫地服软了，承认王扎西说的有道理。

"我们首先要按照国家政策法规走，但前提是不是蓄意纵火。那么既然走程序，就需要时间，具体多少时间呢，这就要看县里的情况，我们会把这件事尽快地圆满解决。"

自始至终，银神保都没说一句话。他依然戴着那顶蓝色的晒得泛白的鸭舌帽，饥黄的脸上稀稀拉拉地长着几根黄胡子，他的眼珠也是黄色的。因胃癌切除了半个胃，他比一年前瘦了一倍。他看上去极度虚弱，似乎刚才挥动几下扫帚就已经耗完了力气，现在连话都说不出来了。

阿书记说话时他仿佛魂游天外，费了很大劲儿才回过神来。他对阿书记的安慰没有任何表示，他庄严地看着阿书记，矮小单薄的身躯因为扛不住风而晃了晃。阿书记尴尬地拍拍银神保的背心。

他们在山坡顶着大风站了半个多小时，还没有散去的意思。阿云德就和王扎西道别，下山了。他去了冬草场，把眼巴巴地等在铁丝网门口的羊群放出来。有一只母羊产了羊羔，滞留在后面，他走过去揪住羊羔的一对后腿就走。小羊羔咩咩地叫，母羊可怜兮兮地跟着阿云德，不时地嗅一嗅、舔一舔羊羔予以安抚。这时候羊群一半已经到了公路另一边，剩下的都在公路上。每次羊群经过公路他都产生一种强烈的渴望，他盼着来一辆大货车，因为太快刹不住车而冲进羊群，一通乱撞，弄死几十只羊，这样一来，他就可以和那些遭遇过这类事件的人一样捞取好处了。比如一只羊一般一千块左右，但因为这种意外的死亡而会身价大增，要是运气好，加上有胡搅蛮缠的能力，就完全可以把一只羊的价格抬高到两千元或者两千五百元。海边的多日杰就很走运地每只羊被赔了两千五百元，而且他的羊都是不到一岁的羊羔，根本连八百块也卖不上……所以说要想被撞，也是需要运气的。另外夜晚被撞了呢？东道的几头牛白死了，卡车逃之夭夭，在没有监控的荒凉地只能自认倒霉。

羊群在公路上挤挤挨挨地走着，过了东道家前面的大拐弯。他看见山上的人们下来了，正在朝他们家那边走去。他的手一紧，小羊羔挣扎着咩叫起来。他驱赶着羊群回到家。到水房接上软水管，打开龙头，水流的冲击声响起，他跑到外面，把管子另一头放进铁水槽，等了几秒，水就冲出来了，不是特别猛，但还能撑满水管，这就已经足够了。

羊群围着长长的水槽喝水，一口接一口。羊啊牛啊马啊吃水的样子是最吸引人的，阿云德百看不厌，他可以一边看一边咽口水，羡慕它们对水由衷的热爱，他想象冰凉的水进入它们肚子里欢快的冲击感，自己的肚皮也会变得冰凉冰凉。但今天他看得心不在焉，他看着它们穿过公路，从银神保的铁丝网门里进去，走过他家的旧羊棚，来到房屋后面。

银神保的儿子东珠也在往人群走去，他想走得稳当一点，但因为刻意那么做而摇晃得更厉害了。阿云德脑海里忽地闪烁一下：他怎么没来灭火？

阿云德刚到家时就看见他在外面撒尿，还嘟嘟囔囔地说着醉话。

阿云德丢下羊群也快步走过去。他听到阿书记说话了。

三

派出所的人去尕海村的海边检查湿地保护网围栏被盗的情况，一进沙漠没有信号，直到他们从沙漠里面出来才得知情况，匆匆赶来。

王所长来了就要怀疑人。他看谁都像纵火犯。

大部分人都怀疑银神保的儿子。没有人提他的名字，但现场的气氛就是那么奇妙，每一个人都有意无意地朝他瞥上两眼，或者拐弯抹角地说上两句话。

银神保的警觉性可比儿子高多了，他意味深长地看着。

村长看看阿云德，然后转头对阿书记说话。阿云德听到他们提到阿妈。

"我和阿书记说了你家里的情况，你不要担心，我们会帮助你的，你什么时候回学校？家里怎么办？"村长拍了拍他的肩膀。

"我不打算去学校了村长。"阿云德说，"我得在家里照顾牛羊，还要照顾阿妈，我想挣点钱。"

"你家的草场够吃吗？"

"大概只能坚持到三月份吧。"他说，"我家羊不多了，我阿妈的手术需要钱。"

　　阿书记招呼阿云德和村长离开人群。阿书记习惯性地推着总是向下滑的眼镜，问村长有什么好办法。村长直接给阿云德拿主意了："那你就跟学校请假，我会写一个证明来跟学校说明问题。你回家来吧，正好我们村要搞一个贫困户建档立卡，需要每家每户去填写资料，这个工作就由你去做，村里会给你工资。从明天开始，你把家里的事情做完就去填表。你会骑摩托车吧？"

　　阿云德说会。阿书记点了一根烟，哦了一声对村长说："每年不是有几个护林员的名额吗？今年的定完了没有？"

　　"早就定完了，连合同也交上去了。"

　　"那就明年，明年给阿云德一个。"

　　王所长问了阿云德几个问题。问他抽不抽烟。

　　阿云德惭愧地说自己在偷偷地抽烟。王所长一副早就知道的样子问他回家后有没有抽烟。

　　"我在家里抽了一根。"阿云德说。

　　王所长嗯了一声。王所长最后理所当然地盯上了东珠。东珠说你他妈是什么意思，他妈在怀疑我？

　　王所长脸顿时沉下来，呵斥道："给我老实点！我问什么你答什么，你下午都干了些什么？"

　　"下午……我一直在家里面喝酒。我从昨天晚上就喝酒了，回家的时候天快亮了吧？"

　　"在谁家喝酒了？"

　　"七十三家里喝的，一起的还有才保扎西和大个子项。"他说，"还有七十三和才保的老婆"。

　　"他们没喝酒。"他又补充说。

　　这时候天色已经漆黑一片了，留下来的人只有银神保、村长和阿云德自己。直到这会儿银神保才仿佛回过神来，目光炯炯地盯着黑糊糊的草地，轻轻地叹息了一声。

村长咳了一声，问银神保有什么打算。银神保却没有说话，先是掏出烟，递给了村长和阿云德。阿云德迟疑了一下，还是接过来了。村长的打火机档次更高一点，没有被风吹灭，他给他们点了烟。三个人不约而同地吸了一口，默默不语。仿佛银神保说与不说已然不重要了。但银神保还是说了："村长，我想借点钱，租一片草场下羊羔。"

村长的烟头频频地闪亮着，嗡嗡地说："你的病怎么样？"

"好着呢，村长。已经一个多月没出问题了。"

"要注意休息，吃的方面要注意，但营养一定不能少的。"

"吃不了多少村长，吃多了疼。"

"明天我给你送点钱，去问问医生，然后买点营养好的。"

"不用了村长，我好着呢。"银神保无力地拒绝，但村长以沉默坚持，他也就不再说话。然后他们告别。村长让阿云德明天去他家拿资料。

"哦，你明天最好去乡政府找一下小刘，有些怎么填我也不懂，你去找她问问，最好拿一个已经填过的表给你看看。"

羊群已经喝完水，全部进圈了。水槽里盛满了水之后溢出来，哗啦啦地流到地上，声音很清脆很动听。他跑进水房关了龙头，抽出一把专门扫水的扫帚，将水槽里的水全部扫出去。尽管觉得很可惜，但要是留着的话，水槽和水一夜间会结结实实地冻结在一起，他需要付出额外的辛苦劳动才能砸开，到头来还是浪费。今晚是他大意了，没有把水龙头开小一点，幸好阿妈不在，不然会骂死他。他抖干净水管里的水，去关上羊圈的门，回到冷冰冰的屋里。他想让身体反应出饥饿，好让自己有个十足的理由去做饭。但肚子什么反应也没有。他看了微信朋友圈，因为没有几个朋友，因此也就没有几条信息。他很快看完了。他又看了几个群里的信息，都无聊透了。

他打定主意，一定要想方设法要她的微信，对此阿云德有信心，而且借口强大：他是新手，需要不断学习，当然需要在不懂的时候咨询小刘了。他诧异地发现肚子也好像被小刘唤醒了似的开始强烈地咕咕叫了。于是他穿衣下炕，摸黑去了西边的屋子，那是阿妈睡觉的地方，也是他们家的厨房，里面永远有一股陈旧的油烟味。

厨房的几个柜子里没有什么现成的东西可吃。显然阿妈在走之前就已经知道自己的情况，所以才把一切收拾干净的。中年妇女的执拗和韧劲他难以理解。尤其是像阿妈这样的寡妇。有时候阿云德真的不想回家。家里太闷了，黏稠得难以表述的气味充斥在他和阿妈之间，他们常常半天都不说一句话。阿妈像独自一人一样干着自己的活儿，有时念念有词，有时骂骂咧咧，有时，又突然精神振奋地高声询问他想吃什么，可即便阿云德说了，她却不一定做。好像那只是她无聊的一句闲话。这样的次数一多，阿云德虽然每次都会说一说，但也是当作一个闲话，一个他们之间的特殊的聊天。现在他一个人，突然发现这么多年，他还是头一次一个人待在家里。自从上学始，他一年的大半时间都在学校里，他也早早习惯了学校的集体生活，哪怕日复一日和别的同学住一个宿舍，他也似乎从来没有像同学那样抱怨过，更没有对独立空间的向往。他觉得自己真是一个无趣至极的人。他一边抽烟，一边从中间屋子里的大铁桶里摸出两根羊排骨，蹲在一条长长的用铁板和三角铁焊接起来的搁物架下面。他掀开遮布，去摸铝锅。铝锅出乎意料地重，他单手没能举起来，而是给拖了出来，这是一个很自然的动作反应，等他想停止已经晚了，锅底的黑灰已经在光滑的水泥地上画出两尺多长的痕迹，犹如用毛笔干脆利落地来了两笔。他给自己找了一个活儿，而且是很麻烦的活儿。要是不清理好，阿妈……

阿云德一直处处按照阿妈的意愿和猜测的想法过活，但这一刻他蹲在地上，因为可以有时间和条件不用管阿妈而自由自在生活而高兴。这一整个夜晚，包括之后的好多天他都是自由的，他可以用来做自己想做的事。他为此激动起来。肉熟了的时候已经九点了，这期间他盘腿坐在炕沿瞅着电视，抽着烟，喝着茶。两条肋巴因为风干处理过，上面的油脂是透明的，吃起来没有一点新鲜时的油腻，反而有一股难以言说的美味。每一次吃这样的肉，他都会为那些没有这种口福的人哀叹，觉得生而为人，不吃一次风干羊肉，简直太悲哀了。

他磨磨蹭蹭地吃一会儿，坐一会儿，直到夜深了。黄狗一直叫着，他出去了一次，银神保家那边吵闹的声音很大，听不清到底在说些什么，阿云德听了一下，仿佛有一句他妈的，他一想，应该错不了，东珠最爱说这句口头禅。

四

第二天早上阿云德睡过头了，醒来时快到九点了。他匆忙穿了衣服，就跑出去打开羊圈门。羊群一窝蜂地拥向门口，几只羊一起被卡住了，他骂骂咧咧地把一只大角公羊拽出来摁翻在地，狠狠地在嘴上踩了几脚。羊是一点事没有，倒把自己的脚给弄疼了。他赶着羊群穿过315国道，看着羊全部进了草场，然后关上了草场的门。他小跑回到家，胡乱洗了一把脸，把摩托车从仓房里推出来，由于马达坏了，他一连踩了几十下启动杆，摩托车才不情不愿地突突突地发出声音。

他到村长家的时候村长不在。他的那个矮个子老婆说打牛上山了，马上回来。她让他到村长专门办公的那个旧屋子里等。屋里的铁皮炉子没有生火，冷得要命。坐了一小会儿骨头里像被注射进了一股寒流，他的膝盖感到痛极了。他赶紧起来，在铺着红砖的地上走来走去。村长一步跨进来，把他吓一跳。

村长叫他坐下，他答应着，却没坐。村长也没再说什么，转身去打开一个柜子，取出厚厚一沓表格走到沙发上坐下。阿云德也跟了去。村长把一张表递给他："你看看，有啥不懂的？"

阿云德从头看到底，觉得没什么难写的。

"你带上这些表，去乡上找小刘，看看她怎么说。"村长说他还要去县上参加一个会。阿云德知趣地哦了一声，抱着一沓表格要走。村长叫住他，找了一个塑料袋让他装起来，叫他慢点骑车。阿云德出了门，抬眼望望阴沉沉的天空，心头莫名地酸楚，他努力仰了仰头，把泪水憋回去。他回到了家里，把书包腾出来装表格，穿上了平常不怎么穿的一件黑色的呢料大衣，一条牛仔裤。再次出发之前他给姐姐打了一个电话，姐姐声音黏稠地说没什么事，今天有两个检查。他轻描淡写地说了草场的事，告诉她不要告诉阿妈，又说了工作的事，姐姐也很高心，不管能挣多少好像只要有钱赚都会让人有所期望。阿云德愣了愣，说那我挂了。阿云德路过自家的冬草场，看一眼，羊群在草场深处散开着，山顶也有一些。他调整了一下自己骑车的姿势，他不喜欢有些时候很自然显露出来的一些姿态，比如现在，比如走路的时候。因为那和父亲一模一样。他非常讨厌这个。在父亲活着的时候他还小，不曾留意，后来他长大了，这个现象就突出了。这时候身边已经没有了父亲这个"榜样"，但他很多时候就像年轻时的父亲似的。这是阿妈说的。她说这话的时候带着一种无可奈何的缅怀和刻骨铭心的痛惜，好像现在所经历的一切，都是一个不可原谅的错误。阿云德明白基因是怎么回事，所以他偶尔会好奇地在镜子前端详自己，就如同在和年轻的父亲无言地交流。后来他就不这么干了，他更想彻底摆脱这种印记，他想做自己。他总是下意识

地认为身上带着父亲的特点，也就会成为那样失败的人，这让他感到
恐慌。

　　五

　　小刘跟着领导去县上开会了。一个黑脸男子问有什么事，他说了
来意，并拿出表格给他看。那人接过去，三两下就给他解释了一遍，和
阿云德想的没多大出入。他点头表示懂了，然后离开政府楼。他用更快
的速度回到了家里。肚子饿得咕咕叫。他烧了茶，吃了几嘴馍馍。不到
十五分钟，又匆匆忙忙走出家门。他在摩托车旁站了一会儿，朝四处看
了看。他看见了银神保家的房子，就决定从他们家开始。

　　阿云德家和银神保家之间有四栋羊棚、五个羊圈，以及四间早就废
弃的土平房。平房是他们家的老房子，阿妈说他就出生在那里。走过平
房门前时看见斑驳惨败的木头门上全是鸟屎，屋檐的某处传出绵绵不绝
的鸟鸣，一听就是小鸟的声音，他找半天也没发现在哪儿。

　　东珠朝他招手。"你背着书包干什么？"东珠一头卷发油腻腻的，他
的脸也是油腻腻的。他的眼睛又长又细，鼻子带点阴沟，天生一张不招
人喜欢的脸。阿云德相信拥有这种长相的人，生来就是混蛋。现在，面
对着他，阿云德再一次加强了自己的判断。

　　他把水一桶桶提上来，倒进旁边的水槽里。这是一个力气活。他们
家在埋自来水的时候因为没钱或者舍不得三千八百元钱而放弃了，依然
用早已有之的水井。饮一次羊需要一个多小时来提水。

　　东珠很热情地想和阿云德聊一聊。但他不想聊，问："你阿爸在不
在？"

　　"在啊，你有什么事？"

"有一些表要填。"他说着朝大门走去。

"表？什么表？"东珠好奇地跟着。

"是乡上的。"他想想不对，又说，"是县上的，关于贫困户的。"

"是不是有补偿啊？我看看。"

他们进了院子，阿云德小心翼翼地登上那几节陡峭得不像话的台阶。一股陈旧的、腐烂的气味取代了正常空气。他难受地咽了口唾沫，胃里热乎乎的好像喝了一碗黏糊糊的羊血。炕上的银神保看向他，轻飘飘问了一句，但阿云德根本没听清。他赶紧说明来意，并从包里拿出表格和自来水笔。东珠给他倒了一碗茶，他接过去，放在桌子上。他打定主意一口也不喝。

银神保欠了欠身，又坐下了。瓮声瓮气地说："什么表？"

"是关于贫困户的调查。"阿云德莫名其妙地有些羞愧。

东珠说，有给贫困户的项目，这是好事啊！

阿云德很恼火地看着东珠，但语气还是尽量平静："没有什么项目，要有的话也在以后，这只是一个关于贫困户的调查。"这样的说辞可能太苍白无力了，他又补充道，"这个表的作用就是研究给贫困户什么样的项目更好……就是这个意思，大概……"

银神保递给他一根烟，自己也点了根吸了几口。他吸烟的时候脸上的颧骨深深地陷下去，整张脸因此变得骷髅一样。阿云德仅仅瞟了一眼就转过头去。他猛地吸了一口，被呛着了。东珠显然还是对这样的回答不满意，朝他的阿爸看了又看。银神保半晌不说话。阿云德只好打破沉默，握着笔的右手放在表格上说："把你们的户口簿拿来。"

东珠拿来户口簿，换了一种无可奈何又饱含痛苦的语气说："你知道今年的那些羊的事吗？"

"什么羊？"

"就是从祁连来的项目羊，自筹款每只才四百块，那可都是两岁的羊。"

"我一点也不知道。"阿云德确实第一次听说。

"他们很多人都有份，可我们家你家都没有，这是不让穷人的烟囱冒烟啊！"他恨恨地蹂躏着手套。

阿云德揣摩他说这话的意思，不过随即就莞尔一笑，觉得自己实在"多管闲事"。他说的羊的事情他一点儿也不感到奇怪，更没觉得不公平。因为把牛啊羊啊的分给贫困户，他们一转眼就卖了。

"你家有几口人？"

"五个人。"东珠说，"弟弟还上学呢。"

他问银神保："你家现在一年的收入有多少？主要是哪些收入？"

"没啥收入。"银神保说，"秋天卖掉一些羊羔，能卖多少就多少，去年的羊羔才活了五十个。"

"全卖了吗？卖了多少？"

"多少来着？"他问东珠。东珠没好气地说："是你卖的，我哪知道？"

"差不多两万吧。"

"那牛卖了吗？"

"没有牛，就剩几头吃奶的了。"

"还有其他的收入吗？禁牧款是多少？"

银神保说了一个大概的数字。他在炕上站立起来，晃晃，走到炕沿穿鞋子："没球多少，你写少一点行吗？"

"我不知道，大概不行，这已经很少了，毕竟是全家的收入。"他说，"还有吗？你家有享受过什么国家的项目吗？比如羊棚啊、网围栏啊、房子啊之类的，享受过吗？"

"有啊，但都不咋地。"东珠一脸无耻地说，"好像没有好项目。"

阿云德相当冷淡地看着东珠，面无表情地问："除了房子、羊棚，其他的还有吗？"

"合作社每年给十几袋麦子。"银神保摸着脚，干巴巴地说，"再就是低保了。"

"低保每年有多少钱？"

"两千多。"

"你家几个人低保？每个人都有吗？"

"不知道，低保放的是我们两口。总共四千多吧。"

"四千多少？"

"多少呢？想不起来了。"

阿云德踌躇良久，还是写上了四千一百元。他的笔尖再次移下去……

等阿云德从这家出来时，已经是正午了。天气开始晴朗，风也不大。他朝东珠挥挥手，快步朝家走去。他贪婪地吸着空气，对周遭的一切充耳不闻，他根本没听见东珠的说话声。事实上阿云德刚才几乎坚持不住了，那股一直憋着的难受劲儿突然开始爆发，房间里的油腻的臭味仿佛已经进入血液里，让他的心跳、脉搏都几近停下来，他呼吸不畅，脸涨得血红，于是马上告辞跑出来了。这会儿才缓过神，看了看填过的表，还好都填了。他一手提着背包和那张表，一只手去摸烟，但没有。他唾了一口唾沫，然后他看见东珠从后面追上来了。

"你咋回事？我喊你来着。"东珠很热情地搂住他的肩膀，他身子一紧，清晰地感觉到那手掌的什么东西穿透衣服进入身体，然后欢快地向更深处奔跑……他大叫一声，手舞足蹈地跳起来。东珠被他一把推到一边去了。阿云德只觉得浑身每一根汗毛、每一寸皮肤都同时开始发痒，然后奇痒无比的感觉蔓延到每一寸肌肤，他向前奔跑，一直跑回家。发生了什么呢？他不知道。那一刻的他只存留一个念头：跑啊，快跑啊！于是他就听话地跑起来。

六

下午他倒躺在炕上睡着了。醒来后骑着摩托车去了冬草场。他把羊群从草场放出来，在这条三岔路中间的那个写有"沙岛"的巨石下停下，点了烟一口一口吸着。他在想中午的事情，然后联想草场的火，他莫名地觉得，这场大火的罪魁祸首好像是自己。但有一个神秘力量压着，不让他形成念头。现在，仿佛逃离出来了一般，他的念头一转，就有直觉了。甚至不是直觉，是硬邦邦冷冰冰的证据：他清晰地记起来，他把抽完的烟头没有熄灭，而是随意地、调皮地弹射出去，他的余光捕捉到烟蒂的弧度，至于掉到哪里……当时他转过身，右手一弹，而右边就是那片三角形的草场……

阿云德将三根烟蒂仔细踩灭，搓搓手启动了摩托车。他穿过羊群先一步到家，重复了昨天给羊饮水的程序。然后他盯着那只挑剔的母羊第一个跑来，扑在水槽出水口"咕嘟咕嘟"地猛吸。后面有七八只羊也紧跟着跑来了。这些都是挑剔无比的家伙。在冬牧场，它们从来不喝别的羊的口水。它们宁愿磨磨蹭蹭地等着，哪怕到了最后，哪怕最后只喝上一两口，它们也是义无反顾地坚持这种毛病。

阿云德转身，跑到黄狗跟前，一瞬不瞬地瞪着黄狗。狗呜咽着，趴在地上不敢动弹。过了十几秒钟，他才沉沉地呼出一口气，艰难地将目光转向旁边黑乌乌的地方。他的目光开始一寸寸地搜寻起来。他慢慢靠过去，把身体紧紧贴在铁丝网上，他想找出一点证据出来，一点硬邦邦的证据，又或者用"没有一点证据"来安慰自己。他最终不知是失望还是欣慰地叹息一声，从黑土地里走出来。他不知道是什么时候进去的，一双鞋已经被染得黑乎乎的。和昨天一样，他又浪费了很多水。昨天流出去的那些水现在已经变成了冰添加在他阿妈小心翼翼地控制着的冰面上了，再加上今天的，已是一大片了。他突然发现要是再这么下去，门前可就要被冰封住了。

王扎西打来了电话，说晚上要过来和他聊聊。他说好啊，我等着。

他进了屋，在冰柜里翻腾了一阵儿，找到一些冻饺子。为晚饭有着落而高兴起来，烧水煮熟。他把一大碗饺子吃得干干净净。然后心满意足地抽了一根烟。他再也不用藏着掖着抽烟了，这让他真正体会到了香烟的滋味。

电视里的 CCTV-6 播放电影《疯狂的石头》，一边看一边等王扎西。快到八点时他来了。

"我操。"王扎西说，"怎么这么冷，你干吗呢？吃饭了吗？"

"吃了。你呢？"

"当然，不然你会做饭吗？"他哈哈一笑，"来来来，给根烟。"

"你也抽吗？"阿云德没见过他抽烟。

"今天突然想抽一根。"他笨拙地吸着烟，很是快活地说，"我今晚不回去，和你一起睡。"

阿云德说好，然后去另一个房间抱来给客人用的被褥放到炕上。他们坐在炕上抽烟、喝茶，一边看电视一边胡乱聊着。有一阵子他们说到各自村里的美女，王扎西说他一家瞄准了一个，以后会找机会出击。阿云德想到了小刘。

"有酒吗？"王扎西突然说，"要不咱们喝一点？"

"我不喝。"

"少喝点，不会有事的，我也喝不了多少。"

"你经常喝酒?"

"没有,只一两次。有啤酒吗?"

"我去找找看。"

阿云德在一个箱子里找到了三瓶黄河牌啤酒。他拿了一瓶出来。

"只有这一瓶,你喝吧,我不喝。"

"一个人多没意思,你陪我喝点。"他自个儿找来两个杯子,倒满了说,"来,走一个。"

"看来你喝得不少。"

"我上哪儿喝去?只有在家里的时候还能喝点。"

"你阿爸让你喝?"

"一两瓶啤酒还是可以的。但他不让我抽烟。"

一瓶啤酒很快就见底了。阿云德去把那两瓶都拿过来。这次不倒在杯子里了,一人一瓶碰着喝。王扎西的话明显多了,阿云德自己更懒得说话。他们把被褥拿过来靠着,将炉火烧得旺旺的。《疯狂的石头》已经完了,他们看的是一部外国的影片,没看见名字。

"你说放火的是谁?"

"我不知道。"阿云德警惕起来,"不过看来大伙儿都怀疑东珠。"

"嗯,他的确像一个纵火犯。也只是像而已。"

"对,并不一定是。"阿云德说。

"这事说不准,也许是自燃的。"王扎西无所谓地说。

"没有自燃的可能。"阿云德不着痕迹地瞄一眼他,"要么不了了之,要么抓到放火的。"

"最近有流浪人来过吗?"

"不清楚,怎么了?"

"有一年有流浪人为了取暖而烧了草场。"

"什么时候?"

"是几年前的事。你觉得是东珠吗?"王扎西说,"我看他好像不对劲。"

"我觉得是,因为我刚到家就看见他在房子后面撒尿,他还抽着烟,然后就着火了。"

"你怎么不说出来?"

"没有证据啊。"

"我觉得还是要说出来。"

"我明天去乡上,要说也行。"阿云德说。

"火是从你们两家之间引发的。他也可以说是你放的火。"王扎西蛮有深意地看着阿云德。

"嗯,我明天就去说。"阿云德不太明白王扎西的意思,所以也不敢多说什么。

他们喝完了啤酒,又躺在被窝里聊了两个小时,然后不知不觉睡着了。

七

阿云德说明了来意。小刘一边听,一边扭动钥匙打开办公室,请他进去。里面被办公桌椅、沙发、档案柜和复印机塞得满满的。他环视一周,在堆着一摞材料的沙发上小心翼翼坐下。小刘给他冲了一杯茶,让他等一会儿。她在电脑上敲敲打打,严肃认真的样子很可爱。阿云德偷偷观察她。这是他第一次这么近这么长久看着她,感觉一种像幸福的东西在心里出现了。他暗自忖度:她喜欢什么样的男人?他突然发现自己连她结婚没有都不知道,她的年龄也不知道,他只是对她产生了不受控制的好感，其他的一无所知。

"你带表了吗？"

他把填好的那张表递给她。而后盯着她的脸。小刘的眼睛停在表格上，但脸却一点一点红了，仿佛是随着阿云德的目光的灼烧而变红的。她坚持了一会儿，就转过身去，假装找什么东西。她让阿云德坐下喝茶。

"不用，我就站着。你看有什么问题？"他不着痕迹地进一步靠向办公桌，觉得嗓子里忽冷忽热，他困难地咽了一次口水，抄起茶杯一口喝干了。

"我不知道有些地方这样填写对不对，村长让我来问问你。昨天你不在。"

"嗯，昨天去县里开会了。这表……应该就是这样填，你写得挺好。"

他脸一热，傻傻地问了一句："你觉得很好吗？"

"没有什么错，反正我看不出来，这样写是没有问题的。"

"那就好。"他兴致勃勃地说，"我可以写得更好更详细，既然你这么说我心里就有谱了，谢谢你！"

"应该是谢谢你，不过你们村有七十多户贫困户呢，你登记得过来吗？而且时间可不宽裕。"

"什么时候交？是拿来给你吗？"

"嗯，你4月29号之前拿来给我。还有四五天时间。"

"完全来得及，我可以晚上也去。"

"好。"她再次把目光放在电脑上。他愣了一下，犹犹豫豫地敲了一下办公桌，随即按住桌子，整个身子向她倾斜过去，"我知道是谁放的火，我看见了。"

小刘眼睛瞪得圆溜溜地看着他。半晌才说："什么？"

"我知道是谁。"说完他很是严肃地再次点点头。

"是谁？那天怎么不说？"

"那天……那天我没仔细想，我后来想起来了。"

"到底是谁啊？"

"是银神保的儿子东珠，就是他。"他差点说昨晚听见他承认了，幸好最后一刻闭住嘴。

"你有什么证据？"

"我看见了，那天下午，大概四点钟吧，他们兄弟俩在房子后面，我看见东珠在那片草场旁边抽烟，他弟弟也在抽烟。那时候我刚回来。"

"但这不能算是证据的呀。"

"至少是有嫌疑的，反正看得清清楚楚。"

"你要去派出所说清楚这件事。"小刘说，"这事派出所管。"

"派出所？"

他无比懊恼地走出政府楼。经过派出所大门的时候他停下车，纠结了十分钟才走了进去。

派出所的一溜儿十几间屋子外面全是封闭式的阳台，他看见一个穿警服的人站在阳台里抽烟，看见他不进来，就招招手。"你有什么事？"这个瘦瘦高高的青年男子问。

阿云德听到了东珠的声音，他马上知道了东珠是来干吗的。显然，他看不起的人居然比他聪明，至少人家明白报案要去哪里报。他又羞又气，怒火中烧地绕开那个民警，走向声音传来的地方。他三五步就进了一间开着门的屋子，看见背对着他的东珠。东珠对面坐着王所长，他看向阿云德。这时候东珠回过头来，当他看清是谁后脸色立马一变。阿云德观察着，这会儿适时地冷哼一声。他很礼貌地向王所长问好。

"王所长，我是来报案的。"

　　王所长哦一声，说你要报什么案？

　　"是我们那里草场着火的事，我知道放火的人是谁。"

　　"是谁呀——"王所长拖着长长的尾音，饶有兴味地看着他。阿云德当然知道是怎么回事，但他豁出去地看着王所长，又放大了声音，指着东珠一字一句地说："就是他。放火的人就是他。我看见他在房子后面的草场旁边抽烟，当时他喝醉了。"他很精明地没有一口气把所有要说的都说出来，他停下来，一脸期待又痛苦地看着王所长。他也并不是真的装出这种表情，而是真的意识到，从他或者东珠开口的那一刻起，他们之间原本就并不牢靠的邻居关系将彻底破碎，以后只剩下报复了。他和阿妈，在几乎可以断定是绵绵不绝的战斗中能挺得住吗？能全身而退吗？他真正感到恐惧的，是他不用去看就已然感觉到东珠狠毒的目光在身上肆意地击打。但他不能退，当然也没有退一步海阔天空的选择。

　　王所长有那么一瞬间目露凶诈，而后摆出一副冷酷的面孔，他冷笑两声。他的"呵呵"声逼得阿云德喘不上气，但他内心却恨意丛生，恨不能将王所长和东珠一起撕个粉碎。他终于缓过一口气，躲避王所长咄咄逼人的目光，组织语言，他在思考用什么样的措辞才是正确的。但东珠已经不给他机会了，他从椅子上跳起来，仿佛模仿王所长似的"呵呵"冷笑，他似乎一点也不感到害怕，或者说他的心理素质比阿云德强多了。阿云德不相信他不害怕，所以他对东珠更加嫉恨，凭什么他就能够有好胆气？他究竟凭什么？他觉得自己的胆子还是太小了，小到自己都不得不鄙视自己。他抬起头，直视着东珠："事实就是事实，你再怎么狡辩依然逃不出恢恢法网。"

　　说完这句话，阿云德极为轻松地一笑，不但脸上笑了，他的心里也瓦解了阴谋似的轻松了不少。他确信王所长看到了，他看到王所长阴沉沉的表情明显地舒缓了，然后把注意力长时间停在了东珠身上。

"这可就有意思了，你们两个一起跑来告状，难道你们俩今天才睡醒吗？"王所长吞云吐雾，悠闲地把后背放靠在椅背，带着猫捉老鼠的戏谑神情在他们两人身上扫来扫去。

"我刚才说了王所长，我是——"

"你刚才说了什么呀？"王所长打断他的话，"你说了什么？"

东珠仿佛被捏住了脖子而吸不上气，支支吾吾地，他那张好似永远洗不干净的脸憋得紫青，最终他的气势被打得支离破碎，用一种既无奈又憋屈的语气说道："那天我喝醉了，昨天太难受，直到昨天晚上才想起来，所以今天一大早就赶紧来了。"

"既然你喝醉了，那么你是怎么看见的？你又怎么确定放火的人是阿云德？他又是怎么放火的？"

"就在前天下午，我出去尿尿。"他下意识地坐直了身子，"我看见阿云德站在他家的那条黄母狗旁边，因为他穿着蓝色的校服，我还多看了一会儿，然后就看见他在一口一口地抽烟呢，我看得清清楚楚。"

"然后呢？"

"然后？"东珠晃了晃黝黑粗糙的脖子，兴奋地嚷道，"然后我看见他走回房子的时候，把烟弹出去了，他没有踩灭，他的旁边就是草场。他用右手抽烟，也是用右手弹出去的，就这样……"他站起来，右手抬至与头齐平的地方，然后向外伸出，拇指和中指扣在一起，做出了一个标准的弹射的动作。

阿云德万分吃惊地看着东珠令人信服地演示出这一套动作，连阿云德自己都要相信了。难道我真的那样做了？我真的那样弹出去了？他激灵灵打了个哆嗦。不着痕迹地躲过王所长锥子一样的眼神，也斜一眼东珠，他只能看到东珠令人恶心的脖子和耳朵，以及油腻腻的紧紧贴在头皮上的头发。他急忙再次移开眼睛，有那么一会儿甚至闭上了眼睛。

"这么说，纵火的人是阿云德？"王所长嘟囔了一句。

"就是他，除了他没有别人。他居然反过来冤枉我，真他妈……真是……"东珠竭力想说出一些有利于自己又能打击对手的话语，但吭哧了好一会儿，颓然地抿紧嘴唇。他扭过头，血红的眼睛瞪着阿云德。但阿云德只是轻蔑地瞥了一眼，而后注视着王所长，看他拿着圆珠笔在一张纸上写着什么，头也不抬问阿云德："你有什么要说的吗？"

阿云德竖着直挺挺的身子，说道："我是前天傍晚回来的，那时候是四点四十或五十几分，是我的姐夫年志海送我回来的，之前我们一起从县医院离开。我到家后在屋里放了书包，看了炉子有没有火。然后抽了一根烟。是的我抽烟了，我是从去年开始抽烟的，在学校里开始的。到目前我都在偷偷抽，我阿妈不知道，所以我不可能在外面让人看见的地方抽烟。我是去了那里，是去给黄狗喂食的，我看着它吃食，直到把食吃完，我跟它玩了一会儿就拿着食盆回去了，就在我看着黄狗吃食的时候，我看见东珠骂骂咧咧地从屋里出来，到了他经常尿尿的地方。他在抽烟，就是在尿尿的时候也在抽烟。"阿云德因为一口气说了这么多而有些气喘，他平缓了一下，接着说，"他在那里还对我指指点点，我知道他在骂我或者嘲笑我，但我一点也不理，我心里难受，因为我的阿妈还在医院里，我的学业也面临着中断的风险。我和他几乎是一起走开的。王所长，东珠这个人最无耻的地方是他把自己弄出来的那一套弹射烟蒂动作居然安到了我的头上，我刚才几乎傻了，不敢相信世界上会有这样无耻的人。"

在阿云德条理清晰、彬彬有礼地述说之时，东珠便一个劲儿冷笑，看得出来他极其愤怒，极其想打断他的话，但他不敢，他怕自己一个粗暴的举动会带给局面更不利的影响。所以他也不敢回头，万一忍不住去打阿云德，那就一切都完了。他的双手将椅子的把手捏了又捏。这点阿云德从后面看得清清楚楚，王所长也看得清清楚楚。但王所长面无表情，丝毫不露内心的情绪，阿云德也无从预判接下来的发展情况。但他几乎已经确定，自己做到了无惧无畏，甚至最后失败了他还是会不为所动。这多么神奇？

接下来的大约三十秒钟的时间里，没有谁说话。王所长停下书写，用笔有规律地敲击着桌子，他盯着写下的字，好几次他是想抬头的，但最终兴致缺缺地放弃了，似乎都懒得再看他们一看。阿云德一直观察他，脑海中萦绕着强烈的不安。他忍不住轻咳了一声，再次绞尽脑汁想了一些可能会问的问题。

"你们……"王所长终于站起来，走到他们俩人中间，看着忙不迭站立的东珠，再瞅一眼阿云德，问道，"你们可有证明自己的证据？嗯？就是说，你们怎么证明自己不是嫌疑犯？"

东珠眼睛一亮，大声说道："我阿爸可以证明，我……"

"亲人不能做证人。"王所长打断他的话。

"我没有。"阿云德很干脆地不考虑这事。他确实什么也没有。

"鉴于你们俩人都有嫌疑，今晚就不要回去了，在派出所里待着，等候我们的调查结果。"

阿云德心里咯噔一下，急忙说道："王所长请让我回去吧，家里的牲畜没人管，而且我还要填一些调查表来挣钱，我阿妈在医院需要钱。我有电话的，王所长我随叫随到，一定积极配合……"

王所长沉默着，然后烦躁地朝阿云德挥挥手："把手机号写下来，赶紧走。下午在家里等着。"他转身对东珠吼道："赶紧滚回去在家等着。"

阿云德的摩托车旁东珠在等着他。他还在想王所长那张纸上是什么意思？写了三个东珠，一个他的名字，但都圈在三角形状内，除此之外再无其他。看见东珠他冷哼一声走过去，"你在这儿干吗？怎么，想偷我的车？"阿云德毫不示弱地俯视着蹲在地上的东珠。

"你居然还敢坑我，算我看失了眼。"东珠双手扶着膝盖直起身子，带着包含羞愧和震惊的表情看着阿云德，仿佛到这会儿他都不敢相信阿云德居然胆敢这么狠辣。

"看失眼？你算老几，我也是你能看透的？"阿云德鄙视地看着东珠，"听见王所长的话了吧？老老实实回家等着去，可不要安排家里怎么怎么说啊，要知道说得越多，失误就越多，有些事情都是因为说得多才暴露的。"阿云德一字一句说着，坚定和自信几乎是随着说出的每一个字而噌噌地往上暴涨。

八

王扎西已经走了，被子也没叠，屋里一股奇怪的脚臭味。他生了炉火，将门大开，拿了一些柏香扔到炉子上驱赶掉了怪气味。

下午搬了凳子坐在院子里，啧啧称奇地看着一对老鼠在洞门口打得热火朝天。他看土里土气的老鼠，联想到土里土气的东珠，觉得有意思极了。可再想到他无耻的举动和将来未知的报复，阿云德怒不可遏地朝那边唾了一口，他耳朵里突地传出一阵鼓噪，一阵恐惧感瞬间导电一样流遍全身，他哆嗦了一下，呆呆地不知该把思绪放到哪里。

派出所的人没来。这似乎早在他预料之内，他不太清楚派出所办案的程序是怎样的，按理说肯定不是现在这样把嫌疑犯放任不管的，但话又说回来，好像这样做又很恰当很符合逻辑，什么逻辑？果然是狡黠的王所长！

他去赶羊，是走着去的。背着手走在崭新的柏油公路上，避开那些零零散散的羊粪蛋。初春的寒气袭人，他的脸硬邦邦的，搓搓手一摸，一股凉意浸透手掌，一股热气抚慰脸颊。有几珠泪水被风吹出来，斜斜地滑进手指间，他顺手抹去。他感到一阵火辣辣的饥饿感，才想到自己一整天都没吃一口东西。接着他想起来已经两天没有给狗喂食了，他匆匆忙忙地朝草场走去。

巡山队

一

拂晓前，色加一如既往地早起，就着从毡包天窗泻下来的昏昏的光色点燃了炉子。他慢吞吞地烧了一壶酽茶。等茶好了，他倒满一个胖墩墩的木茶杯，闻了闻，摇摇头。他一边喝着茶，一边在一个塑料筐上的案板上摊开笔记本，坐在一张可以折叠的小矮凳上。他用一支"派克"牌钢笔开始写小说。这是他每天必定要做的事情。

他在巡山队里已经三年了，是一个身体很棒的年轻人。每次巡逻，他都轻飘飘地走在前头，爬山时像岩羊一样敏捷有力。我刚来时，因为是村长的外甥，而且是硬插进来的，所以他们都很抵触我。只有色加不在乎，他是周本加的侄子，也是这样进来的。所以我们就成了好朋友，现在也还是最好的朋友。目前，我们热力木巡山队有四个人，过几天还会有一个叫于马的人来。他是走乡上某位领导的路子进来的。据说他妈想当年跟那个领导有一腿，这不足信。管他什么关系，反正都是为了那点利益来的。我第一次见他已经过去许多年了，那是在一个混乱的婚礼上，他喝得酩酊大醉，和马三爷吵闹起来，两人隔着一条泥泞的牧道用石头攻击对方，后来累了，就在路边坐下，很开心地接着喝酒。后来有一个女人叫他们进屋去，但他们都不愿意，勾肩搭背摇摇晃晃地走了。于马应该三十岁了。

二

大风轰轰烈烈扫荡了一夜，天明之际交接似的歇了几分钟，接着吹。把地上还没来得及冻住的雪都带上天空，然后朝着西方一路摧枯拉朽地去了。外面滴水成冰，但毡包里暖烘烘的。色加把炉火伺候得很旺。

"色加，几点了？"道尔吉一骨碌坐起来。

"九点多。"

"一觉睡到天大亮，想起个女人心里慌……"他鬼哭狼嚎地唱了几句后说，"色加，给我来一碗茶，我昨晚渴死了……色加，你又写了那么多……"

"就是。"我说，"色加，你今天写得太多啦，你写完了吗？"

"没有。你们打扰了我。"

"那你干吗不晚上写？"

"因为清晨的脑子最好使。"

道尔吉穿戴好后站在毡包门口做体操，他做得有模有样。他让色加讲讲写了些什么。他的语气有听完将展开一番评论的意思。色加说你别问了。

"说一说会死啊？色加我问你，你怎么老是写个不停，难道故事不会结束吗？难道不会过去吗？"

"因为昨天已经过去了。因为需要沉淀一下。"

"嘿，就像一桶浑水，把沉重的东西都滤到下面去？"

"是这个理儿。"

"好厉害！"道尔吉咂巴着嘴。

正在慢吞吞穿衣服的周本加没憋住，呵呵笑起来。

"周本加你笑什么？"

"听你埋汰色加，我就想笑。"

"我什么时候埋汰色加了？"

"你有的。"

道尔吉嘴里塞着牙刷，含糊不清地嘀咕什么，然后他漱了口。"快烧茶呀色加，你在干什么东东？别叠被子了，难道你晚上不睡吗？"又对周本加嚷道，"嘿，别洗了，难道你晚上不睡吗？"

周本加正在对着一面残缺的小小的圆镜子处理胡须。他用的是一把老的，只有反复刮脸直到把脸刮青才能把胡须刮掉的剃须刀。因为每天他都要这样刮一遍，所以他的脸的下半部和上半部分的颜色永远不一样。他永远把自己收拾得整整齐齐是不想留下不必要的话柄。他有一个目标奋斗了多年，现在总算积攒了点声望，于是他就觉得竞选村长的时机到了。我们冷眼旁观，什么也不说。他刮完胡子开始洗脸，

我们吃早饭的时候，色加靠着被子看书。他有一本蒙语书，只有他一个人懂。他还有一册连环画，说的是一对日本青年的爱情故事，画得挺不错，故事也挺不错，我时常翻一翻。我更有兴趣的是他那个红色笔记本里面的故事。但自从我们看了一次后，他就不让我们看了，每次一写完就用一件毛衣包起来，塞进枕头里。但我好奇难耐，还是找到机会看了。他在这个本子里写了二十几页，第一页上描摹着几个大字"白唇马"。接着在第二页是故事开头，这样写道：我们来到深山大谷的第一天，就看见几头白唇鹿。它们在红石崖嘴上面的高山柳林中闪现。它们灰红色的身影一下子让我想起了我的那匹白嘴唇的红枣骟马，不知道它

过得怎么样。但人生的际遇无常，我想它也好不到哪里去，因此我一连几天陷入对它的担忧和回忆中，伤感不已。

我没有时间从头读到尾，于是快速地翻到最后，但已经来不及了，色加上完厕所，正在往回走。我匆匆浏览了最后几页。这里他写的是人了。他写道尔吉。写一个盗猎者用摔跤的方式赢了道尔吉，然后开枪打死了他……后面的来不及看，我把本子回归原位，若无其事地躺在自己的铺盖卷上假寝。心里暗自好笑，色加太坏了，搞不过他，居然把他写死了，这样出口恶气。

因为风太大，我们就不出去巡逻了。喝了早茶，开始打牌。我们玩"牛九"。一个子儿一块钱，玩不好的话一次就有可能会输掉好几块钱，所以个个都精明得不得了。我当了一回"头家"（也就是第一个接牌的人），然后我的兴趣就转移到道尔吉眼花缭乱的洗牌手法上了。他手法灵活俏皮，把扑克牌收拾得服服帖帖，想怎么弄就怎么弄，而且赏心悦目，一看就是很高级的技术活儿。我让他教教我，但他一点儿都不答应。

"你要是个美人，那我就会手把手地教给你，可惜了。"

揭牌的时候他念念有词，每一张牌都用力抽回来，拿到好牌大声叫好，眉飞色舞，拿到烂牌就破口大骂，最后三张揭完了，他就嚷嚷："不对不对，错了，怎么是我收的尾？错了错了，重来。"

他这套把戏我们一清二楚，但凡他自己的牌不好，又恰好可以理直气壮地要赖，他就一次也不放过。他要赖要得炉火纯青，而我们却无可奈何。我们把牌丢在一起，道尔吉开始洗牌，他一边洗牌一边看着周本加身前的一摞钞票："周本加，你借我点钱吧？"

周本加不动声色地收起钞票："我的也不多了，要不你卖东西好了。"

"我知道你在想什么领导，你想得美。"

"咱们定个规矩吧。谁也不能欠账，要不然牌就玩不下去了。"

"你说什么就是什么领导，谁叫你是领导呢？"

"道尔吉你——"

"我知道领导，是我话太多了。色加，你借给我，我不会亏待你。"

"我现在——"

"我们做一笔好买卖……好吧好吧，你们都不借，那你们也别想得到好处……你们不会是在合伙骗我吧？"

我们又玩了两轮，牌局便散了。

三

我们原则上属于周本加领导，但实际上没人听他的，有事大家商量。驱逐藏民的牛群、找盗猎者、给被杀的动物尸体拍照、分析死亡的时间、登记在册……另外每天巡逻的情况也要记录在案，所有文字工作全部由色加负责，他干得志得意满，常常会给我们朗读其中一段内容，自个儿说一些赞美的话。我们巡逻并非一天到晚不停地走，我们找到一个极佳观察位置，只要去巡视那片区域，就蹲守到那里去。我们今天也照例在巡视一些地段后到达那里，再用望远镜到处看看，没发现可疑的东西。

对于玩牌，我们同巡山一样上心，因为这几天我们都开始欠账了（鬼知道钱都去哪儿了），牵扯的数额很大了。而且常常一个晚上就攻守易位，改弦更张。比方说道尔吉欠色加的钱已经全部还清了，他反过来赢了色加几十块。色加就和道尔吉铆上了。我和周本加也有同样的问题。

这天，有一会儿乘着揭牌的工夫周本加再次说到于马："于马来了，你们有什么想法？"

"来就来，瞧把你愁的。"道尔吉满不在乎地说。

周本加纠正说："不是愁，是感到奇怪。"

"奇怪什么？"

"奇怪他怎么会来，他可是想当村长想疯了。"

"周本加你不是也想当吗？他可是你的敌手呀。"

"别胡说，我可不想当。"

"别装了，我们都知道。我看你们干脆在这儿分个胜负得了。但我不会选你们，你们两个盗猎贼还想当村长？做梦！"

周本加什么也没说。他在自己的茶缸里装满了干净的雪，在火堆里拨出一些已经不再燃出火苗但还是红吞吞的牛粪，把茶缸放在上面。茶缸里的雪飞快地化成了水，随后开始冒泡、开始出现水之间的碰撞，很快就要沸腾了。这时周本加掏出小布包里的茶叶，温柔地揉进去一些，静静地等待茶水滚动起来。

我们每个人都有一个像周本加那样的大茶缸，根据自己意思，我们在外出的时间里自己烧茶喝。这其中烧茶最好的是周本加。他对野外的烹饪很有一套，但通常他都不会分享，他只给自己做。他的茶很好喝，和色加在毡包里烧的一样美妙。

"色加你瞪着我干吗？难道想替你叔叔出头？"

色加气得脸色苍白，狠狠瞪了他一眼把头转开了。

我们很快就不管于马了，因为除了周本加，我们谁都对他不感兴趣。我们接着玩牌，但这时的账目已经乱七八糟，于是我们决定不赌钱，改成扇耳光。这个游戏我们向往已久，但谁也没玩过，都特别好奇，不知道被人扇耳光是什么滋味。尤其是心知肚明心甘情愿心惊胆战地被扇耳光。

我们去撒了尿，活动了一番筋骨，用望远镜到处瞅了瞅，然后重新坐下，气氛和之前完全不一样了。

玩这种游戏皮糙肉厚的人更有优势，所以道尔吉挺得意，一边洗牌一边看着我："嘿，芝麻，你完了，你等着变成一个死胖子吧哈哈哈……"

不知道为什么我就是欣赏他这一副拽拽的样子，尽管显得粗鄙却有感染力，相反我不喜欢周本加，他总是心事重重。他对扇巴掌心有余悸，很有心计地要确定好用几分力。

色加狐疑地问道："叔叔，这个怎么分辨？"

周本加说："就是要掌握一个度，只要掌握好这个度，就可以了。"

色加说："我不懂。"

"比如说三分力……这样子……"他在自己的脸上轻轻地扇了一下，"就是这样子。"

"我不干，怎么着也得打疼一点吧？"

"扇耳光哪有不疼的道理？再说，你也没有耳啊。"说完周本加哈哈大笑。

我老早就注意到了，道尔吉一只耳朵没有，一个左耳朵。这让他总有一种歪着脑袋的感觉，但其实不是。

"他的耳朵被人揪掉了。"周本加说。

"揪掉了？"我诧异地看着道尔吉。

道尔吉恼羞成怒地嚷嚷赶紧打牌。周本加把洗好的牌放在平展的背包上，一边揭牌一边说："……村长说了，今年我们更重要的任务是不要让藏民的牛群进来。"

"他们进不来。"

"森林派出所是怎么说的你忘了？"

道尔吉撇撇嘴："也许从明年开始就没我们什么事儿啦，他们要亲自来。"

"年年都这样，再说他们一共才几个人，全来我们这儿？"其实我们谁都不相信。我们舍不得这份工作，虽然危险一些艰苦一些，却是一份好差事，有好处可以捞。现在的巡山队相比第一年的无人问津，可就抢手多了，已经有很多人表示不满，认为应该轮流来干。我费了一番功夫才进来，自然要考虑被挤出去的事，我们每个人都在考虑。但也许我们的好景真的不长了，更糟糕的是没有办法阻止事态发展。于是现在巡山队里弥漫着这样一种气氛：乘着还有机会，能捞多少就捞多少，不然就屁也没有了。虽然最后一张纸还没有捅破，但我感觉到了，每个人都蠢蠢欲动。一旦捅破了，我们巡山队把枪口转向猎物……想想我都觉得胆战心惊。

第一把我是"坐家"（没有我玩的份），就看色加的牌，前几张还好，但接着越来越差，我已经肯定他是要挨耳光的。我又看了道尔吉的牌，也不怎么好。周本加笑着亮出七张牌。"我够牌了，你们谁有种？"

他打出来的牌是"一对牛"（一红一黑两张9），是大牌，还有"一副拜"（一张老K、一张10和一张8），另外还有"一支天"（一张老K），这些都是大牌，只有吃别的牌却不能被吃。

道尔吉手中拿得出手的只有"两支天"和"一对喜儿"（就是一红一黑两张5），"喜儿"虽然不会被吃却也不能去吃别的牌，但它和"牛"一样是很高的筹码，"喜儿"和"牛"都可以……就是说道尔吉手里只有四张牌可用。

"掀吗？"我问他。

"危险哪，你看这儿。"他指着"天"，"我怕它弟弟。算了，我下了。"

周本加得意一笑，说："好啊，第一个巴掌嘛我就轻一点好了。"他说着在色加的右脸上给了清脆的一耳光，然后在道尔吉的左脸同样的力度扇了一个。

道尔吉笑呵呵地洗牌。他看着，好像在想象我挨巴掌的窘迫样儿。周本加当了头家，下一把他便轮空，他看着我们三人玩。这次是道尔吉"头家"，揭牌的时候又是念念有词，他一边揭牌一边看着色加和我的表情，想看出点什么。

周本加看着色加的牌。"好手气……这儿，这儿来一张……"他怜悯地瞥了我一眼，说，"真可怜，最少是三个巴掌……你的牌怎么样？"

"还行，我要是'头家'就好了。"我说。

道尔吉轻蔑地一撇嘴："你是什么牌我差不多知道了……"

道尔吉打出了"三牛""一对喜儿"，外加"一支天"。

果然是好牌。这已经是两个巴掌了。我手中有"一副拜"，还有"一对虎（两张Q）"，现在就看色加那边了，他的牌不好我或许还有机会。但他不会轻易认输的，反正已经是有了两个半的耳光在等着，那么再加上一个半个也无所谓，他说拼一把。

道尔吉打出了两张8："吃吧。"

色加将牌拍在手掌，沮丧地说："你吃吧，我知道你有。"

我把"一对虎"和"一副拜"打出来。"一对虎"已经是大牌了，他吃不了。

"垫牌。"我说。

他们按照自己的计算留下三张牌在手，其他的都作废。

"三梅十。"我忐忑地打出三张十。这牌要是被吃了那么我也将输掉这局。

色加把牌丢在包上，他彻底认输了，而且还输给了两家。我不轻不重地扇了他一巴掌。道尔吉比我手重多了，而且还是三个，他一打完色加和周本加的脸色同时变了。

　　我连赢了几把，赏了他们每人几个耳光，心里美滋滋的。尽管他们也打了我的脸，但总体而言，还是我占便宜。我觉得扇巴掌的时候道尔吉的脸果然是最硬的，色加的最软，手感也最好。这让我挺想多扇几巴掌，但他已经输红眼了。他对道尔吉咬牙切齿，因为他打耳光清脆响亮，力度远超我和周本加。他还狡辩说他的力气大，三分力就是这种程度的力道。色加急于报仇，但越急，他的手气越差。道尔吉乐坏了，还在一个劲儿地讽刺他说色加你有种，居然连叔叔的耳光都打，有种！

　　色加的脸慢慢变成紫黑色，很吓人。周本加怕了，说我们不要玩了。但色加第一个不答应，他简直快要气炸了。毫无疑问色加最吃亏，其次是道尔吉。他俩针尖对麦芒，一个比一个打得狠，俩人的脸都肿得胖胖的，颜色诡异，眼睛也眯起来了。再玩他俩可能会把脸打烂了。而且我的脸已经感觉不到痛，只是火辣辣地发热、发胀。于是也劝他俩不要玩了，但他俩不听，非要再玩一轮……

四

　　回去的路上我抚摸着受伤的脸，心想这个游戏真他妈的缺德。跟那个叫"拌炒面"（掐大腿内侧）的游戏一样缺德。

　　色加瓮声瓮气地说要去"方便"一下。

　　"他什么意思？"道尔吉看着走远的色加问我。

　　"他说他要去拉屎。"

　　道尔吉听了差点笑死，说拉屎就拉屎，干吗说得那么不着调？

　　"这是一句文明语言。"

　　"有什么了不起的，还不是在说同一件事情？"

　　"说得好听一点是很有必要的，要不然就是粗俗。"

"你在骂我。"他嘻嘻哈哈地说。

色加回来后，道尔吉一边嘲笑色加的文明语言，一边不停地说粗话，他越说越高兴，很快就把挨了很多耳光吃亏的事给忘了。他就这一点好，永远不会记仇，是个大度的人。但他的嘴巴却太损了。

他问色加一去就是半个小时，是不是也"解放"了一下。"解放"的意思就是手淫。这是我们巡山队的专用词，是我们自己发明的。

色加点头说："很快就完事了。"

这时周本加放下望远镜说："哎哟，他们来了。"

我们急忙朝他指的那个方向看去，模模糊糊看到几个移动的小黑点。他们走了一会儿，在那个小而平坦的二重台上停下，好像是在休整。道尔吉冷笑着说："太狡猾了，居然从陇洼山梁翻过来。"

我们找了一个隐蔽之地，道尔吉用望远镜观察，说有三个人，一个躺着，两个坐着。他们在吃东西。

一刻钟过去，他们动身了。一个大个子背着枪。他们先是走下平台，走到山下，而后沿着河谷向滩地走去。他们很快出现在那片死过很多鹿的大名鼎鼎的灌木林对面。他们又坐下了。

道尔吉说："他们在耍我们？"

周本加说："不，他们在等。"

"一二三……有六头，都是公鹿，好家伙——"

"你说话小声点。"

"哦，真他妈漂亮！"

我也看见了。阳光金灿灿，遍洒在那片林子里，那几只鹿身上出现流水一般明净的光斑，它们一边觅食、晃动大耳朵和大犄角，一边慢吞吞地走动着。灌木和高山柳根本挡不住它们，反而在提供帮助，可以让它们不怎么费劲就走出好远。

鹿群出现后，他们当中的一个人朝北面走去。鹿群也在朝北移动，他的目的就是堵在鹿群的前面。这时候道尔吉惊呼一声：太狡猾了，居然还有一把枪。道尔吉把望远镜递给色加，让他也看看是否还有第三把枪。

"我和芝麻去堵他。你俩行吗？"

"当然行。"

道尔吉点点头："我拿小口径就行，大枪给你留着。"

"咱们得快一点。"我说，"那人真他妈跑得快。"

"没事，他还得等。你看鹿的速度。"

"再过一小时天就黑了。"

"别担心，他们翻不了天。"道尔吉掐灭了烟头，我紧忙吸了两口也摁灭了。

"我们在顺风的位置。"我说。

"你打过枪吗？"

"打过酒瓶子。"

"那就好。"他说，"其实人跟酒瓶子一样。"

"什么意思，真要开枪？"

"说不准，谁知道呢。"

我们从一个满是大石头的沟谷朝东南方向走，出了谷，转而往东面。已经看不见那个大个子了，他灰白的衣服真是理想的隐形装备。走了一会儿又看见了，他正在柳林里往高处走。因为鹿群越走越高了。鹿群的前面有一处悬崖，他的目的地就是那儿，要是他攀上悬崖，将更容易得手。

道尔吉拉着我藏在石头后面，半晌不动弹。

我想看一眼却被他拉住，瞪了我一眼。

"要是那边失手了，鹿会直接朝这边过来吧？"

"嗯，现在我们只要一露面就会被发现。"

"估计快了吧？"

"我猜他们定的时间是四十分钟，或是半个小时。咱们再过去一点。"

我紧紧地跟着他。"唵嘛呢叭咪吽……"

"怎么了？"道尔吉斜着眼问。

"千万别开枪。"

"这个你说了不算。"

道尔吉一副睥睨天下的模样，冷冷地说："小子，胆子大一点，要有狠劲头才行。"他的脸颊犹如抹了一层羊油，光彩夺目。他的兴致比我高涨多了。他带着我在岑寂的高山柳林里隐蔽、穿梭，成功地在那个人登上悬崖前找到了一个理想位置。那人在悬崖侧面费力而缓慢地攀爬的背影清晰可见，仿佛连他的喘息声也能听得见。道尔吉把子弹退出膛，里里外外检查了一遍，然后重新装上。他向那边瞄准，放下，又瞄准……看着老得不像样子的步枪。他嘴唇翕动着，频繁地蹙着额头，脸上的表情既阴翳又急躁。

"枪老了。"他小声说。

我看着那个人终于趴在了悬崖最上面，奇怪地松了一口气，仿佛怕他摔下来似的。那人上去后一动不动。

道尔吉这会儿也趴下了，他调整好姿势，枪瞄准了那个人。他朝我瞥了一眼，一扬下巴，仿佛在说，小子，看好吧你！

我猛地一惊，意识到他要干什么了。他早就计划好了，他在戏耍那个人。他伸出一个指头，朝我晃了晃。

"你想干吗？"

他又晃了晃大拇指："咱们别让他逃了。"

"他不会逃。"

"会的。他一定会逃。"

"为什么？"

"他不会束手就擒。"

"你果然认识他。"

"这次他别想逃跑。"道尔吉突然变得杀气腾腾，"我要让他知道我的厉害。"

"你的仇人？你公报私仇。"

"混账，你住进那个破毡包第一天起，他也是你的仇人。"

"可这枪——"

"别管枪，你看我的。"

"要不咱们悄悄过去，把他控制住吧？"

"听，"他说，"什么声音？"

那个人动了。他快速地溜下悬崖，朝同伙那边跑去，一眨眼消失了。

道尔吉把枪背好，跑向悬崖，他攀登得比那个人敏捷，很快就到了那个人待过的地方，他朝我招手，我跑到悬崖底下。

"那边好像打起来了。"他说，"鹿群早跑了。"

"……他们开枪了？"

"你耳朵聋了？"他溜下悬崖说，"快走。"

回去的路上我们看见了鹿群，它们根本没跑开。它们离着我们大约一百米，看见了我们也不惊慌，饶有兴趣地瞪着我们。

五

穿过柳林，眼前豁然开朗。他们正在对峙。中间有两个人扭抱在一起，他们转了好几个圈，推推搡搡，来来回回，谁也没摔倒谁。我听见对方有人在说藏话。道尔吉瞪着大个子。

"黑秃子。"

"道尔吉，你永远抓不住我。"

"我今天就能抓住你，有种上场比试比试。"

"好啊，谁输了就跪下……"

周本加对场中的色加说："你行不行？可别输了。"

和色加较量的是一个年轻人，有点胖，个子比色加矮一些，但应该有一米七。他的脸上蒙着围套，戴着一顶贴有国徽的冬帽。他们谁也不先进攻，都在寻找对方的破绽。有时他们当中的一个会故意露出一个小小的破绽，但谁也不上当。他们就这样僵持着。

又转了三圈，年轻人猛地做出一个出力的动作，他腰下沉、叱声，色加被提离地面，他的脚尖离开了地面，又回落一点点，年轻人的身子一歪，把色加甩动起来，色加的双腿屈回去，等对方甩了两圈后力歇时他猛地一伸腿，右脚一蹬地面，稳稳地停下来。他马上开始反攻，他知道这是一个好机会，对方的防守因为进攻而出现了空当……他把对手往怀里一拉，对手一个跟跄，色加一闪身，双手用力一拽，两个人开始倒下去，色加趁势压在对手身上，两人轰然倒地。

刚一倒下色加就站起来，一边活动着酸软的手臂一边看着我们笑。他的对手也起来了，也开始活动身子做第二场的准备。

道尔吉对色加赞赏道："这一跤摔得好！技术、时机把握得都好！"

周本加说："摔得好！但想要故技重施就困难了。"

"他还有可能藏着妙招呢。"

"临机应变固然重要，但本身的实力更重要。"

"色加实力应该是有的。"

色加和对手休息片刻，再次抓住对方腰间的丝绸带子。这一回两人都没有浪费时间，都开始了猛攻。我拉你拽，你来我往，足足折腾了五分钟。色加明显有些累了，被对手寻得空子，给摔倒了。对手在色加摔倒的一刹那松开了手，从容地站住。他回到同伴那里，要了茶喝了几口。这会儿色加才慢悠悠地站起来，他显然是被摔蒙了，身子都有些不对劲。

但第三场色加赢了。我们以为他不行了。色加赢得并不光彩，对手不小心膝盖着地，输得非常窝心。

色加之后场的是道尔吉，他的对手不用说是大个子黑秃子。道尔吉是我们当中最能摔跤的，但他和那个大个子站在一起却显得很瘦弱，一点优势好像都没有。

周本加安慰说："没关系，身体优势并不是全部，道尔吉有技巧。"

"但身体优势是不可或缺的一部分。"

"他不会让我失望的。"周本加这回说得异常坚定。

"小心他的腿。"色加说，"别抬他，不划算。"

周本加说："别喊，会分散他注意力的。"

"我只是提个醒。"色加说，"他们也在提醒。"

"快看，差一点就把大个子给撂倒。"

周本加说："好样的……"

"注意注意，提高警惕……防守……防守……"

色加激动得浑身发抖，他的眼睛亮得吓人。我懵懵懂懂地看着他们，我的双脚仿佛离开了地面。我的心揪紧了，想要逃脱这里。我看见那边的几个人手里的枪口朝下，每一个持枪的人都双手握枪，他们的眼神像枪口一样一直在瞄着我们。我看着，这场面如此熟悉，它已经在色加的本子里，在我的嘲笑里发生过了。我突然感到身体一片潮湿，这个冬天最严酷的寒冷无声无息地包围了我，我身后的太阳跑错了方向，眨眼间暗淡无光，山林立刻变得黑昏昏一片。我极力想看清楚他们，但泪眼婆娑中，我只看到血影晃动。

追　击

一

八宝背着枪，散布德背着子弹。散布德说，走哇！他们就继续行走在这岑寂的山野中。散布德让八宝唱一首"花儿"去去寒暖暖心。八宝就摸着枪扯开嗓子吼了一首"走马骑上了枪背上，过个垭口了打两枪……"

八宝说枪是越来越不好使唤了，要换。散布德说哪有那么容易。八宝说那托华村是怎么回事。

"他们去年还和我们一样，今年就阔气了。"

"谁叫他们成绩好呢，我们的运气始终不佳。"

八宝拖着长长的鼻音哼了一声："我看是你的错，我们错过了几次好机会。"

散布德推了一把八宝："我的责任。你们的小命需要我来负责。"

"不豁出去哪会有收获？"

"随便你……我早就受够了。"

散布德已经难受了几天，他觉得食物在胃里凝聚在一起，酒水在周围流绕。他没坚持住，在快要走出这一大片高山柳灌木林的时候呕吐起来。他不愿意这样，因为之后有好一阵子会更难受。好在营地到了。他看见道尔吉和管木格搂抱在一起摔跤，管木格叫嚣着："你要输了道尔吉，你欠我的钱加倍！"

管木格押上了从家里带来的，以及这段时间私藏的六颗子弹；道尔吉答应把那条鹿鞭押上。散布德知道管木格眼红那条鹿鞭已经很长时间了，他终于有机会了。

那是一条好鞭！只有最强健的公鹿才会有那样的家伙。那条鹿鞭很饱满，刚取下来时很难看，血淋淋的散发着腥味。被道尔吉盘成圈扎好了晾干后，依然很饱满，像一件艺术品了。所以它才是一个好东西。

两个人摔了三次，管木格一次没赢。他很不高兴，就把气撒到了道尔吉身上了，抱怨他像碎嘴婆娘一样让他分心了，所以胜之不武。

他把辛辛苦苦攒下来的"家当"输了个精光。他以为鹿鞭已是囊中之物了，不承想到自己不中用，是一个软骨头。他对自己看走了眼，吃了大亏，于是也开始骂起自己来。

散布德漠然地走进地窝，一股浑浊的气息就扑过来。地窝里土炕上一团糟，几个人的被子自从来了以后就从来没叠过，现在已经很脏了，有一股子怪味，而且每个被子的气味都不一样。地窝里的炉子上油渍和灰尘厚厚地结了一层痂，地上也是乱糟糟的，到处都灰头土脸。散布德闷着气站了一会儿，倒了一碗水，心不在焉地喝了。他想到今晚做饭的是道尔吉，就没有了胃口。他想一觉睡到天明。接着他又想，到明天，我可是整整三十六天没碰女人了，真他妈棒！他烦躁地把被子踢开。八宝催促着让道尔吉和管木格快点摔起来。然后是几个人乱糟糟的笑声。散布德从这笑声中听出了自己的孤独，一脸无所谓地对着簌簌落下尘土的屋梁吞云吐雾。

第二天早晨，散布德叫醒管木格，问他子弹还有多少颗。

"没有了，我全部的子弹都在道尔吉那里，你问这干吗？"

散布德说子弹不是你们谁的，子弹是公家的。他又叫醒道尔吉，叫他把子弹交上来。散布德用一种有别于平时的语气跟道尔吉说话，把自己的计划告诉了道尔吉。他认为相比于毫无意义的子弹，用它做出来的事情才是重要的，也是具有意义的。散布德打了这样一个比方：用这几颗子弹赶走一伙盗猎者，从他们那里找出一些好东西。比如鹿和麝香身上的东西。只要运气好，这都是有可能的，就算运气不好，他们也可以用这几颗子弹干点什么，这就不便说啦。反正道尔吉听懂了，他从枕头底下的一个小布包里把子弹摸出来，统统给了散布德："散布德队长，咱们好好干！"

散布德说："等着吧，明年可就有半自动了。"

八宝在清茶里泡了一大碗熟牛肉，盘腿坐在门口的地上闷声闷气地吃着，嘴里含糊不清："那又怎样，谁知道明年我在不在？"

"就算你不在，但巡山队从此就有了新枪啊。"

"巡山队是他妈的收容所！"

散布德接着说："是一个温暖的家！"

他们讥笑，说散布德你真搞笑，连这样不要脸的话都说得出口。

吃早饭在他们这里成了一件休闲的事情。慢慢地、一口一口地啜着茶，有一句没一句地胡聊着。说一些奇谈怪事，说一些倒霉的人，然后带着优越感笑一笑。散布德说女人都快要了他的老命了。大家都说可不是。

接近中午的时候散布德布置了任务。他们又喝了一壶茶，就出发了。散布德装好子弹，背在身上。他背的包是牛皮的，红乌乌的。里面除了子弹，还装有一些零头碎脑的东西。八宝还是背着枪，他个子小，斜背着，枪口差一点点就戳到地上了。散布德叫枪口朝上背，他不听。

　　几人不言不语地走了一阵子。想到这一趟一个来回就有二十多公里路要走，散布德就有一种无力的疲惫漫出心底。整整一个月，每天都在干一件事情——行走。在这山林间穿梭，除了两次遇到盗猎者，他们再没见过一个人。而那些盗猎者也只是惊鸿一瞥，尔后再没出现。近来大家情绪波动得厉害，枯燥的生活让每一个人都憋着一堆火气。散布德知道，这股邪气马上就到了相互发泄的时候了。

　　散布德一边走一边留意周围，他的眼睛好，根本不用望远镜。八宝过一会儿就下意识地用望远镜到处瞅瞅。他练出了一种可以边走边使用望远镜的本领。挺好玩儿的，所以他挺乐意这样做。八宝紧跟着散布德，不知不觉把道尔吉和管木格抛下了。他们在一个山坡上稍息，等他们赶过来。

　　"那是什么？"八宝发现了一些东西，但没看清。他把望远镜递给了散布德。

　　他们朝那边走过去。走得比刚才快多了，靠近，看清楚是尸体，旁还有一个东西。附近有几只鸟，没有鹰，这点很奇怪。

　　"不是牛。"散布德说，"我还以为是藏民的牛呢。"

　　"那是什么？"

　　"不知道，大概是鹿吧。"

　　"好啊，终于有了。"八宝一下子来了兴致，他用望远镜看了看，然后点点头，"我好像看见鹿角了。"

　　"我早就看见了。"

　　"是只小的吗？怎么才那么点角？"

　　"角被挡住了，它应该不小。"散布德说。

　　"嗯，大就好。越大越好！"

他们来到死鹿前，没有皮子，没有血，没有鹿头，没有很多东西。那两只野狐跑远了，站在山坡上往这边张望。另一堆东西是内脏，肚子破开着，里面的污秽染脏了周围的荒草。

"他们晚上要烤鹿肉了。"八宝非常遗憾来迟了一步，要是早来几个小时就好了，他们什么也带不走。他极为可惜那条鹿鞭，鹿血也不错。他眼红道尔吉的那条鹿鞭，那可真是好东西。

"这样下去可不成，我们永远只能跟在他们的屁股后面，也许他们早就嘲笑我们在吃他们的屁了。"

散布德大有深意地看了八宝一眼。他挑割掉仅剩的一条大腿上被野狐吃过的痕迹，然后从关节处卸下来，放到干净的草地上。

"我们得商量一下，到底要怎么做。"

"你有主意？"

"没有，你是队长。"

"只要你有好主意，你就是队长。"

"我不想当队长。"

"那你想怎么样？"

"我想要一根鹿鞭。"八宝说。

"那得上缴。我们谁不想要？"

"不缴也行，他们都在那么做，我们也可以。"

散布德坐在草地上，擦干净刀子上的血，然后把那条大腿上所剩不多的肉一条条割下来，八宝在一旁接过去，装进一个塑料袋子里。他们很快做完这些，看着道尔吉和管木格走过来。

道尔吉围着尸体转了一圈，咂咂嘴巴说总有一天要打死他们。八宝把装肉的塑料袋递给道尔吉。道尔吉一边往斜背着的布包里装肉，一边问："散布德，今天追不追？今天也许有机会。"

八宝嗤笑道："那可说不定，说不准就和上次一样呢。"

"你们决定吧！你们想追，那就追。"

"可是你是队长啊。"八宝把枪口对准鹿头，又瞄向散布德。

"现在你们说了算。"

管木格盯着散布德："你今天有点奇怪。"

散布德眺望着远远重叠而去的山峦，心里空荡荡的。他率先朝一个方向走去。

二

追击并不理想。他们什么也没看见，但又觉得那些人就在前面。他们偏离了既定的路线。他们想回去了，已经走得太远了，可没人说出来。散布德在前面带路，他们排成一线前进。

后来散布德总算停下来。"我感觉他们就在前面，我好像听见了什么。"

"不错。"八宝说，"他们够大胆，他们这是什么意思？"

道尔吉坐到地上，说："肚子饿，吃点再走吧！"

"我去弄些柴火。"管木格说完去拣干牛粪。

道尔吉把鹿肉拿出来，割成一小块一小块，串在高山柳枝上，他用肉块在树枝上来回地滑动，让血水渗到树枝里去，这样烤起来不至于先把树枝烤断了。管木格点火的时候很熟练地没有弄出烟来。他的火堆从一开始就燃烧得很旺。他们每个人拿着几串肉在火上烤，当肉被烤得嗞嗞作响的时候撒上细盐，很快烤肉特有的香味弥漫开来。

他们一边烤一边吃，很快就把所有的肉都吃完了。管木格意犹未尽地舔着树枝上的油渍，一边嘟囔着没吃饱，一边把火踩灭了。

散布德看着天色沉凝许久，说："今晚可能要在外面过夜了。"

"还不得冻死？"八宝说。

"就是，你瞧，"管木格指了指自己，"我一点准备都没有，为了走得轻松点连大衣都没穿，散布德你故意的吧？"

"计划赶不上变化快。"散布德指指自己，他也没穿大衣。

他们当中只有八宝一如既往地穿着破军大衣。道尔吉穿着用羊羔皮缝制的短大衣，羊羔皮毛是黑花色的。这种羔皮相对来说不那么值钱。但他们两个显然也不想在冬天的外面过夜，不过他们没说什么，他们的意思是，要是队长执意如此，他们也会遵从。

"他们有多快，在飞吗？离天黑还有好几个小时呢。"八宝不满地看着散布德。

"那么追上去呢？"

"开两枪，再把他们的枪缴了，然后缴货……让他们滚蛋！"

"恐怕不会答应，不管是哪里人都不会答应。"

"我们的枪又不是摆设。"道尔吉狂傲地说道。

他们走得比之前快了许多。他们翻过了几座山，散布德停在一些杂乱的脚印前。这儿的土是褐色的。散布德不明白那些人为什么留下这些痕迹。他们是故意的？是什么意思？

"这里有两种脚印，都集中在一个地方。看那些烟头。"

"他们在这儿时间不短哪。"八宝说着捡起一个烟头。"是'花好'烟，肯定是大通人，就他们最爱抽这种烟。"道尔吉说。

三

散布德眺望远方，山峰之间空荡荡的。永远走不完的河谷、平原和丘陵，这让他感到心力交瘁，他几乎失去了前进的动力。他萌生退意，询问他们的意思。

八宝喃喃地计算："我们已经多走了十几公里了，从这儿回去可不近啊！"

"不能吧？"管木格迟疑地说，"难道白费力气了？"

"这次就不要上报了吧？"道尔吉看着散布德说，"我们再追追看，不行就返回。"

八宝和管木格也目光炯炯地盯着散布德，散布德看着他们期待的目光悚然一惊，然后不情不愿地点点头。

"出发，出发！"管木格嚷嚷道，"别让他们溜了。"他第一个冲出去。其他人紧随其后。很快散布德再次发现了线索，他断定他们就在五六公里的范围内。

散布德一边喘息一边留意周围的动静。吃过的鹿肉在发挥作用，他的身体是火热的，身上出了密汗。他看他们几个也是精神饱满。但这是假象，他们只会越走越累，逐渐把体能耗得一干二净。

又走了三公里，他们看见那伙盗猎者就在前面，离他们大概有个一公里，全部趴在光秃秃、灰不拉几的斜坡上。而他们的对面是一大片灌木丛，他们一定是在那里发现了什么。

散布德他们退到山头的另一边，然后从山沟里往那边靠近，他们收敛了响动。走了一会儿，再接上另一条山沟。虽然迂回得远了点但保险在难以被发现。

散布德有些焦急，他怕他们已经瞄准目标了。他用望远镜在那边详细搜了一遍，一无所获。他对自己的眼睛绝对有信心，不会有错。那里什么也没有。这段时间——应该说是今年——死的鹿已经够多了。这一带的鹿有多少只他清清楚楚，他知道有几只母鹿。幸好死去的三只里没有母鹿，但接下来就不一定了。他怕那只最漂亮的公鹿被盯上，说不准早就被盯上了。那只公鹿他是三年前发现的。当时它就已经是一只雄伟的公鹿了。那时候他还没来巡山。他不知道巡山队有没有注意到它，没听人说起过。即便是有人发现了，也不会有谁像他一样在意吧？或者会在意，但那是另外一种在意，就像刚才他们几个那样。

那是一只狡猾的家伙，他没有一次好好看清楚过。到目前为止，队里只有他一个人知道，道尔吉也不知道。其实他根本不关心这个，他只在乎现成的。散布德刚才答应了他们，因为他从他们的眼神中发现了不怀好意的执着。他想一旦自己拒绝，后面会有越来越糟糕的事情，直到自己控制不住。事实上现在他都快控制不住了，他们在这荒野里的心思更多了。他对自己鄙视了一把，而后把胡思乱想抛到一边去了。

这时候他看见了火光。他不知道天是什么时候黑的。

看见火光后他们停下来，做了一次"交锋"前的休整和准备。散布德接过枪，摸出三颗子弹，把一颗填进去，上了膛。散布德的枪法不是最好，但他还是要亲自掌枪，他不想把事情搞大。他觉得他们会知趣的。

他们再次悄悄往前去。管木格心慌得厉害，大家都感受到了，散布德在黑暗中觑了他一眼。然后他听到了枪声。

没错。他以为出现幻觉了。他下意识地看了看手中端握着的枪，他怀疑是自己开的枪，他怀疑自己的耳朵，他越想越是这样，他用力握紧手中的枪。这次，他的枪真的响了。

枪一响，紧绷的神经却放松了，他发现他们几个居然在欢欣鼓舞。

"是他们先开枪的。"道尔吉紧紧地挨着散布德说。

"不错，是他们先开枪，我们当然要还回去。"八宝的声音都变了。

管木格觉得不对劲："开枪的好像在那边。"

"什么？"

"应该是。"

"你怎么知道？我听得清清楚楚，就是他们开的枪。"

八宝嘿嘿一笑："除了他们还有谁，鬼吗？"

管木格还是坚持己见："好像并不远，就是从那边来的。"

"你还能听出这个？"

只有靠得更近才知道些什么，散布德打定主意，再不能让手里的枪不受控制地响。但那边的火光消失了。

"我感觉那枪声有三公里远。"管木格又说。

道尔吉不耐烦地说："好了好了，我们都知道了，你再听听。"

他们朝刚才火光所在的位置慢慢地过去。走了一二百米，他们停下，他们担心那边的人也会过来。过了一会儿，他们又开始走了。散布德一直默默地计量着，他走了八百步，就是四五百米。现在应该和火光出现过的地方很近了，他们便不再前进，全部趴下来，屏住呼吸听。这时的草原太安静了，仿佛专门为他们的战斗而清场一样，一点声音都没有。平时野物的叫声、风声、林子里的响动都没有了。

他们的耐心没有白费。那边传来响动，非常轻微，但还是被捕捉到了。道尔吉胳膊肘碰碰散布德，散布德没反应。那边再次传来了动静，这次的声音很大，是有人在说话。散布德听着那声音，感到一阵心安。他甚至松了一口气。现在，他知道要干什么了。

他让他们噤声，他们再次迂回。盗猎者正在朝他们刚才待过的地方去，现在双方在交换位置的过程中。他们想法一样，都想靠近对方，然后再做下一步的决定。那边的声音愈加清晰了，他们之间不会超过三百米，他们又说话了，但听不清到底在说什么。散布德不在乎，他已经想回去了。他觉得这是场闹剧，而且是会闹出人命的闹剧，如果有人死了……他回头看了一眼黑暗中的队友们。然后他想到了自己的家庭。他有些难过，他想到那只公鹿。它也消逝了，这也并非不能接受。因为他开始讨厌这里的牵挂。

四

他带着他们往右边走，与盗猎者的距离越来越远。这时他觉得差不多了，如果盗猎者是来找他们的那现在已经知道他们离开了。他说现在我们可以回去了。道尔吉说，为什么？

"我们是来干吗的？是来看一眼他们的吗？"他说，"散布德你什么意思？"

八宝说："他的意思是我们就不要插手这件事了，他们要打猎就让他们打，我们看着就行。"

道尔吉说："散布德，现在你说这样的话，你是什么意思？"

散布德说："那好吧，我们小心些……管木格你说还有人？"

管木格点点头："应该错不了，我这方面的本事——"

"也许他们在埋伏。"道尔吉兴奋地说，"我们来个黄雀在后。"

管木格到前面去听动静，回来说不妙。

"几个人？"

"不清楚，我听见了笑声。"

"他们在过来吗？"

"有可能。"管木格这会儿又无所谓地说，"那得看他们的心情。"

"你再去听，不妨走远一点。"散布德命令他。

"他怎么回事？"八宝说。

"谁知道，他心里肯定在骂我们。"

"就算他发现了又怎么样？他在摆架子？"

散布德说："嘘，你们别说话。"

"不过他是对的，他的耳朵贼厉害。"

"那又怎样？"八宝说。

散布德说："嘘！"

他们等了管木格十分钟。道尔吉抓住他的手臂："怎么样？"

"他们过来了。"管木格说，"那边的也来了。"

五

他们被夹在中间，他们被包围了。他们清楚中计了。散布德发现枪卡壳了，他重新装子弹花了很长时间。然后朝声音鼎沸的方向打了第二枪，这回他清清楚楚地听到了自个儿开枪的枪声，多么干脆嘹亮！

他们看到一点几乎看不见的光，是子弹的那种光。他听到枪声还在响。这回是另一面的人开枪了。他猛地一个趔趄扑倒在地。枪脱了手，滚到了一边。接着他又听到回声。之前没有，或是他没听到。有回声的枪声更震撼，更持久。

他听到后面的道尔吉和八宝在咕哝，但听不到管木格的声音。他刚要起来，后面的人摁住了他，他动不了了。道尔吉轻飘飘地在后面说："我们快躲出去——"

八宝趴在道尔吉的后面，他用完全变了调调的声音说："他们过来了，管木格呢？"

散布德已经听到了脚步声，很凌乱的走动声。接着他又听见了枪响，他摸到了枪，但枪里面已经空了，他记不起来子弹装满了没有。他从包里摸出一颗子弹装上。装子弹的时候他感到浑身都痛，他的手有些不听使唤，总是抓到空处去，而且提起来也费尽力气。他把枪交给道尔吉，道尔吉有些迟疑。

"开枪。"他说。

道尔吉朝那边胡乱开了一枪。然后他们往一边退出去几十米。

那边吵闹得像一个市场。

散布德靠着一块石头，他突然觉得很饿，想喝上一碗自己熬的苦茶。

有人从他身边走过去，又转回来。"你怎么了？"那人说。

"累了。"

"其他人呢？"

散布德指指前面。

那人喊道："这儿有一个。"

"他们是一伙儿的吗？"那边有人喊。

散布德一愣，又震惊又愤怒地说："不是。不是。"

"你是巡山队的？"

散布德动了动麻木无力的身体。他再也不愿说一句话。

"小心那边的人。"那人喊道，"小心他们偷袭……"

塔兰的商店

一

"我有点头晕。"塔兰说。

"你没事吧？"我说，"你不要担心。"

"我们没钱了。"她重复道。

"我们会有钱的，这没什么大不了的。"我说。我看着她，她刚刚哭了一场，目光游离着。

"钱在哪儿？"

"我们卖掉我们的羊就有钱了。"

"那我们就真的什么也没有了。"她又开始啜泣。

"你不是想开一家商店吗？"我说。

"嗯，我们开商店吧。"她说，"开一个好商店，你说好不好？"

"好啊。我们开的，就当然是一个好商店。"

我在一个微信群里发布了一条出售八十只羊的信息，就有十个人打来电话，我在其中找了一个觉得靠谱的，让他来看羊。买卖很成功，一次就完成了交易。他把钱转到我的银行卡，我收到短信，三万五千块钱已经到账。

羊群离开我的视线后我一屁股坐到地上，把雪压得叫起来。我使劲揉了揉手腕，让血液活动流淌，让我的身体热起来。我看了一眼空荡荡的草场，心里也空荡荡地难过。塔兰提着一把扫帚立在家门口，我听见她的哭声。我走到她身边，接过扫帚，一边扫门前的雪，一边安慰她："不要难过，等我们开商店赚了钱，再买回来更多的羊，我们养三百只母羊，一年领二百八十只羊羔。"

当天晚上我们一口东西也没吃。我们都饱饱的。而且也睡不着，我们一点瞌睡都没有。于是我们做爱。在这过程中她不停地打我。我知道是为什么，我说对不起，对不起。后来她安安静静地抱着我，她的声音变得非常陌生。

二

我们买了 315 国道边上的一栋房子。这三间房子是砖木结构的，很结实，但也很冷。要是一天不生炉子屋里就跟冰窖似的，水瓶都能冻裂喽。房子是冈秀加几年前盖的。他开了三四年商店，因为心高气傲，不想再这么荒废时光了。他想连里面的百货一起卖给我们。

"比批发价更低，所以超值。"他说。他是一个永远刮不干净胡子的邋遢男人，永远对星空充满迷恋，你总能在各种有他的地方听到他对宇宙满是崇拜和敬畏的言论。

这事我做不了主，所以下午和塔兰一起过去。他对塔兰说："塔兰，你看，超值！"

"这些东西你打算要多少钱？"

"我有清单，我们可以一样一样算，我给你的比批发价更低，我说过的。"

塔兰和我一眼又一眼地打量这些乱七八糟的商品。塔兰越看越不满意，她说："你怎么连这种东西都卖？这些东西有人要吗？"

"马掌好卖得很，很赚钱。"冈秀加说，"'螨净'更好卖，尤其是春天和秋天洗羊的时候，有人都买不上呢。"

塔兰说："你这是一个杂货铺。我可不想开杂货铺。"

"你可以不开，只要不进货就行啦。"

"我讨厌杂七杂八的东西。"塔兰说。

"那你想卖什么？"他带着点讥讽的神情说，"难道你想卖特产？"

"我会卖的。但我先要卖食品和衣物。所以你的这店面太小了。"

"你可以把那间的隔墙拆了。"他指了一下右边的墙壁。

我们花了两天的时间才把所有乱七八糟的货物整理清算出来。我们付给冈秀加三万块的房款，另欠了两万块的货款。冈秀加离开他住了三年的地方后，塔兰环视无比冰冷的屋子和如垃圾般四散的百货对我说："这下好了，我们真的没钱了。"

"我们干起来吧。"我说，"一开张就会有钱来了。"

事实上那天下午不断有人来买东西。晚上我们已经有了一百多块钱的收入。但我们不知道利润有多少，我们没算。

晚上塔兰高兴起来了。每到夜里她都会高兴起来。她高高兴兴地做了晚饭。她炒了两个小菜，在平底锅里煎了饺子。我们打开了两瓶啤酒，我们碰了一下，塔兰说："祝我们生意兴隆！"

"日进斗金。"我说。

我去货柜里再拿来两瓶啤酒，我们坐在热乎乎的炕上，看着电视，一边计划未来一边喝。十二点一过，塔兰说："咱们去把东西摆好吧？明天一早就开张。我睡不着。"

"好啊。我也一点瞌睡都没有。"我说。

于是我们下了炕，来到中间的屋子里。塔兰让我先把炉子烧起来。"我怕是已经感冒了。"她说，"有点发烧了。"

我说："塔兰，那我们来一个吧，我把感冒引到我身上来。"

塔兰说："去你的，胡说什么呢，我才不亮着灯做那事。"

我说："那我把灯关了。"

塔兰说："关了也不成，我冷。"

天亮之际，一个崭新格局的小商店出来了。我们听了一晚上的东风，风差点把我们催老。我们站立在商店门口，塔兰看着头顶说："还差一个好名字。"

"名字太重要了。"我说，"塔兰你起一个吧。"

塔兰咧开嘴一笑，说："我想叫塔兰商店。"

"好名字。"我说。

"我的名字是阿爸起的。"塔兰得意地说，"我还没出生，就已经有了名字。"

"所以从那时候就注定是一个商店的好名字。"我说。

"你这是什么话？这首先是我的名字。"

"对啊。所以才是一个商店的好名字。"我说。

我们吃中午饭的时候来了一伙醉鬼。里面有两个是我认识的本村人。他们买了酒坐在炉子边的三人沙发和两张矮凳上，把两瓶白酒放在茶几上，把烟掏出来放在茶几上。他们每人点了一根烟抽着。有一个人大声恭贺我说大吉大利。我和他们一起碰了一杯酒。

尼玛走过去，隔着一排货柜和塔兰说话。塔兰没有理他，但他死乞白赖说个不停，我讨厌这个人贼兮兮地盯着塔兰的眼神。所以当第二次碰杯的时候我没有和他碰。

商店里的人渐渐地多起来，喝酒的人也多起来，很多人没地方坐，就站着。后来走了一拨，剩下的都是醉了后很难伺候的那种人。其中仍然有尼玛。但这次我主动和他喝了几杯。我们聊起来。"以前。"尼玛说，"以前，冈秀加开商店的时候可没有这么火的人气。今天你瞧瞧。"他从酒碟子里端起一杯酒，看着我。我也拿起一杯。

"那是当然。"我说，"塔兰商店以后会很有名的。"我们将杯中酒一饮而尽。我们这会儿是站在柜台边的，旁边是很旺的炉火。靠西边窗户那里的沙发上坐着两个穿一模一样黑色皮夹克的男人。他们低垂着脑袋，轻微地摇动着，说着胡话。塔兰在我们睡觉的那间屋子里，我能听见电视里的声音。要是有人来买东西，我就叫她。

"以后，"他说，"以后我可能会赊一些东西，以前我也这样，春天赊着，秋天一次性还清。"

他保持着一种过分伪装的神态，这让我警惕起来。我说："好啊，我会记在本子上。"

"我们到里面喝吧？"他拿起我请客的那瓶酒说。

"不，塔兰昨晚一点没睡，我们不要打扰她。"我说。

"呀。"他把酒放到柜台上，冲我喷出一口浊气。

三

我告诉塔兰我要出去一趟。"我去把商店的牌子弄出来，顺便采购些东西。"我让塔兰给我拿一件厚衣服。天气阴冷，几乎要下雪了。我的白色的二手雪佛兰小汽车里的暖气坏了，车窗也需要用手扶着才能升降，我想着是该修一修了。

"买一些蜂蜜怎么样？"塔兰说，"我想做一些饼干摆出来。"

我回味着塔兰做过的美味的饼干，觉得没有理由卖得不好。"要一罐吗？"

"要两罐。"塔兰说。

我在一家复印店里打印出商店的牌子，我要求在上面打印上一个美女。那个年轻的女人侧着身子，含情脉脉地凝视前方。她的前面就是"塔兰商店"四个字。我想我失策了，应该把塔兰的照片放上去。

我给她打电话，告诉了这件事情。

"我不会被风吹日晒的。"她说，"你这个笨蛋，别人会看洋相的。"

"可这个女人没有你漂亮。"我走出复印店，感受着沙子般的雪粒从天而降，琢磨这样做是否没错。塔兰在那边笑了，说你早点回来。

尼玛的红色长城牌小汽车停在商店门口。我从窗户外看到他站在昨天站过的地方。

"尼玛送牛奶过来了。"塔兰对我说。

尼玛和我握了手，有点遗憾地说："我说了要送给你们，塔兰非要给钱。"

"因为现在我们做生意了嘛。"塔兰从玻璃货柜里面伸出手，她的手里有五十块钱。

"好吧。"尼玛接过钱，"下次，我给你们拿一桶酸奶来，那可千万不要给钱了。"他的脸今天很亮，头发梳得一丝不苟，穿的像一个讲究的人。

他走了以后塔兰说："你把那奶给我。"

我将脚下的奶桶提起来。"他怎么来了？"我说。

"来送牛奶啊。"塔兰说，"不知道这点奶够不够，你说够吗？"

"我不知道。你要做多少？"我说，"他来得可够勤快的。"

"开门迎客嘛。"她说。

"他怎么知道我们要牛奶？"

"他来买东西，然后送牛奶过来了。"她说。她提着牛奶转身到另一间屋子里去了。

我将车开到商店旁边的一个阴森森的小道里停好。觉得需要盖一间车库，而这得花钱。我不知道钱会从哪儿来。现在，至少短时间内，商店的盈利指望不上。我不想把注意打到塔兰的饼干上，尽管我十足地有信心她的饼干会大卖，但那也不行。我也没人可以借钱，我不受控制地想到尼玛，他会借钱给我的，但我决不借。

在另一间没有炉子的屋子里塔兰在做最后的准备。她明天就要做她的美味的饼干了。

"我好久没有吃你做的饼干了。"我说。

"如果成功了，以后你会吃得想吐的。"

"不可能。怎么会？"我坚决不相信会有这种状况出现，"我不可能吃腻，你做的东西我什么时候吃腻过？"

四

还是在昨天的那个时间点，来了一伙人，坐下来就要了一扎啤酒和两包烟。塔兰热情地招呼了他们。因为塔兰生动而明亮的笑容，他们千方百计和塔兰说话，开玩笑。这时候，我在卧室里坐下来，给自己倒了一杯茶，轻轻地啜饮。门没有关，隔着一道暗红色的门帘我听见她在介绍牛奶蜂蜜饼干。他们表示，明天过来看看。我将手中黄色的杯子里的红茶喝完，想，在我运气好的那段日子里，我的意志也没有得到完全的执行，但也不至于使我难过，但现在我的运气很不好，我做每一件事都有一百万种可能变坏，而我没办法阻止。下午的阳光从水缸旁的窗户进来，照射在我身上，我的左半身比右边更暖和。凯热的冬天，第二场雪很快会降临，覆盖一片虚伪的恶心。但不过是徒劳而已。我有些昏昏欲睡，想站起来走过去，双腿却麻木了。我叫了一声。过了一会儿，我又叫了一声。塔兰来了，她神情愉悦地说："怎么了？"

"看看炉火，我的脚麻了。"我说，"你该做饭了吧？"

"还早着呢，你饿了？"她给炉子里添了羊粪。

"没有。"

"要不你把商店的牌子换上去吧？"

"好。"我说，"你得帮我一下忙。"

我们走到门外。里面几个家伙在看着我们。"你拿一个凳子来。"我说。

塔兰搬来一张靠背椅子，我踩上去，用小刀把螺丝拧开。十六个螺丝全部拧下来，把牌子扔到地上，我撕掉已经晒得惨白的塑料，量了尺寸。这时店里的人在叫她，她进去了。

我进去拿钳子，找到后，我和他们聊起来。我端起一个不知道是谁的酒杯。塔兰在货柜后面看着："你要喝吗？"

我眯起被黄昏的夕阳逼迫的眼睛说："我喝一杯。"

她不再看我，转身整理两排大铁柜里面的百货。于是我坐下来。怀着一种难以名状的情绪坐下来。明天，"塔兰商店"这个招牌会挂起来。明天开始这就是塔兰的商店了。

热水商店

一

那天，我在热水商店吃午饭。我骑着大熊赶了一上午路，整整六个小时。早已饿得头晕眼花，耳朵嗡嗡响。我让杨本加给我做点能顶饱的东西。

"有刚出笼的包子。"他说，"本来是自己吃的。"

"那就来二十个。有粉汤吗？"我说，"包子就粉汤，最好。"

"那个简单。你先吃着包子，我分分钟做出来。"他说，"你有一阵子没来了，干什么呢？"

"我还能干什么？你知道的。"

"你应该把生活搞简单点。"

"还不够简单吗？我都只剩下这么几件事情了。"

"你不懂。简单是心里面的东西，你还是不懂。"他说。

"我也不想懂。"我说，"我的很多事情你哪里会明白？人人都有难处啊。"

"可不是。"他说。他一边跟我聊天一边就把粉汤做好了。粉条是早就已经泡好的，他只需要做出汤，再把粉条放进去滚一滚就好了。他给粉汤里放了十几片好肉。我心一热："杨本加，你是一个实惠的人。"

他莞尔一笑，说："看你饿坏了，就让你高兴高兴，一般人我才不会这样做。"

我说："我知道。谢谢！"

"快吃吧。"他说完去外屋。商店里有人来了。很快那人走进来。他一进来就把厚重的标志性的黑色皮夹克脱掉了。他热得脸上全是密密麻麻的汗水。

"你好。"我说，"你怎么来了？"

他说："嗯。"

我说："你在干吗？"

他说："你管得倒挺宽。"

于是我就不再说话了。我专心致志地吃包子，喝粉汤。

"给我也来一份。"他对杨本加说。

"你连夜赶路了？"杨本加说。

他一直看着我。我装作不知道，因为我惹不起他。我后悔刚才的鲁莽。我根本不想和他打交道，但我刚才却那么跟他说话，实在傻得可以。现在我只想赶紧吃完离开，多一分钟都不想待了。我喝完最后一口汤，抹抹嘴站起来，拿起桌上的手套。"给我拿两瓶饮料。"我说。

"我先走了，你慢慢吃。"我对他说。我觉得要是一句话不说就走可能不是很妥当。

"嗯。"他说。

我心里咯噔一下，他气势这么强，显然是不满意我。我真后悔刚才失言。真真应验了"言多必失、祸从口出"的老话。杨本加给我拿饮料的时候爱莫能助地摇摇头，无声地说了一句小心点。我也回复，没事。

大不了被揍一顿。我想。难道被他打破脑袋的人还少吗？他那么喜欢打人而后又自由自在地活着，一点也没受到过惩罚。这就是最难以理解之处。他为什么可以这样？难道派出所是冷冻着的吗？看来还是被打的人自己的问题，他们不愿意去报警，不愿意被他时时惦记着。只是被打一顿和时时被惦记两者之间哪一个更符合一了百了？要是换作我也是同样的想法，因为被他时时惦记实在太过恐怖，我想象得到恐惧会如何疯长，直到再也控制不住，只能眼睁睁看着被它吞噬。那样的生活谁受得了？打了个冷战，看见我的大熊在六月的骄阳下汗流浃背，看见我出来立刻痛苦地嘶鸣一声。我从拴马柱上解下缰绳。这条缰绳是我最心爱的一条，由赤橙红绿蓝五种颜色扭织而成，长一丈五，尾部有两溜儿红蓝色的大穗子，我骑在马上的时候特别喜欢甩动它。而我的大熊也喜欢看穗子在空中划出的残影。每次见到这条缰绳我都会难以抑制地想起那会儿花在它上面的时间和努力。我饱尝了无数次返工的折磨，好几次差一点点就放弃了，最后都是被灵魂深处令人惊异的执着给阻止并奴役着继续干。现在想来，那真是古怪得可以，总有一些时候，事情的发展会出乎你的意料，因为你并不是一个了解自己的人。根本没有真正了解自己的人，这是一个大问题。但我不打算做什么，因为我什么也做不了。一个人对自己干不了的事情总会抱以平常心，并且心安理得地看其接下来的发展。所以我的缰绳在完成的那一刻，幸福就理所当然地冲进了我的身体，我有一种做爱到最关键时刻的快感。我揣测，这或许就是因为我投入的感情和其他的东西的比例恰到好处的缘故吧。我一边甩动着斑斓的穗子，一边牵着大熊往青海湖方向走。这一条断裂严重的混凝土路，每走十几步就会出现斩断路面的裂缝，有大有小。汽车在这条路开不快。我走了两百多米，找到那处水源。我解下大熊的咬环让它喝水。大熊是一匹令人费解的壮马，天生不是能跑的马。因此它永远不用到比赛场上去，这点估计是它最大的好运了。但在赛场之外的广阔天地中，它才是最有用的好马，什么样的山路也难不倒它，而且看上去还那么轻松，所以我在远足的日子里就只骑它。只有大熊才能给我安全感，让我有心思去想其他的事情，不然我总是担心胯下的坐骑力有不逮，半路上给我掉链子。大熊就没有这方面的隐患。但这也是它逃不掉的悲哀。就像一个人默默地干了大部分活却得不到赏识一样，它出不了名。只有我偶尔会夸赞夸赞它，像例行公事一样。它喝水的时间很长，喉咙在滑动，水进入喉咙的声音十分有动感，而且还惹人嘴馋。我拧开可乐盖子往嘴里倒的时候拉真朝我走过来，像是一头熊一步步靠近我。我一口气喝了半瓶可乐，小心翼翼地打了个嗝。大熊见有人过来就抬起头颅警惕地看着。中午的阳光太强烈了，混凝土路反射着白光，这些白光被眼睛无可奈何地吸纳，刺激着流出泪来。那边的商店和挨着的几座建筑物看不清了，它们正好处在最亮的光线下。拉真的身影也变得既模糊又高大，愈加气势惊人。这会儿他距离我有五十步远，我拽了拽缰绳，大熊就迈开步子跟上我。拉真在朝我招手，然后跳下混凝土路，他找了个干净的草地坐下。他身后的边际处是夏牧场连绵不断的青色山峦，山脚下是犹如平静的海面的热水大滩。这里没有一丝风，又干又热。整个平原处在浓烟滚滚的焦灼之中。拉真的脸因为常年不戴帽子而晒得十分均匀，到处都是紫黑色，连嘴唇也是。他里里外外估计都是这种颜色。我忍不住腹诽，他的老二肯定也是这种颜色。

"你找什么？"他说，"有没有烟？"

我把只抽了一根的整包烟都给了他，他叼了一根，很自然地装进兜里。然后他要打火机。我给了。我没说要去哪里。因为现在，我已经压根儿不想去了。但他一边抽烟，一边看着我，我蹲下来，说："找马。"我不知道为什么要撒谎。

"那正好，顺便把我的也找一找。"

"你的马和我的怎么会在一起？"

"那可说不准。"他说，"马嘛，跑得快，而地方就这么大。"

"哦。"我说。

"我等你回电话。"他掏出手机，让我把号码存进他的手机里。我接过手机，有一种甩出去的冲动。他面无表情地看着我，仿佛在考教我。我输入了十一个数字，存上自己的名字，然后拨了号码。几秒钟后我的手机响了。"我一有消息就给你打电话。"

"那你最好快点，我还等着换马骑呢。"拉真很认真地说。

"你怎么不去找了？"

"我累了。你看这天，这热。"他说。

"本来我也是不想去找的。"我说。

"现在呢？"他说。

"现在，既然你这么说了，我只好去了。但我……"

"你心里不爽？"他站起来。当他和我站在一起的时候，才能够真正展示出他的高大。但这不是身体上的，而是气势和精神上的，和热浪裹挟在一处缠绕着他，压迫着我。我没办法让自己的目光长久与他对视。他就那么平静地看着我。

"也不是。"我说。

"好。我等你消息。"他说，"但也不急于这一会儿，我们去喝点。"

"我不能喝。"

"走。"他说。

二

拉真坐在我刚才坐着的位置上，将身子整个儿靠着沙发，仰头对杨本加说："你这儿有什么好酒？"

"你要喝什么酒？"杨本加这回脸色很不好看，他既不看拉真也不看我。

拉真玩味地咧嘴一笑，说："来一瓶红瓶子的天佑德，四星的。"

"一百块。"杨本加拿来一个红盒子的酒，放在茶几上。

拉真很干脆地掏了一百块给他。"再来一包烟。"

"什么烟？"

"随便吧。"他说，"过来坐，我们喝几杯，你就走吧。"

"我还真不能喝。"我说。但我还是过去坐在他旁边。

"你媳妇不让你喝？"

"我动了手术，胆囊切掉了，所以现在不能喝酒了。"

"胆囊没有了有什么影响？"

"有很多，而且很麻烦，基本上吃喝方面都有影响。"

他哦了一下，在小龙碗里倒了半碗酒，一口就喝干了。然后他看着我："那么你是想现在走了？"

"争取今天找到。明天我有事情。"我说。

"打电话给我。"他说。

我无声地点点头，出了商店。我松了一口气，身子也软和了。杨本加在外面靠着墙抽烟，他在看对面的女人。那个女人我见过很多次，她因为长得不赖而生意兴隆，比杨本加更会做买卖。而且我也知道杨本加和她关系暧昧。有人说杨本加的商店就是这个女人出钱给他开的，大多数人都相信这个说法，因为他没有什么钱，而她却很有钱。她的钱大部分是亡人丈夫留下的遗产。那是六百多只羊、四十几匹马和将近两百头牦牛。她富得不像话，但很快她便不富有了，因为她抛弃了它们。她一个人顾不过来，就把羊和马全卖了，剩下省心的牦牛。她开了这样一个饭店。然后杨本加出现了，他是带着缠绵病榻的老婆来温泉治疗的，来了后就不走了。他的出现是及时的，而且还显得那么有缘分。他们从认识到勾搭在一起的时间不会超过十天，就是说他们刚认识就对上眼了。这么想着的工夫，我已经走到他近前。杨本加努努嘴，我摇摇头。他拍拍我肩头，我一下子就明白他貌似是安慰我但实则心里是瞧不起我，他可能还在鄙视我，因为我的懦弱让他十分优越了。虽然事实如此，但我心里不是滋味，和他聊几句的兴头顿时消散，我敷衍一句便转身朝大熊走去。它正在和拉真骑的那匹著名的长银鬃母马耳鬓厮磨，我的火气一下子蹿到脑子里来了，脚步匆忙之间被一颗小石头绊倒，整个人忽悠一下便服服帖帖地趴在地上了，我顾不上疼痛，因为他在看着，拉真看着，那个女人也在偷看着。一阵难言的羞愧和憋屈一股脑地涌上心头，眼眶里顷刻间蓄满泪水。我背对着他们，乘拍打身上的尘土之际快快让泪水流出去，它们必须离开我，不然我会哭出来。也许我已经哭了，自己不知道，我有那么一些时候就会那么不靠谱，也纳闷为什么做过的事情别人记得而自己却忘得一塌糊涂。我认为这根本不是病，事实上也不是病。也许是我不愿意记住不好的事情。我骑着大熊离开，走了老长的一段路。在一个岔路口往左拐去，又走了有一公里，出现了九条龙。一字排开气势十足的九个雕塑，黄灿灿的煞是好看。九龙后面是一个巨大的院子，里面空荡荡孤零零地有十几间房子，这是一家生产矿泉水的厂子，几年前一眨眼的工夫建立起来，但也一眨眼间倒闭了。估计是连一瓶矿泉水都没有生产过吧。关闭的大门里面有一条狗听见我的动静，叫了起来。通过一尺宽的门缝弄清楚了里面的是一条大黄狗，披着厚厚的锈成一团一团的旧毛兀自尽忠职守。它声音因为有如此空旷的院子加持而极为洪亮,一副精力充沛的样子。但其实是一只吃不饱饭跟不上营养的可怜的家伙。可怜的家伙。我的手掌被划破的地方火烧一样疼痛难忍,更疼的是膝盖,我隔着裤子感觉到已经血肉模糊了,而且还有点肿。我想这是一个好借口,对拉真说谎的好借口。我摔惨了,要去看病治疗……再一想,不行,他才不会听我解释,他只会说,哦,今天你能找到我的马吗?嗯?我不想再干傻事了。我又不是超人。我也没有那种一直梦想拥有的本事。这些年在他手里吃亏的人多得数也数不清,比他家的羊都多,我不必在意。对自己这么一解释我终于将一直憋着的怨气恨意放了出去,像屁一样从身体上出去了,我能感受到离开的声音,我感到立刻变轻松了,连大熊也感觉到了,它跟我打了一声招呼,走得又快又轻巧。

三

再接着走了三公里,便是热水神泉那个大门。那个十分土气的大门上写着这几个字。为什么要带上"神"?热水泉有什么神奇之处?没有。根本什么都没有。但旅游局非要这么干。因为现在所有的地方都这么干,你要是不干,就显得很另类。古人都说了,还是平常一点、中庸一点好。现在连做事也怕出头。但我却在破坏这个规矩(这是谁定的规矩?),我就是在出头,不管是强迫的还是自愿的。我在出头。过不了多久人们便会说,是闹洛像哈巴狗一样将拉真的马找回来的。他像小狗一样听话……要是找不到马,也许就是一顿揍的事情,没什么大不了的。那为什么还要去找呢?我想的和我做的是两回事,因为说和干事本来就是两回事。我不可能明知道要挨揍就傻乎乎地去挨揍,我可以换一种方法把事情办好。最好是找到马，找不到就是找不到，因为我去找了，我付诸行动了。他可不是一个不讲理的人，只要我真的去做了事情……我便有底气说话。底气是自己争取的。

我和大熊走得很快，不知不觉就到大门那里了。有一群牛堵在那里。有人家在转场，我远远一看就知道是谁了，是和拉真一个村的人，还真是巧了。

"你好老哥。"我说，"辛苦你了。"

普华是一个四十岁差不多的憔悴男人，他的眼珠那么黄，一看就知道有肝病和胆囊炎病。他骑着的马和大熊比起来像一只小鸡站在大狗前面，我得探出头去说话。他的这匹马是正在调教的两岁小马，瘦成了一张黄皮子，简直不忍心去想它今后的遭遇。

"你有啥事？"他直截了当地问。

"我在找马。"我说。

他盯着大熊的鼻孔，因为大熊在一个劲儿地喷鼻涕，它好像感冒了。

"我什么马也没看见。这条道上没有。"他十分笃定地说，"你可以去别地儿找了。"

"是两拨马。"我说。

"反正只要是马，这条道上就没有。"

"我看我们还是可以互留一下电话号码。"我说，"要是你在上面的路上看见了就给我打电话。要是你有什么需要我的也打电话。"

"我快到了。我不知道自己的号码，忘了。"

"我想我们以后相互都用得上。"

"那是的。但我先记住你的号码。我的号码我老婆知道。"他回头找老婆，他老婆正在赶着牛，她骑着一匹红色的好马。他叫她过来。

"把我的电话号码告诉他。"他对她说。

他老婆好奇地盯着我看。她只有一双眼睛是动着的。

我存了号，拨打。他怀里的手机在他拿出来的时候响了。铃声是"拉伊"。我早就猜到了。

"看见马群我会打电话的。你的马群什么样子？"他说。

"有一匹花马，黑肚子。另一群全是枣骝马，十匹，是拉真的马。"

"拉真？他在哪儿？"他显得有点吃惊。

"枣骝马就是他的。"我说，"他在热水商店里。"

"哦。"他说，"他在哪儿？"

"在热水商店。"

"热水商店？杨本加也在吗？"

"在啊。"

"那他们会打起来的。"

"不会。"我说，"为什么？"

"会的。"他说，"他们一定会打起来。"

"为什么？"我说。

"这就不好说了，他们早就相互看不顺眼了。杨本加会忍不住的。"

"我看他们挺和谐。"我说。

"拉真在喝酒？"

"是喝酒呢。"

"那他们绝对会打起来的。"他坚定地说。

"说的好像你见了似的。"我说，"他们爱怎么着就怎么着。你的营地在哪儿啊？"

"查拉河对面。"

"第几个湾里？"

"第六个。"

"那就是小新垭口对面啊。"我说。

"就是。"

"我的营地就在小新山垴里呢，我天天上垭口看见你家。"我说，"你家是不是三个帐篷，一个是黑色的？"

"就是。你是谁家的？"

"我是华日登家的。"

"哦，老书记家的。"

"我是老四。"我说，"你怎么不走那边？"

"那边很少走，它们不太习惯那条路。"

"难怪我一直就没见过你。"

"我估计他们现在已经打了一架，你觉得呢？"

"我不知道。"我说，"那是他们的事，又不是你和我的事。"

"要不我们去看看？"

"为什么？"我知道当他知道拉真在那里的时候，他就一定会去的。

"我也要去买东西，顺便瞧瞧。"

"你干吗那么好奇？这会害死你。"我说。

"我就是瞧瞧热闹。我已经很久没看见他打人了。"

"说不定是杨本加赢了。"

"你觉得可能吗？"他说。

四

他嘱咐好老婆，我们从来路返回。我抱着侥幸心理想要是他挨了打，估计就无暇顾及我了。要是他赢了，估计这会儿已经喝酒喝高兴了，我可以解释这边没有马，华普就是最有力的证人。牧道两边是十分平整的草地，右边盛放着蔓延开去的华丽丽的狼毒花。这片草地的草连三寸的高度也没有，因此这些狼毒花看上去又大又鲜艳，倒是把整片草地装扮得妖娆多姿起来；而左边有红山嘴的那片草却是另一番光景。查拉河在这片草地上滑来滑去，像一条大蛇一样蜿蜒曲折，隔着两公里我都能看见它身上碎碎叠叠的鳞片一样的水波折射而出后汇聚的银光。这边因为水流在地下散布湿气而草势茂盛，大团大团去年没有吃完的剩草夹在青草中，斑驳又沧桑，仿佛时间只在这里来来去去跟跟跄跄。时间在走，已经是下午光景。我对普华说时间就是这么叫人心慌，我才动了三次帽子，三个小时就没了。我们打那有狗的大门前经过，我评论那条狗。

"它少说已经三天没吃东西了。"我说，"可以肯定的是，要是换做你我，早就饿死了，但它依然这么忠心，你听听它的叫声。"

"我的狗更忠心。"他说。

"忠心只是一种表象，关键还是要看内心的真实活动。"

"这话说的，我听不懂，你再说一遍。"

"你认为拉真怎么样？"我说。

"我不熟。"

"你不熟？你们一个部落。"我说。

"我们不熟。"他坚持说。

"我们今天是第三次见面，他就给我安排了个活。你也看见了，我正在干活。等会儿他要是问起来——是你叫我和你一起回热水商店的。你保证你来的路上没有马？"

"没有。我保证没有，我又不是瞎子。"

"那就好了，你照这样跟他说。"

我不得不嘱咐他几句。我怕拉真见到我不给解释的机会，也许他再也不给我机会了。我不是怕，是因为一旦我出点什么事，便会连累一大片人，都是一些关心我的人，我于心不忍他们遭罪，但我也不是吃素的。谁又是呢？所以在见到拉真之前，我先要做好普华的思想工作。他是一个装傻充愣的妙人，我越来越喜欢和他说话了。他的妙趣在于明知道别人知道了他还是要把那些话一本正经地说出来。我刚才差点笑喷出来，但表面上我若无其事地和他搭话聊天，受益匪浅。按照他的意思，从生活这头到那头十分漫长，而且危机重重，他得万分小心才行。

"不然不行。"他比喻道，"事情会多到用头发都数不过来，全是不用心弄出来的事情。"

我们四目相对。我说："你说的是犯错误，但你认为小心翼翼就不会犯错了？"

"至少可以少一点，慢一点。这条路这么长，少错就会走快一点。"

"你是说认知。你说得有道理，但我从来不想这些。"

"那你想什么？"

"一个人只要手脚灵活就不会想那么多事情。他会把精力花在手脚上面。"

"我也有手有脚。"

"可你为什么想那么多？你越想不是越烦恼吗？"

"你说反了，是多思考，越这样，就会把不用的剔除掉，要不然那些东西还是你的。"

"没必要，我用不着亲自去干。"我说，"那样会显得太傻，因为时间就是干那个事情的，所以你干吗非要自己干一遍？"

"因为我只有自己干了，才觉得那是我的事情。"

"算了，随你，反正是你的事情。你看。"我指着远处的一排房子，"他的马。"我说的是他骑着的马。他的马孤零零地站在小广场正中央的拴马柱旁，颇有一副遗世独立的样子。广场那么小，所以这匹马就显得那么大。老远看见的就是它，以至于我产生了它是和拉真一样恶毒的错觉。事实上它也是受害者之一，而且它是一个悲催的命运注定的受害者，它比我们可怜多了。这样一想我对它的同情心就泛滥了，尤其是当我们靠近它，站在它眼前，看到它纹丝不动，一副快要饿死的样子时，连他也看不下去了。"拉真为什么不对自己的马好一点？"他说，"他在给自己的家族蒙羞，一个好牧人绝对不会干出这样残忍愚蠢的事情。"

"他才不在乎。他是出了名的——"

"那也不能自私到眼里没有自己的马，换句话说这也是他的腿啊，也是他身体的一半。"

"只要感觉不到，他就不在乎。"我说，"我早就看透他了，他的人性也差不多没了。"

他意味深长地看了我一眼。

"马这东西生来便是受苦受难的。"他说，"假如我们当中有一个也是如此，你猜会是谁？"

"你这话是什么意思？"我猜他是想说你别想逃脱拉真的手掌心，你和这匹马一样注定是受苦受难的。但他不会这么说，他绕弯子让我明白努力是徒劳的。他还有可能不想说我一句好话了。我意识到他真有可能是这样想的。

"我建议你朝着阿尼博让山的方向去找。十有八九，它们就在那里。"他一边下马，一边观察周围。四周空无一人，下午的热水商店安静得仿佛被世界遗弃了。那些终年驱赶不散的浪狗一条也看不见，它们栖息的墙角屋檐下空荡荡的。因为没有它们，我感觉这里死气沉沉，一点活力没有。我开始讨厌这里，以前我挺稀罕热水商店的，每次路过都会进去看看。现在我开始讨厌了，这是拉真的缘故。但就算拉真以后不来这里，我也不会像以前那样喜欢热水商店了。因为拉真在这里给我难看羞辱我，现在我再一次要去见他。我不情不愿地思考了一下，觉得我抗拒的不是拉真，是别的什么东西。到底是什么呢？我们走进商店，带着独特的气味的空气充斥着房间，隔着透明的塑料帘子，能看见里面的沙发上的人，不是拉真。杨本加坐在那儿打盹儿，或者是在沉思。"杨本加。"普华说。

"哦，所以你找到马了？"杨本加费了一番工夫才搭理我们。他想起来，但随即就说服自己坐着。

"杨本加。"普华说，"拉真哪儿去了？"

杨本加似乎想到了什么，又羞又怒地盯着普华："你找他干吗？你叫什么名字？"

"普华。"他说，"我是普华。拉真哪儿去了？"

"哦，你就是普华。"杨本加眨着眼睛不断地喘气，而后精神百倍地站起来，仿佛普华这个名字有莫大的能力，"他呀，去对面了。"

普华和我同时诧异地看着他。

"去吃饭了？"普华小心翼翼地问。

杨本加不可置否地站着："你找他是来听候吩咐的？"

"我在搬家。"普华说，"你什么意思？"

"你是拉真真正的走狗，别以为我们不知道。"杨本加一点不掩饰鄙视之意，他将普华从头到脚看了三遍，"听说你女儿出嫁前是陪拉真睡觉的？"

普华居然没有动怒，这不是说他没有怒气，而是常常被人这样讽刺习惯了。我觉得是这样，这让我感到一阵舒心。

"你知不知道他是拉真的狗？"杨本加看向我。

"知道啊，我试探了一下，他居然跟我玩起了捉迷藏。他想方设法要将我带回这里来，他以为我不知道。"我说。我知道这样说的后果，但我看到杨本加这个样子，就一点不后悔。

"真是忠心又听话的小狗。"杨本加说。

"可不是，我故意借助矿泉水厂里的那条狗谈起忠心问题，他居然还没反应过来，也许他意识到了，但他抱着优越感不放。我感觉得出来。"我和拉真的事情根本没解决，除非出现奇迹，否则我逃不掉这一劫，但在此刻，我的冲动是屈辱酝酿而来的，我不敢阻止，我怕一旦我那样做了，今后便再也没有机会了。

"你究竟想从他那儿得到什么？"杨本加问他。

"杨本加你不用羞辱我，他去了对面，你却不敢干啥。有种你去找他。你在他面前说这话我才佩服你。"普华想必用这激将法对付过不少人，他说得很溜，不带一丝情绪地说出这番话是不容易的，但他做到了。

"可惜，刚才你不在。"杨本加意有所指地说，"如果你愿意将他叫过来，我倒是可以再说一次。"

"你明知道这样做是什么后果才这样说的吧？我看出来了，你不敢。"

"不是你说了算的。"杨本加说，"而且除了自己的事儿，或者是你的事儿，其他的也不是他说了算的。"

我觉得杨本加不顾一切地装逼也是大有苦衷，真要是那样为什么刚才不替我出头？怎么现在不过去？他没有我想的那么有种。他毫无意义地和普华纠缠着着实不明智，他这会儿也确实明智不了。房间里的潮湿气息让我浑身难受，我几次想叫他们停嘴，但都失败了。他们似乎动了一点真火，有点誓不罢休的意思。于是我悄悄退开，走了出去。广场对面是三间宽敞的大砖房，只有一扇很小的门，看着就很别扭，如同一个很胖的人有一双很小的脚。这是一个很有味道的饭店，这里除了夏季和前半个秋天，基本上没有什么人。那个女人的丈夫本来是有的，后来失踪了。是一夜之间消失了，他是悄然离开了还是真的从世界上消失了就没人知道了，谁在乎呢？女人没离开，夏天继续开着饭店，冬天了便坐在炕上整日里看电视，要不就靠着窗户发呆，看外面的荒凉和对面的杨本加。她很少出现在外面，因此她又白又丰满，除了眼睛小，她哪儿哪儿都不赖。而且她还那么逆来顺受。我想杨本加就是看中了这点才得逞了的。此刻拉真却在对面屋里。一个窗户上的窗帘是拉着的，所以他们应该就在她的卧室里，十有八九正在做爱。他是第一次这么做，还是经常如此？而杨本加却在和一个没有意义的人展开着没有意义的争吵。

他们两个吵得越来越凶，从房里走到外面。杨本加的叫嚷声不断拔高。他出来后便不再管普华，他鼓着腮帮，疾步走向对面，他叫喊拉真出来，他去推门，但门从里面锁着。杨本加一脚踢在铁门上，然后走过去，猛烈地敲击拉着帘子的窗户。他说拉真，我要宰了你。

看到杨本加的疯狂，我知道我也该走了。接下来的热闹，不是我能看的。

德州商店

一

黄天白日说的是一种极为少见的天气。东周对罗布藏说:"老子那时候常在你赛马的地方玩摔跤。那一年连着三天都是那种天气,把我的脸都刮干了。到了第二年,自然灾害就来了。对了,也就是你阿妈过来的那一年。"

"我阿妈?"罗布藏说,"你说的是我阿妈嫁过来的那一年?"

"对啊,就是那一年,我们的牛死得差不多了,要不是你大姨家的草场,牛可真的会死光的。"

"他们家牛好多啊。他们家到底有多少亩草场?"罗布藏不无嫉妒地说,"我们家要是有那么多草场说不定牛群更大。"

"你以为那些草场是怎么回事?那都是当年多要了五个人的草场,她一直没有交税,我都不知道她是怎么做到的。"东周醉醺醺地骑上马,示意儿子该走了。他们的羊群火急火燎地翻过前面的第三个垭口,到盖德日的滩地里舔盐土去了。

"后来国家把税收一免,他们家就发达了。"

罗布藏遗憾地点点头，也骑上自己的秃尾巴枣骝马，爷俩兄弟似的聊着天追赶羊群，时不时从怀里掏出酒瓶对着嘴喝一口，老子喝完传给儿子，儿子再递给老子。"那你怎么不多要一点草场？"罗布藏说，"人家那是有远见。"

"你这是在怪我喽？"

"没有，我没有。"他说。

一场雷雨过后，俩人湿漉漉地赶到德州商店。他们将羊群赶进贝子空荡荡的羊圈。坐在店里，罗布藏跟贝子要一片"去痛片"。贝子说喝了酒可不能吃那东西。

"没事，我一喝酒就必须要吃那东西。"罗布藏喝着茶说，"你给我两片吧。"

贝子把药箱拿来，取了两片给他："泡个方便面后再吃药。这壶水刚开了。"

罗布藏说："好。"

他泡了两桶方便面，剥了两根火腿肠和咸蛋放进去，又拿了一盒延安牌的香烟。

阿爸已经醉了。他的酒量随着年龄的上升朝反方向滑去，一年不如一年。以前，记得爷儿俩第一次喝酒较量时罗布藏完全不是对手，被阿爸三两下放倒，意犹未尽，还要自个儿串人家接着醉生梦死去。这么快就过去八年了。很多事情没怎么明白就糊里糊涂地糊弄过去了……这些不顶事的感慨只有喝了酒才会不受控制地跑出来，而平时，他自以为是个干脆利落的人。

"阿爸，"他说，"吃了面赶紧走吧，后面还有一场雨呢。"他说到雨，难受地扭了一下身子，里里外外全湿透了，他觉得裤裆里的那一坨尤其难受，他掏了掏，说："阿爸，你不要睡。"

东周一下子坐起来："我眯了一会儿，昨晚上我们几点睡的？怎么这么瞌睡？"

"你根本就没睡。"罗布藏把泡好的面推给他。自己也坐下，稀里哗啦地吃起来。红旺旺的汤也喝了几口，难得不头疼了，他瞧了一眼撅着屁股放老鼠粘的贝子，把两片药扔进方便面残汤里。

"贝子，再拿几包康师傅方便面。"

"你自己拿上。"贝子拍打着裤子上的黄土说，"你前面还有一个账没清。"

"什么账？"

"是一箱饮料，你剪羊毛那天赊的。"

"哦。"罗布藏说，"可是我今天没带那么多钱，我搬帐房的时候带多了钱就会丢，所以我不带钱。今天的多少钱？"

"那你什么时候有空了拿来也行。"贝子说，"你阿爸今天喝了不少哇。"

"昨天去换马，喝得太多了。现在'白一点'到我手里了。"

"嗯？"贝子惊讶地问道，"不是在巴恒手里吗？"

"哈哈，他干不转。"罗布藏得意地说。

贝子感叹着说："'白一点'是一匹好马，可没少给我们村里争光啊！"

"就是。去年州庆上五千米是第二名，但我觉得它可以得第一的，巴恒找的那个骑手不行，你看了没，他在第三圈的时候就开始用鞭子了，太早了。而且他在弯道的时候根本不配合'白一点'，他还不让'白一点'换气，真是一个烂到家的骑手。"

"如果真的那么烂怎么会成了骑手？我可是听说他被收买了。我认为是真的，因为后来好几次他都在骑同宝山得拉的马，他就是州庆第一名啊。"

罗布藏气咻咻地破口大骂，骂了得拉，又骂巴恒。

"现在'白一点'到了我手里，我可不会让它受委屈，啥时候比赛了你瞧好吧，我不会让'白一点'输的。"

"确实不能让它输。它不会输的，它的根子好。"贝子说。

"你说它阿爸？那更厉害的，我阿爸说那是一个传奇。"

"妥妥的爷俩，你看它们多像。"

二

但搬到秋牧场海日克没过三天，"白一点"病了。罗布藏二次来到德州商店，麻烦贝子开银色面包车去县上接马兽医。一路上他忧心忡忡，没怎么注意车里面充斥着一股吃饲料的黄牛特有的屎尿味，直到过了红垭豁，他的鼻子一酸，才闻到了。他先是给贝子递烟的时候被他身上的味道熏了一下，然后整个鼻腔和肺腑里都被这种令人作呕的气味占据。他赶忙点了烟，狠狠地吸了几口。为了转移注意力他说道："奇怪了，前天都好好的，又是吃草又是撒欢的，一下子就病了，我看它是感冒了。"

贝子戴着一副很厚的白手套，掌心一片焦黄，看着像牛粪的颜色，罗布藏感觉从手套上散发出的味道是最厉害的。他把头扭向车窗。这辆破车即使在这么平展的柏油马路上也丁零当啷响得让人头疼。他不得不大声说话："你说是感冒吗？"

"我不清楚。"贝子也大声说，"要是牛的话我还能蒙两下子，马我一点都不成。我已经十几年没有养马了。"

"我觉得挂一个吊针就会好了。"

"你的邻居怎么说？"

"格日勒吗？我没问。阿爸说那个球就是一个骗子。"

贝子兴致勃勃地说："哦，你阿爸这样说了？他还怎么说？"

"哦，他说格日勒能当兽医，全是老天爷的错，他已经害死了好几匹马了，可怜那些人还那么相信他。"

"也不能这样说，他还是有一点本事的，他也治好了不少。"贝子一脸公平的样子。

"我也这样说的。"罗布藏笑笑，"但说实话，我现在也不怎么信任他，不然也不用去请马兽医了。格日勒太年轻，不像一个好兽医。看上去还癫癫慌慌的。"

"他才不年轻，你妈嫁过来的时候，他正是一个惹祸的小伙子。"贝子眉飞色舞地开心极了，"你打过他吗？"

罗布藏奇怪地说："我无缘无故打他干吗？"

"那你骂过他吗？"

"那当然，有一次他居然骑着马在我的羊群里逐打一只羊，被我骂美了。"

贝子拍着方向盘哈哈大笑。笑得畅快淋漓。

"你这是干吗？"罗布藏不解地看着他。

贝子笑得更欢了，却是摇头不语。

三

马兽医的声音只有他的身子摇晃的时候才会变得正常，不然他会发出一种类似于小狗的呜嘤的喘息。据他自个儿说是因为早年间得过一种病：晚上没法睡觉，一旦睡着了就被噎住，不能呼吸，直到醒来。

"我可能有一天会在睡梦里被憋死。"醒来后大口大口地呼吸，久而久之，变成现在这个样子。马兽医在店门口给一只很雄伟的红头红脖子的欧拉种羊挂吊针。这只公羊的犄角旋转着向两边伸展，每边的犄角都差不多有一米长。身板又高又长，脖子上下的红毛像钢丝一样竖立起来。罗布藏看得眼睛发亮，说："马兽医，这个好羊是谁的？"

马兽医将公羊往水泥杆子上紧紧地拴起来，一边伸手摸索着羊脖子上的血管，一边说："不知道。昨晚三更半夜地喊，说把羊留下了。我在楼上啥都没看见。"

罗布藏帮忙把药水瓶子挂到头顶的铁钩搭上。马兽医捏着针头的左手在羊脖子上轻轻一挑，血便从针座冒出来，他把软管那头塞进针座，将控制滴速的开关推到最大，药水冲进血管里。羊静静地站着，琥珀色的眼睛毫无神采。

"这个速度是不是太快了？"罗布藏觉得这羊说不定下一刻就会晕倒。

马兽医起身："没事。畜生嘛，还能怎么着？你来有啥事？"

"我的马病了。"

"啥情况？"

"不吃料了。"

"吃坏了吧，拉稀吗？嘴上有沫沫吗？"

"一点也不拉肚子，嘴也好好的。"

他们站在羊旁边，抽着烟，等着。贝子和马兽医讨论这是他第几次来接他了。除了罗布藏，还有很多人都用贝子的面包车接马兽医来看病，因为有汽车的人太少了。但即便有汽车的人也不大愿意用自己的车接送马兽医，因为他和贝子一样身上总有一股子怪味。那是一种渗透性极强的怪味，没人愿意自己的车里有那样的味道。只有贝子不在乎（他肯定不在乎），他接送马兽医着实赚了不少钱。本来马兽医自个儿也有车，那是一辆二手皮卡。但让人傻眼的是皮卡车永远在路上，永远到不了目的地，它一旦动弹就必定抛锚，必定让马兽医既损失钱财又浪费时间，还会丢掉客户甚至引发矛盾。所以他坚持开了半年后就再也不动它了。这样一来，贝子的面包车生意就更好了，他着实赚了不少。

药水滴完了，马兽医拔掉针。跟老婆兼助手说了一声，如果羊主人来了，就要三十块钱。然后提着药箱跟着他们上了面包车。

在车里马兽医才有工夫舒舒服服地抽一支烟。刚才在自己店里他很正经地没有抽烟。他只有背着老婆的时候才抽烟。

路上贝子重新拾起关于格日勒的话题。

"罗布藏说他把格日勒骂美了。"他满是疙瘩的脸上焕发出惊人的光彩，眼睛里的笑意怎么也抑制不住地往外冒。

马兽医把身子从他们中间探出来，"嚯，还有这事？"他看着罗布藏近在咫尺的大脸说，"难道格日勒没还嘴？"

"说了，但他哪是我的对手。被我骂美了。"

贝子和马兽医相视，随即乐不可支地哈哈大笑。马兽医说："好啊，骂得好。以后你还要多多地骂。"

"对对，最好骂得他知道自己的罪过。"贝子附和着说。

"他的罪过可不小。"罗布藏说，"有些人被坑惨了。"

"你也被坑惨了。"

"我？我倒还行，他没占到什么便宜。"

"没占便宜？"贝子问，马兽医再次笑得上气不接下气。

"你们什么意思？"罗布藏恼怒地瞪着他们。

"没啥没啥。"马兽医乐呵呵地瞧着罗布藏，好像非常满意的样子，"难道你就没有发现些什么吗？"

"什么？"

"你和格日勒长得很像啊，很像……兄弟。"

"兄弟？"贝子一怔，"对对，就是像兄弟。"

马兽医说："下次你可以问问他，问他你们像不像兄弟。"

罗布藏说好啊。

四

罗布藏的秋牧场在海日克草原的一条叫小曲陇的山谷的最深处，再朝里面走一点，绵延的山脚下有一条年深日久的土路。据说是当年马步芳的兵弄出来的。这条路可以通往县城，另一头接通五条沙砾路，这些路可都是新修的，所以原始的那条具体去往何处众说纷纭。罗布藏觉得应该是去向祁连的。祁连是好地方，所以应该有这样一条隐蔽在大山里的简易道路以防万一。他的草场距离这条路两公里，很近。草场前面那条水沟上的管桥早在修好的第一年就被洪水冲毁，有一半深埋在淤泥里，根本用不上。每次搬家的货车进出都是一件十分头痛的事情，因为每年都要重新修整出一座能够让货车过去的石桥出来，那绝对是一个苦力活。通常，转场到来的那一天要花两三个小时在这件事情上。但今年他爷俩喝多了，来得晚了，没想到阿妈和妻子干得不错。甚至比他们做得更好。这让罗布藏有点难为情，又有些羞怒。往年他爷俩干的时候，她们的任务是搬运石头，阿爸从来不让她们往沟渠里摆弄石头，认为她们放不好，会塌陷。但事实证明，她们摆放的石头更牢固。搬帐房的货车一点事没有地驶进驶出，而贝子的面包车更是轻松地过去了。"白一点"拴在帐篷前面三十米远的钢管上。这根将近三米长的钢管是冬牧场修理公共水管道的时候被挖掘机刨出来的。罗布藏先下手为强抢到手，钉一米到地里去，成了一个结实的拴马桩。现在，钢管外在的部分从上到下被马缰绳摩擦得光滑可鉴。"白一点"绷直了缰绳，绕着钢管一圈一圈地走动。它额头正中央的三角形白斑上沾有一片泥土，把三分之二的白斑染黄了，两耳之间垂下来的刘海上也有一些泥土，它的身上也有。它肯定是在某个土坎沿里打了个几滚。"白一点"是一匹黑马，除了额头的白斑，浑身上下再没有一点杂色。由于身体不适，它紧紧地夹着尾巴，不再像往日那样嘚瑟得翘着尾巴跳踢踏舞。它连往日的一半精力都没有。罗布藏心疼地给它打上三脚马绊，从马笼头根部紧紧抓住，不让它动弹。马兽医和迎面而来的东周握手，寒暄几句。他开始打量"白一点"。"白一点"认生，躲着马兽医，或者是从他身上闻到了不一样的味道。刚和罗布藏相处那会儿"白一点"时常会展现出一种骄傲的压力，以期征服罗布藏。他也进行过适当的反抗，然后顺水推舟地接受了。不去赛场和训练的日常生活中，"白一点"才是"主"，罗布藏心甘情愿地成为"仆"。他们配合得相当默契。这次生病纯属意外，连"白一点"自己都十分不解，不明白怎么好好的就生病了。所以它在生气，一副生人勿近的样子。马兽医连着转了几圈都没能摸到它的嘴唇和耳朵。最后还是罗布藏帮忙把它的眼睛捂住才让马兽医得以近距离观察。

"这个是马流感好了之后重新犯病的征兆。"马兽医肯定地说。他打开药箱，用五十毫升的注射器把一满瓶盐水抽掉两针管，将整整三盒五支装的十毫升名字怪异的药水注射进盐水瓶子里。

"不来一个'头孢'吗？"罗布藏用自己的黑皮夹克盖住"白一点"的头，他抱着它的大头颅。

"还要打别的，但我没带。"

"那怎么办？"

"明天打。今天就这一瓶吧。"马兽医摸索血管的手法独具一格，他人难以模仿，他从来不用手指去触摸血管，更不会用手指摁压血管来试探。他将整个手掌覆盖到马脖子上，食指和中指分开一点，针头就从两指的缝隙中戳进去，也没见他怎么用力，针头却轻而易举地刺进厚实的皮肉，扎进血管里了。"白一点"的血欢快地从针头钻出来，顺着毛发掉入草里。马兽医右手的食指和拇指捏着针头，专注地盯着血，好一会儿后他才把软管接到针头上。

"血有点稠。"他说。

"不打紧吧？"

"放心，我有数。"

罗布藏左手高高举着药水瓶，一会儿便酸得坚持不住了，他叫了一声。东周撇下贝子走过来，接过药水瓶举着。他很客气地让马兽医进屋去喝茶坐一会儿。马兽医笑嘻嘻地看着罗布藏，说没事没事。

"白一点"连着打了三天针，好了。罗布藏付给马兽医的医药费车马费一共是二百八十块。在为什么要车马费这件事上，马兽医说他出诊来这么远，既耽搁时间又耽搁别的生意，所以车马费是必须要付的。但问题在于罗布藏还要给贝子另外一笔车马费，三天来回接送马兽医，贝子要罗布藏二百块钱一点也不贵，因为这里面还包括他一个大男人的"跑腿费"呢。这些看上去都是合理的，但罗布藏就是有一种上当受骗的难受小情绪。好在是给"白一点"治病花的钱，他痛痛快快地付了钱。他甚至得意对"白一点"的慷慨，觉得不会再有对它更好的人了。"白一点"的病好了以后，正常的训练也接着开始了，他们每天都在小曲陇的一条小道跑上个几公里，时快时慢。最后三分之一的路段罗布藏会让"白一点"自由奔跑，它会按照自个儿的性子猛冲过去，直到固定的终点停下来。但这几天的训练罗布藏不让它跑，大病初愈，还是一步步来更稳妥。他骑着"白一点"小跑之际，脑子里忽悠闪过一个怪怪的念头：贝子和马兽医说的话到底啥意思呢？他听出来了，他们实际上是在嘲笑他，当时他装作没懂。他真不知道他们到底什么意思。

五

　　罗布藏说服自己关注一下这事。一连三天，他练完"白一点"就骑着摩托车翻过那卡诺登垭口，到315国道边的德州商店去待着。他什么事也没有。到了秋天，他有的是时间。他甚至可以夜不归宿。他妻子什么也不会说，什么也不会问。她长相不错，在披着头发的时候，有一张漂亮的瓜子脸。她嫁过来之后，一年比一年瘦，瓜子脸也一年比一年标准了。她是一个凡事都刻意追求简单的好女人。因为习惯使然，久而久之，她对世上大部分人和事都没有了关注的兴趣，她将这份精力投入到自己感兴趣的事情上。譬如，她一直以来都在搞理财。她把自己能够得到的每一块钱全部买了一份基金，每天清晨八点一过，第一件事就是打开手机，查看收益。她还把罗布藏的一些闲钱也都要走了（她就这点要求）。罗布藏不懂理财的事，不过他知道她已经投资了三千块，但收益有多少她不肯透露。不过时间一长，罗布藏大概能从她的精神状态中有所把握，她的心情越来越显著地和利益的浮动挂钩了，收益好她就高兴，干什么都心甘情愿，反之亦然。所以，罗布藏可以按照她的心情表安排一些事情，他渐渐觉得，一个女人要是有了自己喜欢的事业，对其男人而言是一种难得的成功。因为再也没有比这更惬意的生活了。在夏牧场，在博让峰南麓的三户人家中，他是最幸福的男人。罗布藏现在打自己小算盘的功夫炉火纯青，简直可以说自由自在了。他们小两口子的感情因为都有各自的事情要做而稳固得不可思议，所谓的争吵居然一次也没发生过。有时候听着别人抱怨婚姻带来的崩溃和灾难，罗布藏竟会荒唐地产生一种向往的错觉，他鬼使神差地吵了一两次，却极其狼狈地败下阵来。这就让他觉得自己的婚姻是上天已经判定好的，他无权无能力更改。所以当再次有人酒醉之后拉着他絮絮叨叨地说起自己不幸的婚姻时，罗布藏破天荒地第一次对这样的男人产生了厌烦之情，他果断地挣开手臂，想离开。

"难道你以为就是我的不幸吗？"已经醉得一塌糊涂的贝子瞪着他说道，"你知道自己什么呀？你什么也不知道。你那个老子也什么都不知道。"

"你找揍，皮痒了？"

"不是我，是你这个傻子。"贝子努力振作精神，义正辞严地说，"我实在看不下去你这么傻傻地活着。"

"你到底要说什么？"罗布藏说，"你以为我什么都不知道？你说吧，我倒要听听。"

"我要是说了，就是一个嘴不好的人，而且我还是一个男人。"

"那你就压根不要说。你已经是一个那样的男人了。"

"我不是。"贝子说，"我是因为可怜你……"

"我用得着你来可怜？你算什么？"

贝子东倒西歪了一阵子，看着罗布藏开心地笑了："你要是一直这么……我就服你。"

罗布藏被贝子重新拉回到椅子上，这次他们调换了个位置。贝子背对着商店的门坐着，没看见从县城看孙女回来的妻子。他以为是来买东西的人，大大咧咧地说，要什么东西自己进去拿，我今天喝醉了……

她进入厨房前冷酷地嫌弃地瞅了贝子一眼，他立刻站起来，大声呵斥怎么才回来。"我连中午饭都没吃。"他说。然后才想起来更重要的事，"我的那个乖乖宝贝怎么样？你说了我想她了吗？"

但她已经进去了，没回答他。

"我那孙女是个宝贝，可惜现在非得要上幼儿园去了。"他对罗布藏说。

"那是。"罗布藏说，"我们还是说我们的事吧，你现在可以说出来，我知道……"

贝子闻言破天荒地强硬起来,他身子往椅背上一靠,斜着眼珠说:"你知道?你不知天高地厚……"

"说吧。"罗布藏打断他的话,"你最好快说。"

贝子轻蔑地一仰脖子,露出早年被马缰绳勒过的那个可怕的痕迹。有人说这是他自杀的结果,罗布藏觉得以他的性格不太可能,自杀的都是傻人。贝子虽然懦弱,但很聪明,更惜命。罗布藏的眼睛不由自主地盯着那条狰狞的仿佛熟透了的线痕,喉结不受控地上下滑动了几下。

"我凭什么?我今天不说。"

贝子被他妻子拉进里屋睡觉了。这个女人魁梧的身躯压迫得罗布藏唯唯诺诺,一句话不敢多说。

六

"白一点"的死是罗布藏自出生以来最悲痛的事件,甚至是永远的悲痛。

"白一点"几乎就是罗布藏征服和快感的来源和寄托,它没了,他差点儿疯了。

几日来他开口的第一句话是:"我永远不要再养马了。"

东周理解他:"活着的还是要活着……还有好马,我们的马群里今年的四匹马驹多好……"

这天的东周又是醉醺醺的,"白一点"勾起了他的回忆:"我的那个黑枣骝啊,把我折磨的呀……它把你爷爷给我的银雕马鞍摔了个稀巴烂,你爷爷知道后,整整抽了我六鞭子……六鞭子……"

罗布藏再次翻过那卡诺登垭口来到德州商店,强迫贝子开车一起去县城。贝子害怕罗布藏通红的眼睛，不敢与其对视。但他还是说："你这是干吗，这是何苦？"

"如果有人谋杀了你的亲人你会怎么做？"罗布藏平静地说。

"'白一点'是好了的。你还训练它。"

"他保证说已经好了，可实际呢？"罗布藏摁住前面吹热气的风口，他觉得自己的手十足地冰冷，冷到骨头都像是结冰了。"它根本就没好，一切都是暂时的，都是假的。他骗了我。他害死了它。"

贝子觉得不能再说什么，他很忧郁地叹息一声，将车停在"同宝兽医店"门口。下车喊了一声。

马兽医从二楼起居室窗户探出头来。"又怎么啦？"说着离开了窗户，不一会儿出现在门口。

"'白一点'怎么还没好？"罗布藏说。

"不可能，它好得透透的。"

"没好，它倒是死得透透的了。"

"死了？不可能。它怎么死的，你做了什么？"

罗布藏第一次好好打量这个店面，太小了，只有两个白色的药柜，里面到底有什么东西？而玻璃的药柜也只有一组，里面空空荡荡的，仿佛风在欢快地跑来跑去。这样的兽医店还能取得牧民的信任实在古怪。他是怎么做到的？

"你的药呢？"他指指药柜，"怎么什么都没有？"

"这你不要管，我的药在该在的地方，这里放着有什么用？我是兽医，不是百货铺。"马兽医说。

"你把我的'白一点'弄死了。"罗布藏说，"你的保证就是这个？"

"你是来问罪的。我知道了。"

"你了解'白一点'辉煌的生平吗？你应该用心看病。"罗布藏想坐下，但这里一张椅子都没有。这真是一个简陋到可怕的兽医店。他却用这么简单的工具做了那么多可怕的事。

"现在除了自己的经验，谁都不可相信。"东周面对日益泛滥的牲畜的疾病表达了这样的观点。果然是对的。

"我对它们的生平没兴趣。"马兽医重重咬在"生平"两个字上，讥讽地说道，"我不在乎。"

罗布藏盯着穿白大褂的这个矮个子男人，不明白他一而再再而三地激怒他是什么意思。他没有接他的话茬。他接着观察，然后盯着楼梯口。站在那里的那个女人大大咧咧地与他对视。她穿着一件很薄的黑色毛衣，大概是因为里面什么也没有，她的乳头把毛衣顶出两个清晰的痕迹。她在下一个台阶的时候毛衣里面晃晃悠悠的。罗布藏不由自主地看了片刻，就又十分羞愧地闪开眼睛。他尴尬地转过身，凝视马兽医沉吟不语。

"你不会真的是来问罪的吧？"马兽医走到他前面，抓了一把他的手臂。"'白一点'是真的好了，它死得蹊跷，可能是什么急性病，要不我去看看？弄清楚了好。"

"这样也好。罗布藏你没埋掉吧？"贝子说。

"你想推脱责任？"罗布藏无辜地看着马兽医说。

"我有什么责任？"

"如果一个医生把病人治死了，你说他有责任吗？"

"你要这么说就是胡搅蛮缠了罗布藏，我们打交道多少年了？从你父亲开始多少年了？到底是怎么一回事你心里没有数吗？"

"别说我父亲，他更生气。你的医术……"

"他生气是对的，但他不应该生我的气，他应该生自己的气。他连个——"

"马兽医，我看还是研究一下'白一点'真正的死因吧。"贝子打断说话，他知道马兽医接下来要说什么。但他还是说了。

"你爸爸，你那个爸爸。他知道你是谁吗？他如果不知道，那他就要好好骂骂自己有多么糊涂了。"马兽医把手拿回来放进大褂口袋里，正儿八经地说道，"你回去问问他，到底知不知道。"

"我什么事？我的事你也管？你的事是'白一点'的事，就是今天的事。"

"小子，你连你爸爸是谁都不知道，还有心思管别的？"

罗布藏听他说出来，心口一松，便得意地眯起眼睛。

马兽医接着说："你还是回去搞清楚谁是你爸爸再说吧。"

"说的好像你知道我爸爸似的。"

"我当然知道，也就你不知道。其他人都知道，你问问贝子。"

贝子连忙掏出一支烟点上，皱着眉吸着。

"说吧，你不是差点说出来吗？"罗布藏说。

贝子沉默着。马兽医不屑地说："我说，这有什么难的？难道让他知道不好吗？干吗像哄傻子一样哄他？"

"这事说不准……"贝子唯唯诺诺地说。

"怎么不准？"马兽医看着罗布藏，"你难道就不知道自己和东周长得一点都不像？你和谁长得像？"

罗布藏的脑海里马上出现了上次他们说的那个人，这个邻居和他有八分相似。他一年当中最热的那三个月就是和这个邻居天天见面的，后来不知怎么就常常想念他了，因为他虽然不是一个很好的兽医，但却是一个极为风趣的人。罗布藏又想到东周，每年和格日勒喝好几顿酒，他是不是看着格日勒的脸有种非同一般的感觉？可是他什么异样都没有表现过，什么都没有。东周和格日勒在他所知的情况下没有发生过任何过分的事情，没有争吵、没有斗殴、没有辱骂。即使那个令人印象深刻的热昏昏的夏日也没有什么别的情绪。尽管那天他们不欢而散，甚至几天都没有说话。但他们只是这样，后来就自然而然和好了。那天他打得一只羊吐了血，然后挣扎着要死。他在羊咽下最后一口气之前跟上了刀子，把血放出来。那是夏天的羊，当然是有膘的，所以不能让它死掉，死掉的肉根本不好吃，而且还有一股怎么也除不去的死味。那种味道会让你很容易联想到你的死亡。剥了皮子后发现肺子被打穿了，真是一个奇迹。怎么可能？罗布藏一边啧啧称奇，一边死不承认是自己打死的，他觉得这羊本来就不行，他的石头只不过是恰逢其会而已。那天帐篷门口不断地冒烟。蓝幽幽的桑烟缭绕一片，然后他看见那坏了的肺子也冒起烟来。东周烤着一片吃了，说味道不错。罗布藏觉得东周就是常常用这种既野蛮暴力又怡然自得的行为征服着他，让他一直以来都十分听话，甚至乖巧听话到自己一细想就感到羞愧。他已经不想改变什么，面对浑身焦土气味终年不减的东周，他已经习惯了顺应而为，顺势而为。想必东周也同样如此。他觉得他们的关系处得相当惬意，甚至有点甜蜜。现在，有人说他们的坏话，他才突然意识到问题出在这种甜蜜的、不太正常的父子关系中。真叫人难受，他开始感到不自在了。

七

罗布藏找个机会，提出了这个疑问。时机虽然不是特别恰当——他的意思是在一个轻松的环境里提出来——但也顾不得那么多了，要知道那天他突然间连追究马兽医的心情也没有了。马兽医得逞了，他一语中的，一针见血。他把问题轻飘飘地转移，产生的气流足以将罗布藏带到他原本是不想去的地方。但奇怪的是东周对他的问题十分茫然，甚至有些糊涂，他仿佛压根就没懂罗布藏想说什么。

"有人说我们不是父子。"罗布藏不得不再说一遍。

"哦。"这次东周很认同地点点头，"那倒是，很多人都说我们像兄弟。"他哈哈大笑起来，显得十分得意。

"这话怕是另有所指。"

"我知道，我知道，但你要知道，这人的嘴啊，除了拉屎，几乎什么都能干了。"他突然像是知道罗布藏的意思，看着他一笑，却什么也不说。

"那你不觉得我们长得一点也不像吗？"

"长得很像。你看我们的神态，简直一模一样。"

"这是可以影响的，并不能说明什么。"罗布藏不耐烦了，"难道你不觉得我和格日勒长得很像？"

东周闻言抽烟的手放下来，又抬上去，"呼呼"地吸着。他盯着罗布藏，眼神丝毫没有了醉意，反而暴射出精神高度集中后才会有的神采："是马兽医说的？"

"是啊。"

"那你们的事怎么样了，办好了吗？"

"没有，我一听那话，就什么兴趣也没有了。"当时的沮丧，罗布藏不会跟他说，因为那样是可笑的，他不用任何事情都要向东周汇报。他们这次的谈话无果而终。大概有一个月的时间东周没有主动提起过这件事。一个月后的一个晚上，他和她吵架了。罗布藏和妻子在羊圈另一边的他们的小帐篷里躺着、听着。他没有跟妻子说起这件事，而她更不会问。那晚罗布藏离开了妻子和小帐篷，去了一个朋友家。第二天回来，看见阿妈被打了。罗布藏早就知道会是这个结果。这件事现在他觉得自己已经不能参与了，这是他们两口子的事。只有两口子自己把事情整清楚了，他才好行动。可是他要干什么呢？他想着必须干点什么才是正确的，这已经是一个比真实身份更让他感到不舒服的压力了。这天一直到晚上，罗布藏都躺在被窝里睡觉，其间妻子来看过他一次，坐一会儿，又去忙了。他醒来，接着睡，后来就变得迷迷糊糊了。傍晚时分他坐起来，从敞开的帆布门看到西坠的夕阳，有别于往日，变得像一个橘子一样橙不楞登的。他长时间地盯着它看，一直把它看下山。海日克的夜风起来了。在夜风中他听见老两口的争吵，象征着他的身份终于要摆上台面来了，仿佛自己终于要正式确定人生了，这种既悲伤又锋利的感觉这些天如同火车一样碾轧他。阿爸——东周依然是那个阿爸——对他的态度依然像兄弟，或者说是更像兄弟了。这晚妻子没过来，她一定是怕老两口打起来，在那边守着呢。

半夜里门口站了一个人。

"你没睡着？"东周说。

"被你惊醒了。"罗布藏说。

东周钻进帐篷里，分外忧伤地叹息一声。罗布藏默默地给他点燃一根烟，自己也点上。父子俩就着黑乎乎的空气一口一口地吸着。

"咱们找他去？"东周说。

"当然，哪有那么便宜的事儿？你说我要不要揍他？"

"还是我来吧，你不要动手。"东周说。

"他算哪门子父亲？"他的语气终于变得愤怒了，"简直不是一个男人。"

"他是男人，不然怎么会有你？"东周说，"但他是一个孬种，还好你现在是我的儿子，不然估计和他一样。"

"不可能。绝对不可能。"罗布藏坚决否认。

东周的心情好多了，他笑起来，得意地说："他现在肯定后悔死了。"但他马上又变得怒气冲冲，转身离开了。

八

东周所说的那种黄天白日的天气又出现了一次。这是秋天出现的第二次了。至少之前的二十年里是没有过的事情。反常的天气让东周忧心忡忡，尽管没有人明确指出这是灾难的前兆，但东周对自己的判断深信不疑。连着四五天，他嘟嘟囔囔地说的尽是关于这种天气不好的预言。他已经没工夫管格日勒了，甚至仿佛已经忘了有这回事，他开始动员全家为虚无缥缈的即将来临的灾年做准备。

"看着吧，明年就是我说的那样一年。我们早做打算一点儿没错。"他的自信多少让家里人相信了会有这样一年，积极地准备起来。首先他们把今年的羊羔全部卖出去了。把一些牛也卖出去了，留下的都是个顶个的好母牛。他甚至把所有的公牛也卖出去了，因为母牛已经发情完毕，至少到明年夏天之前是不需要公牛的。这些都卖了个好价钱。家里一下子有了很多钱，从来没有过这么多钱。东周和罗布藏商量，这些钱一分也不花，全部存起来。进入冬牧场以后买一些草料，然后静等事态发展。倘若真被他说中了，那就再买草料，然后低价收购别人的牛羊。

"这种人多的是，但我们可不是发灾难财，我们倒是帮了他们大忙。"东周说，"就算万一啥事没有，那也不吃亏。我们可以到别地儿买回来一些牛羊，就当是换代了。"他显然把所有的可能性都盘算好了。罗布藏一点儿不在意这种折腾，忙起来了，他的困扰淡然许多，加之刻意回避，他们家和以前并无区别。而每个人的心里有什么想法，那就不用去管了。因为你的想法永远会变换着、淘汰着。事实上你会惊愕地发现想法的实施和影响力不但困难重重而且弱不禁风，基本上会被生活

的浑浊毁得七零八落。因此罗布藏并不着急和东周去见格日勒把这件事
情从根源上解决掉。现在他觉得这样挺好。妻子说了，多一事不如少一
事。在她看来根本就什么事也没有，也不会有什么解决之道。也许她说
得对。估计东周也不知道该怎么解决，所以才拖着不去见他。但一天下
午，罗布藏鬼使神差地偷偷地去了大曲陇，到格日勒的营地。但他却少
进去的胆量，就在他家的羊群里和格日勒的儿子聊了起来。他谎称来找
羊。他们不见面才不过一个多月，他就觉得十分陌生了。他尝试着拉近
距离，但失败了。他观察这个小伙子，很庸俗，很木讷，而且一点也不
像格日勒。这是个新发现。他在羊群外围绕了一圈，快活而果断地一挥
手，打马冲向山顶。他就着暮色，沿着一条常年流水的羊肠小道回家。
一到家便和妻子谈论了一些别的事情，以此来掩护掉他的行踪。事实上
他多虑了，她才不在乎这个（这点真好）。她刚刚洗了头发，连身上也
有一股子特别的气味，轻而易举地激起了他的性欲。他急不可耐地进去
了，又飞快地出来，颤抖了一下身子，就不愿意和她睡一个被窝了。这
个毛病他一直在改，但真不容易，要不是觉得这样做十分对不起她，他
几乎就要放弃了。相比刚结婚那阵子，现在的她开始试着理解这是他的
一个毛病而不是故意针对她，尽管有时候她会毫无征兆地质问他，但却
没有发过大火。她的火气一半都会发在手机上。但今晚她不满他如此敷
衍了事，到底还是撒娇般地耍了一下小性子。罗布藏勉强适应着她惊奇
的转变，又来了一次。当他浑身冰凉地仰面躺倒时，外面的狼嚎把两只
狗惹得嚎叫不止。他看到冷冰冰的星空下的灰影，冲过来，扑进他的眼
睛里消失了。这时，他猛烈地、强烈地意识到，原来自己已经是一个拥
有两个父亲的成年男人了。

滑　冰

一

　　道尔吉二十岁进了巡山队，一转眼二十六了。其间有三年他流浪在外，过着一种朝不保夕的可疑生活，所以在巡山队里，他只待了三个冬天，今年是第四个。但已经算是老人了。自从原本的队长散布德走了后，村长特意赶来开会，想让道尔吉当队长，他说我不干。他说他才懒得动脑筋瞎操心呢。至于我，因为年龄太小而不予考虑。于是今年刚来巡山队的于马当了队长。他有点阴柔，但也不能说是娘娘腔。长着一张黧黑的瓜子脸，因为鼻子又高又大，显得整张脸既怪异又严重不协调。他其实是一个残疾人。据说他有一副十分讲究的鞍鞯，是祖上传下来的。现在他正在进一步收集完善一整套的马具，以便将来对自己的儿子有所交代。虽然关于巡山方面他毫无经验，但不要紧，关于巡山方面，道尔吉就是保障。尽管他很不幸地把一只耳朵丢掉了，并且导致偶尔的失聪（我们猜测这才是他不愿意当队长的原因），但他一身的胆气和经验却一点也没有损失，反而更加雄浑了，再加上他一年到头红吞吞的大脸庞上那双大晃晃的、布满血丝的眼睛，这一切使他整个人带着一股煞气。这很有用，尤其是在这荒山野岭间。

于马来的时候把媳妇揍了一顿。他亲口对我说的。"我早就怀疑她了。"他一脸笃定地说。当时我和他一起在河边洗袜子，冰凉刺骨的河水把我的手冻僵了。他说你别说出去。

"这种事要证据确凿才有意思，不然没意思。"我说着把湿袜子穿上，开始洗鞋垫。手指刚才还钻心地痛，现在却什么感觉都没有。但等一会儿，等手指不再碰水一会儿后，手就会麻酥酥地燃烧起来。

"我会捉奸的。"

"其实你完全可以不来的。"我有些诧异，不知道他跟我说这个本应当严格保守的秘密是什么意思。

"我知道，但我的要求不高，只要有点收获就可以了。我得抓紧机会，我听到一些不好的消息。"他拿着蓝色的袜子甩动，想在风中晾一晾再穿。

"谣传吧，解散了我们谁来巡山？"

"一旦是真的，我的枪就要上缴了。我的枪陪了我那么多年，还新新的呢。"

"要缴枪？没门儿！"

"对，没门。枪是我老婆！"

我哈哈大笑："才旦说他大老婆就是他的铃木摩托车。他真的这么说了吗？"

"他就是这么说的。他说摩托车要比女人更让他舒服。"

"他是没办法才那么说的。"

"他下面的家伙事儿有毛病，真的吗？"

"我也不知道，是别人说的。"我当然知道这事是真的，也知道前因后果，但我不能说，否则我就成了捣闲话的男人。不管男人女人，最看不起的就是捣闲话的男人。

今天轮到我俩巡逻东面的博让峰和三岔口一带。道尔吉独自一人去西北区域了。散布德走后，他有时候也不愿意和我们一起行动，他宁愿一个人去默默行走。

我们在一面巨型的大阳坡上走了四个小时，一个活物都没看见。天上灰不拉几的，有几道黑云像墙上的刮痕一样停滞在那里，纹丝不动。而地上的风却不小，呼呼地以一贯嚣张跋扈的架势奔驰。一波接一波，一片连一片，永不停息。

马上就要到达邻村的地界了，那块巨大的犹如一条阴茎的标志性界石遥遥在望。我们停下来，吃了干粮，喝了点保温杯里的浓茶。背着风闭目养神。五六分钟后，我睁开眼，看见于马露出难得一见的笑容。我忍不住多看了几眼，他感觉到了。

"我在想，散布德他这会儿在干吗，是不是脑袋都大了一圈？"

"现在你的竞争对手又少了一个，而且是最强大的那个。"

"实话说，我也不想当这个破村长了，尽是些鸡毛蒜皮的事情，看着就烦。再说，"他不屑地冷笑，"他散布德算不上强大的对手，你觉得他是吗？"

"他是有点能耐的。"

"也就一点点。你觉得我怎么样？"

"你们差不多。"

"你的眼光不行，你没看出来，我比他更努力。"他笑眯眯地看着我，"我要是像你一样有个当领导的亲戚就好了。"

"你不是也在当领导的路上屁颠屁颠地跑吗？"我忍不住讽刺他。他没接话茬，转而说起散布德这次摊上的事儿。他够倒霉的，好端端地居然惹上官司了，有人告他强奸。而告他的那个女人是他酒友的女儿。一个水性杨花、私生活混乱的女人居然说被强奸？我们都笑死了。当得知这个消息，散布德勃然大怒，但接着就偃旗息鼓，诡异地沉默了。他急匆匆地走后我们讨论，认为他和她肯定发生了关系，强奸之说纯属无理取闹。但这里面是否有更多内情我们就不得而知了。

下午四点多，我们回到营地。道尔吉已经回来了，正躺在铺盖卷上抽烟。道尔吉说你们怎么才回来，"我都快饿昏了。"

"那你吃啊，我又没有把吃的背走。"

"我等着你的好菜呢。"道尔吉恭维于马。这是他唯一服气于马的地方。为了吃点好的，他不介意在这儿服软。

于马开始准备做晚饭。他爱做饭，特别特别喜欢做饭。他研究出了野兔的几十种做法，一一试过。有几道菜味道很好，于是保留下来。我们想吃什么，他就做什么。我们对他在厨艺方面的本事绝对欣赏，变着法儿鼓励他做各种好吃的。他和道尔吉去检查抓兔子的扣子，很快带回来一只。他用这只野兔给我们做了一道经典的牛油焗兔肉。这是他发明的三大经典菜肴之一。具体做法如下：

先将兔肉剁成小块，用水焯一遍，半熟，倒些白酒去腥。平底锅中放入几大块牛油，大火使其融化，再把切好的大葱、姜片、花椒、辣椒丢入锅中爆香，而后倒入兔肉，猛火攻五分钟，再转小火煎十五分钟。每四分钟翻动一遍，八分熟了，放入泡好的五寸长的宽粉条和蒜末，等粉条软了，这道色香味俱全的好菜即可食用了。

吃的时候不能盛到盘子里，而是围着锅吃，要让肉每时每刻都处在一种"滚烫"的状态中才最好吃。

饭后煮一壶浓浓的大益茯茶，一边啜饮，一边天南海北地侃着，这一天就算是圆满了。

二

冬天的夜是高傲的。

夜深人静，我轻飘飘地醒来。穿好衣服走出地窝，在白晃晃的月光的渲染中来到一处凹地。我一边出恭一边欣赏着月亮。吐出去的一口浊气跟着风走了。在风吹过去的那边，朦胧地出现了一个人影。他叫我过去。

"完了没？"他说。

"你去别地儿吧。"

"你快点，差不多就行了。"

"你在这儿影响我。你非要到这里来？"

道尔吉在那里缩头缩脑地站着，一副誓不罢休的样子。过了一会儿，我站在他站着的地方，他到凹地里去了。

"明年你还来吗？"

"当然。"我说，"但听说要解散我们。"

"不会的。"道尔吉很有把握，"听说要给我们工资了。你觉得怎么样？我们以后就叫护林员了，不叫巡山队。我觉得还是巡山队好。"

"好啊。我们这么辛苦，早就应该拿工资了。"

"我看我是最后一次了，明年不会让我来的，一定会有人把我顶了，不信你看着。你就肯定没事，你说对吗？"

"你们每个人都对我有意见，我要是也被顶了呢？"

"你不会的，谁敢顶你呢？"他冷冷地说，"一拿工资，你们就不能那么干了。"

"我怎么干都行，我无所谓。"

"吃人家的嘴就短了，拿人家的手就贱了。你们以后就不能乱来了。"

"你这是什么意思？是让我给你好处吗？"

"瞧你说的。"他提着裤子走过来，脸上的表情舒展了。我们一起回到地窝里。我再无睡意，我听着他们的梦话、呼噜声和没完没了的磨牙，眼睁睁到天亮才十分不踏实地睡着。到了下午我们才起来。懒懒散散地说着话。

"不知道扣子上有没有收获。咱们打赌吧，我赌扣子上有东西。"道尔吉说。

"赌什么？"

"于马你有什么好东西吗？"

"我啥也没有。"

"有的。你的老婆就是好东西呀哈哈……"

"道尔吉——"

"玩笑玩笑……咱们赌一头牛吧！"

于马看着我："你呢？"

"我也赌有的东西。我有一块高级手表，我阿爸的上海牌手表。很值钱。"我说。

"于马你换一换吧，可以在这里兑现的。"

于马伸出手："戒指怎么样？纯金的。"

"那么我呢就拿这个来赌，就看你们有没有运气了。"道尔吉从黑皮包里拿出那条古董似的鹿鞭，得意洋洋地说。这东西我久闻大名，今日一见，不由得细细端详，但马上失望了。这东西太难看了，黑糊糊的干瘪成一团，还有一股怪味。听说这东西展开的时候有一米多长，我根本不相信。不过我还是希望能得到它，因为人人都说这是一个好东西。

三

我们花了一点时间到灌木丛里去查看铁丝扣子。林子和营地有一段
距离，走过去得一个多小时。这片灌木林有千亩大小，我们需要经过一
条夏天湍急而今已被冰封的小河才能进入林子。这片林子把一座羊头模
样的山丘严严实实地包裹起来，翻过去，再穿过阴面的高山柳林就是一
小片平原。平原那边才是我们今天要巡逻的区域。那是一片丘陵地带，
山石嶙峋，地形复杂。盗猎人最喜欢藏在这样的地方。但巡山队一次也
没有在这里发现目标，可对这里的巡逻一点也没有放松。这是因为森林
派出所的人说这里必须巡逻。他们的话我们不敢不听。尽管暗地里并不
认同，道尔吉甚至嘲笑他们是办公室里的傻子。

树林里几乎没有大型动物栖居。这里是猫头鹰的家。猫头鹰把所有
的大树全都霸占了，我们走动的时候，"扑棱棱"地飞出去好几个。它
们把自己搞得神神秘秘的，但我们喜欢它们。只要是抓老鼠吃的动物我
们都喜欢。以前最喜欢的是猫，几乎家家户户都养猫了。但现在猫不行
了，跟个大爷似的，伺候不了。更绝望的是现在所有的猫都怕老鼠，就
像从前"老鼠见了猫"一样，真真活见了鬼。后来飞禽就比猫干得好，
所以我们从来不伤害有翅膀的东西。

四

我们的扣子上真的有猎物，是一只少年狼。我们抓住狼了。虽然是
一只小狼，但它还是狼。它从头到脚都在告诉我们它是狼。狼是值钱的
好东西。

这盘钢丝绳的扣子和相连的树根因为它的挣扎而摩擦得闪闪发亮，

树皮一圈都磨掉了，有一些地方还被钢丝绳勒进去了。这只小狼的后腿被钢丝绳扣着，它越挣扎勒得就越紧，早已到了骨头上，但它不在乎。它咆哮着，看见我们，它就愈加激烈了。

道尔吉兴奋得大叫一声，他伸着手扑过去。小狼一下子跳出去老远，它微妙地停顿了一下，然后迅速消失在林子里了。

道尔吉伸出去的手还没放下来，他好像还没缓过神来。

"它跑啦？"他不确定地问我们。

"嗯，没什么可惜的，它看上去营养不良。"于马说。

"我还想着活捉呢，它跑了，我们快去追。"

"那赌还算数吗？"我问。

道尔吉看着于马："当然算哪，有猎物是真的。"

于马没接这茬。他说："扣子还设吗？"

"天哪，我的狼胃、我的狼皮，"道尔吉心痛地叫道，"我的狼舌头都跑了。"

"我们换个地方下扣子，三大坡怎么样？"

道尔吉干巴巴地站了一会儿，忽然跳到我跟前："咱们去追吧？它受伤严重，跑不了。"

"不行，我俩会累死的。"

"试试看，找到可就是我们的。"

"别做梦了。"

"真的，我有办法让他同意。"

"什么办法？"

"这个你别管。"

"我不去。"

"为啥？"

"我无所谓。"

"嚯，算了，我是穷人，我自己去。"

道尔吉跟着狼的踪迹去了。我追上已经走出去几百米的于马。我们按照既定的路线去巡视，去走走过场。来这里快一个月了，除了我们自己，连一个活人都没见过。鹿群倒是见过几个，其中一群有六头，全部是公马鹿，大鹿角，大身板儿，尾巴和周边一圈白得发光。第一眼看见它们是一个地方，第二眼时已经是另外一个地方了。它们不着痕迹的闪电一样的身法最让我痴迷。我会眼睛一眨不眨地盯着它们，可还是无法捕捉它们的身影。但有时候，要是运气好，会看到它们在树林上空跳跃。轻轻的、仿佛是没有力气的一跃，擦着树梢，十几米轻松而过；它们在林中穿梭起来就像隐形了一样，你根本看不到。等再次出现，已经是几百米之外，甚至是彻底消失了。我想正是因为它们神秘而难以接近，才没有被盗猎者轻易得手。反正我到现在还没见过一头被杀死的鹿。但散布德说过，他和道尔吉在第一年的时候就遇上过盗猎者，并发生了枪战。道尔吉的耳朵就是在那次被打掉的，但更具体的细节他们两个都讳莫如深，不肯透露。但总之，那是一次惊心动魄的遭遇战，是终身难忘的。

我们默默地走了将近一个小时，道尔吉突然出现在斜对面。他两手空空，愤懑地虎着脸。"你们两个，"他说，"该兑现赌注了。"

"你的猎物呢？"

"你不是已经见过吗？怎么，你想赖账？"他瞪着于马。

"可是你的猎物不在你手上，更不在我们的手上呀。"

"这样的花样不要要，于马，你们输了。"

"那你的猎物呢？你要是能把它抓回来，我肯定是愿赌服输的。我们说的可是扣子上抓到东西，但现在，你什么也没有。"

道尔吉不想再扯皮了，他烦躁地挥挥手："行啦，行啦，我们赶紧去转一转，然后回去睡觉。你做点好吃的。"

"当然没问题。"于马说，"走，我带你们滑冰去。"

"什么滑冰？"

"巡逻完了，我们抄一条近路回家。"他说。

五

走着走着，我们碰到了一个地窝。就在前面，羞答答地隐藏在一个小小的山坳里，灰扑扑的简直跟草地一模一样。于马欢呼一声，就和道尔吉一起冲了下去。我朝最近的一个高点跑去，去观察周围的动静。我在山头找到一个避风的地方。我在那里抽了几根烟，等了半个小时。先是道尔吉从地窝出来了，背着一个包囊。我跑下去。"全拿了？"

"那当然，全部是好皮子。全是好东西。"

我想看看，但包裹严严实实一丝缝隙都没有。

"他们会发疯，会不死不休的。"我说。

"呵，我倒要见识见识。"

这时候于马也出来了。"不能让他们发现我们的踪迹。"

道尔吉说："对呀，你说得没错，我们去滑冰他们就别想追踪。"

我们沿着山梁走了五公里，又翻过了好几座山。大费周章是想混淆视听，免得被他们发现。我们必须如此，因为这个地窝和我们的地窝的直线距离不会超过二十公里。就是说我们同在一片区域内却没有发现彼此。也许他们发现了但选择了不动弹。如果是那样那一定是有所依仗的。尽管他俩没说什么，但我知道担心就是这种情况。

最后，我们来到一条山谷深处。我们眼前是一条冰河，一直延伸出去到看不见的地方。这条冰河的起点就在我们的脚下。先是一个泉眼，然后是小溪，一公里之后就慢慢地宽了，接着越来越宽。

于马找了一块平正光滑的石头，抱着到冰上，他坐在石头上，两脚向前伸出去，两手在冰面上一撑，石头就开始向下移动，越来越快。一眨眼的工夫他就已经走远了。道尔吉和我也开始行动了。他和我一样都是第一次滑冰，完全没有于马那么流利，不过很快，我们就掌握了一点技巧，渐渐顺溜了。这时于马连个影子都没了。道尔吉很快超过我，滑得越来越快，把我甩下了。渐渐地成了一个黑点，接着也消失在我的视线外。现在，就剩下我一个人了。石头在冰面上摩擦，响亮地发出咝咝声。我感觉自己仿佛在一条巨蛇冰冷的身上滑动。

身后没有追兵。我不知道他们是不是有什么阴谋。如果有，那到底是什么？我们已经离开那个地窝好几个小时了。冬天的白昼多么短暂，眼看着空气中的亮光一点一点熄灭着，沉甸甸的压力朝我挤过来。我想加快速度，却又不得不更慢。我前面的冰面上出现了一个坎儿，那边是一段极为不平整的冰面，有的地方极陡，有的地方突兀地出现个白白的疙瘩，等我越过这些障碍，在重新变得光滑如镜的"道路"上飞驰时，我已经看不清远处的景物了。天黑得比我预计的要快得多。

我的座驾像箭一样飞射出去，太快了。快到我来不及做出反应就撞到了一个困在冰面中央的石头上，直接被甩出去。脑袋里轰轰地响了两下，便什么也不知道了。

我醒来时漫天的星星胡乱飘动着。我休息了一会儿，伤心地适应着这夜色。然后艰难地站起来，找到我的那块石头，接着往下游滑去。没人理会我，只有风在飕飕地超越我，奔跑着。冰面上尽是一圈一圈的白光晕，漂亮极了。这条冰河无限地延伸，联通一个陌生的境域。也许那正是我一直以来都梦寐以求的地方。在这个残酷的夜晚，我终于得到了些许慰藉。

一日之间

一

暗浊的光线紧贴他的皮肤，粘在他的眼睑上。他闭紧嘴巴，翻动两三下眼皮，蠢蠢地站在水里。他站在河中央，冰凉的爽快感麻痹了全身。光线变亮，山巅简直在发光。有一些东西，连同心跳一起复苏，接着像污水一样晕染而开在天边。吉保避开喧腾的水声扬起脑袋，眺望横亘的山架。

他看见了周本加。周本加在灌木林中坐着不动弹。吉保喊了一声。他丢下卡在水底石缝中的鞋子上了岸，拣软草的地方迈了几步，他用更尖锐的声音喊道："在山顶上，你快去呀、快去呀——"

过了片刻，周本加起身，接着上山。郁郁葱葱的林子淹没他，一会儿又影影绰绰地出现，又消失。他走的路线很不理想，他对山顶一无所知。

吉保回到河里，扶着石头拔鞋子。胶鞋弄破了，但还能穿。刚才还好好的，这会儿却下起了雨。雨水打湿了头发，散发着霉味。正值上午时分，气温很低，但雨水不冷，多了一种油腻感，宛如春雨。他时刻关注着周本加，他在一个凸出的圆鼓鼓的重台之上，他在招手，声音像受潮的磁带，听不清楚。但他一直在招手，一直在说什么。

吉保愣愣地倾听了一会儿，然后放弃了。

吉保常常会放弃关于周本加的一些事情，一如现在。

周本加常说自己是海西蒙古某个王爷后裔，上个世纪初的几十年先辈还在过着头人的生活：吃的是膘情月份都恰到好处的嫩羊羔肉，喝的是人参果、葡萄、野蜂蜜和牛奶以及上好的奶酪秘制的果饮；骑的马至少是在佛爷座下熏陶三年以上的踏雪驹，马鞍子和鞭子全镶着金边银沿……他老拿这些早已虚无缥缈的事情来显摆优人一等，容不得别人说些质疑的话。有一次，桑赤弯的大年志海说他是成吉思汗的弟弟的裔孙，和成吉思汗源于一家——当然不是被射死的那个——而且大年志海特别强调：当年——千年之前——圣祖和弟弟感情深厚，无人可替代。这个神秘的弟弟战功累累，智谋也好，无疑是圣祖的心腹和手臂，他的排位在圣祖的三弟和八弟之间，以笑容出世……

对此周本加义愤填膺，以胡说八道的名义揍了大年志海。他后来以神灵起誓大年志海的话纯属信口雌黄，没一句真话。他异常认真，专门前往县文化馆，查资料请教专家，一心想要揭穿大年志海不可告人的阴谋。周本加他不听带有"为你好"之类词儿的劝告，他无理取闹，一意孤行，非得把事闹得很尴尬不可。他不顾后果的自作主张让很多人都不爽，而且最可怕的是，他从不借鉴历史，已经发生的过去的事在他眼里相当于狗屎。

周本加十五岁之前的确高人一等，十五岁之后却蹉跎岁月，至今差一岁又到了另一个十五年，他既不高——仅一米六二——也不壮，常年保持一种既定成规的硬冷的表情。他的笑容只有三种情况下才会出现：自我陶醉的时候、自我迷恋的时候和自我欣赏的时候。通常只有他一个人知道自己在笑。但不得不说，周本加很快，他的速度源自难以解释的惊人的爆发力，像火山一样狂暴，却又不带热量。任何时候他都轻飘飘如一片羽毛。他常拿岩羊和自己做比较，遗憾少生了两条腿，不然他就是豹子。他说这些话的时候绝对是相当地迫使别人利用幻想作出公正的评判。假如他觉得某些话说得不公允，很可能会和说这些话的人闹翻。他在夏秋之际对此最为上心，因为他的眼睛常常留意着悬崖峭壁上出现的岩羊，就算看不见岩羊，只要远远地望见青色的山峰或红色的悬崖，他就会说："看那地方，你们说我和那里的岩羊谁跑得快？"

"也许是你跑得快。"

"我会很快证明给你看。"

说这话的时候，周本加心情平静，琢磨如何让吉保吃瘪。吉保的真实想法他知道，绝不看好他，他的敷衍相当于在变相地侮辱他。和吉保老死不相往来是不可能的，只有另想办法。吉保还差一岁也到他这个年龄，他们一起生活了近十个年头。

二

吉保穿上鞋开始上山。周本加还坐在那里，没再喊什么。他在歇着，缓口气，他的肺腑会发出一阵阵沉闷的声音。他的速度比不上以往的任何一年，他离岩羊越来越远。

但周本加念念不忘吉保的真实想法，并且越想越有气，昨天他提醒说："别得意，很快我就会做到的，到时候——"

"我知道。"吉保截断了他的话。

也许是没有一个女人的缘故，吉保觉得周本加变得一年比一年神经兮兮的。他再也猜不透他在想什么了。他刚来那会儿，简直是一个移动的音箱，成天喋喋不休。当吉保第一眼看到周本加的时候，极度地惊诧世界上居然会有这么脸白的男人，白得像雪一样耀眼，他凭什么？

尽管第一眼就看周本加不顺眼，但他还是把他留下来了。第一年周本加是吉保的放羊娃，第二年就变成了兄弟。第三年，吉保觉得周本加就是他的家人。当第四年吉保结婚，他和妻子把周本加当亲哥哥一样敬了酒。周本加喝了两龙碗青稞酒，醉得不省人事。

自从父亲去世，三年来家里终于有了活气了。

吉保钻进灌木丛，蚊子成群结队，响成一片。他将围套蒙到脸上，动作僵硬地拨开挡路的高山柳枝条，绕过一根根直愣愣的灌木桩子。高山柳的叶子或翠绿或墨绿，油汪汪的，弥漫着一种使人脑门透凉的味道。长得宛如刺猬的椰麻，守护着高山柳。这种植被低矮，但粗壮、结实、本领高强，远不像高山柳那么脆弱。林子里多有意想不到的东西，各种动物和家畜的尸体，各种动物脱落的角、粪便，极为少见的艳丽的花朵、植物，还有许多形态、颜色、味道各异的泉水……

这面山体有三个呈连续性台阶的重台，坡度斜缓地展开，每个重台之间的高度相差几十米，台阶之上又是一片潮气腾腾层层叠叠的密林。自从见识过真正的森林后，吉保就觉得灌木林处处都暴露出一股小家子气。平台上是硬如牛皮的草甸，这里可以舒服地坐着休息一会儿，而不用担心潮气和水分像小蛇一样窜出草地侵入身体。这里被林子环绕，有微风，蚊子很少，仿佛有一层纱将林子隔开了。吉保一口气来到这里，他急急忙忙地趴在草皮上，脸颊紧贴着毛针般的草丛，嗅着嫩绿的青草散出的香味，享受着浑身放松时的那种慵懒的坠落感，静静地一动不动。

旁边离得不远有一块石板，斜着身子长出来有一米高，石板的近根处有一个洗脸盆大小的凹坑，仅一掌深浅，一股碧绿的瘦弱的泉水无声无息地涌动着，半天才冒出一个泡泡。小坑蓄满了清泉也不见往外流淌，永远满满的。倘若有谁喝了小池里的水，很快就重新蓄满了。吉保喝了一小口，冰彻入骨，透心凉，他下意识地抖了抖身子。他瞧见平台的边缘一处有十几粒黑亮如珍珠的粪蛋，正你亲我热地挤在一起。比羊粪蛋儿要大一号，也没有那么圆，是马鹿的。马鹿途经此地，喝了泉水，顺便留下显示存在感的证据。吉保习惯性地环视一周，确定没发现犄角之类的东西，连白颜色的枝干似的东西也没有。没有就没有，他也不失望。顶多咂咂嘴，眯眯眼。他连续三年在靠近狼弯的地方拾了三支鹿角，有一支的根部缺失了一半，影响了美观，被他用来当衣架，意想不到地好用。另外两根他卖了，那钱什么事也没做成就没了。要说也有好几百块钱，但一点也不禁花。今年到现在他还一无所获，但他不着急，直觉有那么一根品相完美的六叉或八叉鹿角在某个神秘的地方默默地等待着他去发现，并经他的手现世。

吉保估摸了一下周本加现在的方位，继续追赶。今早数羊，连续三遍都差了十二只羊，他希望山顶的暗浊中闪现的那些移动物体是它们而不是岩羊，而且它们昨晚最好不要碰到别的东西，不然很可能已经不是十二只了，也许是四五只或八九只。其他的……还是不说的好，老人们很忌讳把不吉祥的事物说出口，即使在心里多想想也是不行的。

十二只羊中，有一只是四岁的黑羊，三只羊羔，剩余的应该是大羊。更具体的吉保不清楚，相信周本加也稀里糊涂。即便他天天跟着羊群，但要把每一只羊的相貌特征都牢记是办不到的事情。他又不是神仙，又不是超人，哪能那么能干？

今早，吉保和周本加踏遍营地附近的山坳、那些大大小小的林子，以及别家的畜群，又从山口去了大阳坡和几条河谷。一遍遍地把心沉入谷底。在来这儿之前，吉保落在后面，也就十几分钟，周本加丢下他走了，一声不响地走了。吉保眼看着他过了河，上了对面的大阴坡，然后入林。几个闪现之后就到了现在吉保所在的这个位置，他刚才就站在这里朝吉保喊。

吉保开始去攀登第二个重台，与现在的这个离得足够远，一个到了那儿之后必须休息的距离。此时周本加已经再也看不见了，他加快了步伐。

雨淅淅沥沥地下了一会儿，然后停了。头顶格外地亮起来，几乎要拨云见日了。灌木丛中无路，行走方向不定。有时候和预想的路线偏出几十米几百米，吉保在半山腰的林中遇到一条盘斜往上的小径，疑似马鹿的路，尽管断断续续的但好歹能省一些脚力，他跟着小径走。再往上，接近山体腰部，再往上，一片高山柳枝枝叶叶密密麻麻地连在一起，宛若一个整体。吉保双手用力向前分，使劲地冲，或是极度——几乎是趴着——弯着腰，勾着头，四肢并用……

吉保开始后悔这么走了。老老实实地到垭口，然后沿着山脊走绝无这类烦恼，而且也不怎么慢。他又开始想念马。在阳坡时是遇到了马群的，当时吉保建议骑马。周本加就问骑哪匹。

"当然是两匹骟马呀。"吉保嘟囔，"还能骑母马不成？"

周本加瞪了他一眼，"仅仅一天时间，你以为那两个家伙这么快就会缓过劲儿了？白痴！"他这样骂道。

"骂什么骂？"吉保恼羞成怒，"好好说话你会死啊？"

"都找了几天了？那些牛还没着落，你又闹出这事。你到底有没有用心？我这么一想，"他说，"那天你和耶拉卓玛吵吵闹闹，之后你一夜未归，去了哪里我知道。你的心思在红口子那里，不在这儿。"他一脚踢开一块冬天的牛粪。"从明年你们就待在冬窝子上，不用来了。真是他妈的烦透了你们。"

"我俩怎么了？谁谁谁没有心思啦？"他抻着脖子辩解，"什么红口子黑口子的，你胡乱猜什么猜？"

"我现在一看见你俩就烦，别等明年了，等牛一找到你们就走吧。"

"走走走，走了谁挤牛奶？怎么取酥油？"

"到秋天再挤，不够就买。"

"再说，去冬窝子我干什么呀？"

"干什么？事情多了去了，那倒了的圈、那只能做做样子的草场隔栏、那漏雨的库房、那……这些都不用干吗？"

"我一个人怎么弄？这些可都是体力活。"

"耶拉卓玛不是人？你们两人齐心合力，还会干不完活儿？"

"她？"吉保不屑地撇着嘴，"就她，还能指望什么？"他极其诚恳地对周本加说："还是咱俩干活的好，配合默契，省心省力，还快速。"

……

他们最后没能达成一致，谁也说服不了谁。

周本加打了个迂回，给马换了觅食地。他专拣少鞭麻而草丛茂密的地方，为此走了很远，花了半个多小时。吉保就在原地等，心里很不以为然，但也没说什么。这种事会清晰地暴露出他们截然不同的性格和处事方式。吉保早就习惯把马控制在从帐篷出来五分钟路程以内的地方，而不管那一带是否草好，马是否能吃饱。他从不关心这个。跑到两公里之外？这真叫他无语至极。也就只有周本加才干得出来。照吉保的想法，哪怕是马饿死他也不干这种每天早上累死累活地走上几公里骑马的沮丧事儿。但他拗不过周本加，面对周本加时不时心血来潮的怒骂也权当放屁。

吉保朝他的马站着的地方看了看，的确有些过分了，它已经三天没有换地方了，这地方已经没什么可吃的草了。这还是三天前周本加实在看不下去后从营地附近弄到这儿来的。估计是自进入夏牧场他的这匹可怜的马吃到的最好的草。他很不情愿地盘起长长的觅绳，扛在肩上。没有马嚼子也罢，只用笼头和缰绳控制着，他骑上自己的铁青马，朝周本加相反的方向走去。今年这匹马倒是挺乖，要是换做去年那匹海骝马，他有十个胆子也不敢这么骑的，非把他摔个半死不可。这么一想，他愈发地满意这匹铁青马，用手打赏似的梳理着它的鬃鬣。

吉保进入哈什麻湾，他想这里挺好。周本加十有八九会将他那宝贝马觅到那罗弯的半山腰。那里是去年摔断了寻牛人大腿的地方。客观地讲，那里潮湿、无风、安静并有半日可以躲避阳光的暴晒。而且奇怪的是那里的草长得飞快，乍一看仿佛根本没来过畜生，静静地囤积了三四年的样子。

吉保等着周本加下来，这空当中他定定地盯着某一处发呆，彻底地放空脑子，如同白痴。这种奇妙的感受多么不可求，简直像是八辈子修来的福气，他庆幸让自己给遇着了。身体轻了一半，几乎要飞起来，但却牢牢地抓着地，无比踏实。他看东西更有形象了，不似之前，只是看得眼花缭乱。

"听我说。"周本加来到吉保身边，说道，"这样可不行，咱们非得分开不可，否则转场过去非得忙死不可，除那些事，还有那么多的事，得一件一件地摆平。"

"那就等找到羊，再找到牛之后再说吧。"

周本加朝河边走去，吉保瞥了周本加一眼，自知这事已经无可挽回，他现在唯一需要思考的是去冬窝子该怎么干那些活。而他再不情愿，也知道没有妻子耶拉卓玛，他一个人是干不了的。

三

周本加抵达山顶，山顶一片乱石头。沉重的云，赤红的崖，罡风凛冽，空气稀薄。

此外一无所有。

那些疑似羊的一会儿移动一会儿停滞的物体所在的地点极其抽象，现在他已经搞不清了。不过山顶就是山顶，它不是平原，不是大滩，再大也大不到哪里去。他在一处仿佛从天上被洪水冲下来的大石头堆里发现了它们。仅用余光一扫，他马上断定，那就是要找的羊。羊受了惊，斜斜地往山下跑。他再次数了一遍，一个不少，个个完好无损。羊跑了不多远又受了惊，因为从一旁乱石中一小片林子里跑出三只羊来。三只陌生的山羊，混入羊群里一起接着跑。三只山羊一黑一白一花，比他的细毛羊灵敏得多，不一会儿便充当了领头羊。它们穿过一片灌木丛停顿在绿毯似的草甸上。前面冒出一个人头来，接着是整个的人。羊群又往回跑了一段，停下来观察。

周本加沿着羊群跑过的路线走，他和那人在草甸上相遇。这是个四十多岁的藏民。他流利地说了一句问好的汉语，接着说道："看来你也是找这些畜生的呀，啥时候丢的？"

"对这是我的羊。"周本加没有坐下，也没有抹下蒙在脸上的围套，"这是你的羊？"他问。

"是啊。"那人说，"我把它们和岩羊打在一起，隔上个三五天看一回。四天前我发现少了十六只，原来跑这儿来了。但还差十三只，你看见过没有？"

"你的羊可以和岩羊待在一起？"

"我这么做已经有些年头了。琼那日的人都知道。"

"你有多少只山羊？都可以那样吗？"

"不多，正好两百只。它们夏天都愿意和一群同样两百只左右的岩羊生活在一起。"他拍拍身边的草地，示意周本加坐下，"你到底看见我的羊没有？"

"没有。"周本加站在一旁，愣愣地看着那三只山羊，再三让打消了不切实际的念头，徒生了这般烦恼，他有点沮丧。他在藏民指定的位置上坐下，斟酌着用词试探了一番，"你的羊和岩羊在一起不打架，跟得上岩羊吗？"

"嘿嘿，你可知道，没有人不佩服我这两百只山羊，寻上门来的人多了去了。可我不卖，你就免开尊口啦。"

"我没想买。"

"说啦，我知道你的想法。"他有一双深陷下去的三角眼，和深陷下去的脸颊，皮肤是枯黄色的，像深秋的草。他戴着一顶藏蓝色的鸭舌帽，和他十分般配。他伸出瘦小的手指，握住周本加粗大的手，说道："你瞒不了我，我这么一打量，就心里有数啦！"

"你不买，我知道。"前方的羊和山羊分开了。他抽出被汗水浸湿的手，"羊要走了，咱们也走吧，以后再见，希望可以看看你的和岩羊一起生活的山羊。"

"你会有这个机会的，但把我的这三只羊留在你的羊群里行不行？我得去找那十三只，或许在对面的山里的岩羊群里，我要去瞧瞧。"

"那也行。"

"谢谢啦。"他走出草甸，从灌木丛中牵出一匹马。一匹漂亮非凡的母马。尖而细长的耳朵无比灵敏地前后晃动（多高的警惕性啊！），一双圆鼓鼓的眼睛宛如一潭清澈闪光之泉眼；它身披少见的橘黄色皮衣，其中点缀着茶色的斑点，像一只梅花鹿。比起那些奇怪的山羊，周本加觉得这匹马对他更有吸引力。

藏民骑上马，又下了马，扯紧了马鞍的前后肚带。再次上马前他对周本加自我介绍："我叫敖登木，或者三宝。"

"你这马几岁了，卖吗？"周本加忍不住开口询问。

"这马呀，"三宝仰头做出沉思的样子，接着他瞅了一眼胯下的坐骑，而后说，"它下了三个马驹子，都是公的。如今一算，已经七岁了，正是大好年华！壮年！！就像女人的二十五六岁。"他拍着马的鬃鬣，仿佛在抚摸过去的岁月以及从中投射的自己的身影。喟叹一声，他说道："它这么好，但我还是打算卖了它。你知道是为什么吗？"

"为什么？"

"它有一个对吝啬的人来说是优点的毛病，因此我打算卖掉它。可是今夏我又不打算卖它了，你知道是为什么？"

"为什么？"周本加耐着性子问，"该不会毛病好了吧？"

"没有，一点没好。但我的牧场的草好了。"

"这有关系吗？"

"大有关系。"他特别强调，"关系大了，就是说，一旦我的牧场长得好，它就不用卖了。"

"这么说它的毛病和吃草有关系。"

"一点没错。"

"那是什么毛病？"

"它不吃豆料啊！"

"豆子？"

"一点没错。你说说，一个能生好马驹的好母马，冬天不吃豆料怎么行？"

"确实如此，我家的母马每年冬天都吃料。不然不行。"

"一点没错。不吃不行！"

"所以一旦你的牧场草长得好就不用它吃豆料了。"

"一点没错。"

"这么说你不卖，至少今年不卖？"

"但我又想卖了，今年不卖明年也得卖。反正什么时候，迟早都要卖了。"

"我很好奇，往年你是怎么让它活下来并生下马驹的？"

"不是我，是它自己。每次差点就死球了，但都活了下来。"

"它有坚定的求生意志，有保住孩子的法子。"

"一点没错。可我看着揪心，难受得不得了，一冬天都别想好过，因为我天天都看见它。"

"如鲠在喉的难受。"

"一点没错，所以我得卖了。"

"那……多少钱？"

"这可不好说，我得想想。"

"那我去骑一圈？"

"你可以把羊赶下去。"

周本加在骑的时候故意做了几个小动作，在它的身边磨蹭。它的确很乖，没用正眼瞧他。

上山时的用力程度也不无说明这是一匹不仅好看而且轻巧勤快的马。它还有一些"小走"，就是那种叫人完美乘坐的走法。对于一匹未曾训练过的母马来说，相当难能可贵。这就是说倘若买卖成功，他周本加就有一匹有百分之五十明年春会产下一匹小公驹的母马了。他怦然心动，决意买下它。

他把羊从灌木丛边缘的缓冲带往下赶，羊并不是十分愿意下山，但禁不住周本加再三驱逐，它们在一条羊肠小道上列着队跑下去了。他拉住马静等羊全部下山，到达山脚下的一片滩地里，然后返回草甸。

三宝正在抽烟。

"可好？我的马。"他抹下帽子，露出一颗黑白交集的脑袋。这颗脑袋叫人看到了忧伤、不安和对时间的茫然。周本加从来没见过这么一颗有内涵的脑袋，他情不自禁地伸出手掌，"我出八千，卖不？"他重复道，"八千块。"

三宝挠着头，闭目不语。等周本加下马坐到身边他才梦呓般地回复，"九千吧，就九千！"他递给周本加一根烟嘴是深蓝色的烟，颓然地说，"你要是真想要，并发誓不会转让给马贩子，那就按我说的价格骑走吧。"

"九千也行，条件我也答应。但我手头没钱。"

"什么时候有？"

"起码得等到深秋。"

"这可不好，我的贷款十月到期，那会儿需要钱。"

"我想想办法，在那之前给你。"

"一言为定！"

"一言为定！"

"马我今天骑走？"

"行。我的马群刚好在下垭豁，过去套一匹就是了。"他走到母马跟前，卸下马鞍、镫环和马垫子，然后从它额头的刘海里拔了一小撮鬃发，搓成几寸长的小绳子揣进怀里。他恋恋不舍地伤感地凝视着它，轻声细语地嘱咐它最好学会吃豆料，照顾好自己，别给他丢脸……

他背着卷成一捆的马家什走了，朝着东面的石山里去了。他像留下来的母马一样轻巧灵活。周本加暗自一对比，发现他尽管看起来很好，其实和自己相差甚远，就像马和牛的区别。

周本加一直目送三宝消失在山涧，这才用腰间缠的——以防万一带着的——细长尼龙绳挽成马笼头，戴给母马，牵着下山。

他已经看见吉保的身影，像一个担心心脏病复发的老人一样颤颤悠悠地爬山。周本加站到他上方，居高临下地看着，暗暗鄙视了一番。这才说道："我有多少羊？"

"什么？"吉保累得汗流满面，喘息如牛。

"我说，我有多少只羊？"

"我哪知道？得算一算。"

"那我有多少钱？"

"上次剩下的千把块是有的。"

"不够。还是得卖羊。"

"干吗？"吉保盯着母马，"这马是谁的？"

"三宝的，我买了。"

"买的马。"吉保嘀咕，"花冤枉钱，你要马干吗呢？"

"九千！"周本加得意地说，"我想操心出一匹好走马。而它，就是好走马的阿妈。"

"太贵了，一般都是四五千块的。"

"这马值那个价。"

"看着挺好看的。"

"十月以前，他要还贷款。"

"那就得卖羊啊。三宝是谁呀？"

"一个藏民，他留了三只山羊让我保管一两天。"周本加说，"他的羊年年夏天都和岩羊在一起。"

四

　　他们赶着滞留在滩地里的羊，周本加骑在光溜溜的马背上。走了一会儿，羊群迎面缓缓移动而来。十二只羊这次丢下三只，率先朝羊群跑去。山羊疑迟了片刻，也跟着去了。

　　羊群的一部分跑到灌木林上面去了，并且还在往上走，很快就会翻过山架，跑到那边别家的羊群里去。他俩极不情愿地再次进入一片林子里，里面的草地分外松软，这是因为长年雨水浇灌、又少有阳光的缘故。在林子中央部分，矮蒿草、细柄茅、针茅以及银叶蒿草和更多不知名的草如同人的心思般茂密丰盈，怪模怪样的高山柳少见地结出形似银币的乳白小花，分外飘香。在岩石下、露台处或见得强光的地方，雏菊成片开放，光彩四溢。

　　他们只管埋头赶路。林子里无法骑马而行，周本加牵着母马，比吉保轻松十倍地走在前面，并在拉远了距离后等着他跟上来。好不容易出了林子，吉保骑着母马，周本加步行，把羊群打了下来。这么一来时间已然过去很久，他们来到沼泽滩地边缘，金黄色的凤毛菊满眼盛开，在熏风中跳动着令人晕眩的舞蹈；斜飘的阳光曲线优柔，时而变动。他们脑中空空，腹中空空，隔着开阔的沼泽滩地和湍急的河流，眺望青色的炊烟在对面的营地缥缈升起。

荒原上

第一章

紧急召开的村委会上，村长气急败坏，既自责又别有用意地说：造成这种后果的除了那些该死的老鼠，还有我们自己……我们赶紧行动起来。

会议决定派遣一个"灭鼠工作队"进山去，利用这个没有畜牧的冬天对整个牧场进行一次彻彻底底的清理。"灭鼠队"有工资，所以父亲第一个报了名，然后叫我顶上去。第二天一大早，我就背着行李，提着吃食，站在路边的小广场等乌兰的拖拉机。我是第四个上拖拉机的人。除了说话疯疯癫癫的确罗和肉墩墩的金嘎，还有一个穿着已经很少见的红毡氆的中年大叔，我后来才知道他叫兀斯。等人都接齐后，乌兰兴致很高地检查了轮胎和车厢下的钢板，说哦哟，钢板压弯了。他有一个肥大的屁股，和整个身体极不相称。好像他吃三顿肉其中两顿都跑到屁股上去了。但他并不因此而显得笨拙。他坐回驾驶座又站起来，跟确罗讨烟。他的脖套上有一个小洞，烟嘴从洞口进去插在他嘴里，这样他就不用因为要抽烟而把脖套抹下来了。离开 315 国道不久，进入山区。拖拉机在山路上吃力地爬着，一连串黑烟喷向低空，不及散开便被阴云吞噬。沿途一片荒芜，一眨眼，前方白茫茫一片，大雪飘然而至。我们几个人痴坐在拖拉机兜厢里，车厢最底下是十几个大尿素袋子，里面装着足以毒死几百万只老鼠的麦子。这些"鼠粮"上面是我们的行李和伙食。我们就在灰扑扑的行李上抖动、摇摆，追着时间奔来的疼痛从骨头里溢出来。这条路被无限拉长了，我们仿佛一遍又一遍地重复在时间里。

确罗终于忍不住了，骂骂咧咧地跳下车去。我们也都下了车，顶着风雪疾行，不一会儿便将拖拉机抛在身后。走了几公里，兀斯突然说等一会儿等一会儿。确罗问，怎么了？兀斯说，听不见声音了，怕是出事了。确罗说，不可能。兀斯说，还是等一会儿。确罗说，真麻烦，我都快冻死了。兀斯说，万一拖拉机坏了怎么办？确罗说，你这乌鸦嘴，要是车真坏了就怪你。兀斯说，你这年轻人，怎么一点教养也没有？确罗说，去你妈的教养。兀斯这下气得不轻，沾满冰雪的白乎乎的胡子颤颤巍巍，他拾起一块石子砸向确罗。确罗避开。兀斯还要再打，被南什嘉拉住。但兀斯不甘罢休，越劝他越来劲，看样子只要扑上去就会把确罗撕碎。确罗一边嘻嘻哈哈地看兀斯出洋相，一边点了一根烟，乐呵呵地吸着。他今年二十五岁，他更小的时候又乖巧又老实，分外讨人喜欢，但随着年龄增长他的张狂劲儿也长了。他红彤彤的脸上以双眼皮为代表的相貌组合，常常让人错误地认为他还像原来那般又傻又可爱。这一路上，他以欺负金嘎打发时间，他还想从我这里找点乐趣，但他每次想和我说话我都装着睡觉，所以他和金嘎说得更多了。

金嘎粗着嗓门喊，来啦，车来啦！

拖拉机来了。乌兰从驾驶座上跳下来，在我们面前蹦跶，一个劲儿地喊冻死手了，冻死脚了，冻死脸了。因为直面寒风，他的脸冻得像一块青坨坨的石头。他让南什嘉帮忙点了一根烟，一边吸着一边跳着。等他烟抽完了，我们又坐上了拖拉机。每个人都累得心慌意乱，盼着早点到达目的地。我旁边坐着南什嘉，自从在十一道班上拖拉机后他就很冷漠，一副死气沉沉的模样。他穿一件崭新的绿军大衣，竖着领子，用冬帽和围巾把脑袋裹得严严实实。他想瞅瞅外面的时候，眉毛一扬，眼睛就忧郁地露出来；一缩脖子，眼睛又给蒙上了。他身形魁梧，有一个大脸盘，上面安着一个大鼻子，乍一看不怒自威。他念过几年书，算是一个有点文化的人，所以他被村长指定为灭鼠队的队长。但刚才他只是心不在焉地劝了几句，没有发挥队长的作用。因为他的心思根本不在这里。他站着的时候，一点样子也没有，我觉得好身板被糟蹋了。

终于到了桑赤弯口。这里是京巴的夏季营盘，现在我们要住这里，因为这里是洪乎力夏牧场的中心，从这里去任何一个地方都是最近的。

我的手套没起多大作用，手指头都冻僵了，卸车的时候连绳子都解不开。东风像牙签一样在露脸的地方戳个不停。雪花硬如沙子，渐渐积厚，已经没过鞋帮。才过五点，天已黑了。毡包下好了，一个用水桶做的铁炉子安在毡包天窗底下。生了火，大伙儿围着炉子伸着手取暖。

来到昂冷荒原的第一个夜晚，我们吃了糌粑、锅盔馍馍和浓浓的酥油茶。来的时候乌兰买了两瓶青稞酒，天气这么冷，正适合喝酒暖暖身子。我说我不会喝酒，确罗说你怎么不喝？我没理他，转身去铺被褥。确罗一把抓住我的手臂，说，不要睡觉，喝酒。我告饶说，我真不喝。确罗说，你凭什么不喝酒？

兀斯说，卡尔诺不喝就不喝，你干啥强求？

确罗说，我就喜欢让他喝。但兀斯已经闷头睡下不理他了。确罗讨了个没趣，就放过了我。他又去缠着金嘎，金嘎很快喝醉，失声痛哭。确罗说，我又怎么你了？金嘎哽咽着说，没事，我就想哭。南什嘉说，酒也喝完了，哭也哭完了，睡觉吧。他封了火，躺进铺好的被窝，舒舒服服地哎哟一声。

确罗没有醉，但他装作醉了的样子盯着金嘎，一直盯到他睡下，把头埋进被子里。然后他又盯着乌兰。乌兰是真的有些醉了，他说，你干吗瞪我？确罗说，我什么时候瞪你了？乌兰说，你现在就瞪着我，你什么意思？确罗说，没酒了，我们应该再喝一瓶。乌兰说，我们为啥就买了两瓶酒，谁买的？确罗说，你买的。乌兰说，哦对，是我买的。你们为什么不买？你要是买了我们就有酒喝了。确罗说，我本来要买，但买了方便面后忘了。乌兰说，忘了？你忘了吃狗屎吗？

我以为他们会打起来，但没有。他们很奇怪地相互瞪了一会儿，睡觉了。

第二章

东风吼了一晚上，毡包的骨架们吱吱呀呀地跟着叫唤。骤然换了又冰又干的空气，我难以适应，战战兢兢地睡不踏实。到了早晨，大地白净一片，让人觉得来到这里，显眼地踩踏在这片雪原上是犯罪。可真正的罪犯藏在雪下，生活在纵横交错、宛如迷宫的地下世界。它们绞断草根，囤积草根、草籽，囤积一切可以吃的东西，舒舒服服地过着小日子。如果没有大雪，它们就吃地面上的草。早晨太阳刚出来时，它们全体出动，一边用光补充热量一边用草补充能量。所有的平地，所有的河谷，所有有土地有草地的地方，它们无所不在。而现在，它们仿佛不曾出现过。因为它们不需要出来受冻，它们囤积食物正是为了应付这种局面。它们破坏整个草原的生态系统得到的食物，足够轻轻松松地过一个冬天。它们不会觉得破坏了什么，它们在为生存而奋斗。正如我们为了生存来到这里。真是棋逢对手！

面对这片异乎寻常的白色大地，连不着调的确罗也感叹，真干净啊！

兀斯马上哼一声，全是假的，就像人一样，外面看着干干净净，其实心里脏得吓死人。

老家伙我今天可不想和你吵架。

我说你了吗？兀斯蔑视确罗，我说的是人。

我们都没想到兀斯居然这么机智，都笑起来。确罗也笑起来，兀斯，看在你这么机灵的分上我让让你。

我们上完厕所的第一件事是检查带来的"鼠粮"，虽然都放在毡包里，整整齐齐地码在毡包一角，还用一块帆布严严实实地包裹着，但昨晚太冷，怕冻上，一旦受冻，毒性会减弱，我们就真的给它们送粮食来了。所以村长千叮咛万嘱咐，绝对不能被冻上。只要最关键的前三天不受冻就没事。而因为大雪封原，我们来到昂冷荒原的前三天，是没法工作的。

我们在惨蓝的烟雾中商量由谁来做饭的事。当务之急就是要选出一个做饭的人，免得饿肚子。可没人愿意干，都说干不好。问到我，我傻乎乎地愣神，他们以为我愿意，就高兴地说卡尔诺你真是好样的！但兀斯嗤笑道，卡尔诺会做馍馍、会和面吗？会揪面片吗？

乌兰瞧着兀斯说，我看，最合适的人就是您呐！为什么呢？因为您年纪大了，腿脚又不方便。您要跟我们这些年轻人走远路肯定是吃不消的，也不合情理，我们怎能让您去忍饥受冻呢？所以，您一定要留下来给我们做做饭，烧烧茶。我想，大家一定会同意的。我们连连点头，都说好。

兀斯沉思了一会儿，说，这个饭我可以做，但是，做得不好你们不要嫌弃，出门在外，吃得饱就行啦，填坑不要好土。只要不饿肚子，就算是好的。他冷冷地乜斜一眼确罗。确罗故意把脸转开。

大伙儿表示就算他做的是狗食都不会说什么。兀斯生气地说，能有那么差吗？你们放心，肯定没有难吃到那个地步。

于是兀斯成了我们的厨师。他烧了一壶茶。毡包里茶香缭绕。喝了暖心暖胃的茶，兀斯烧了一锅开水，我们泡了方便面吃。这是路过甘子河乡的时候买的，本来想多买几包，但那家商店里的方便面仅够我们每人买十五包。兀斯没买，他说一吃就胃疼。

南什嘉、确罗、乌兰和兀斯抹了嘴开始打麻将。我从装衣服的枕头里摸出《白鹿原》，刚翻开金嘎就靠过来，笑嘻嘻地瞄一眼书。

你看的是什么书？

我给他看封面。

他缩着脖子说，我不认识字。

你没念过书？我记得你好像上过学。

念了十天，后来不念了，我一个字也没有学到。

我调侃说，那你可真厉害。

唔，就是学校里的那些心疼姑娘一个都没忘。

敢情你有很多初恋情人呐。

啥？

你喜欢的姑娘有几个？

你是说学校的时候吗？

除了学校，还有吗？

金嘎腼腆一笑，有啊，怎么没有？难道你没有？

我也有啊。

学校里有三个，后来都变得不好看了。

现在呢？是谁？

我先问你一件事。

你说。

你睡过女人没有？他眼睛一眨不眨地盯着我。我说还没有。他"哦"一声，明显轻松了不少，低声说，他们笑话我这么大了还是个"娃娃"。

该有的时候你自然会有的，这得遵循一种神奇的规律。说完，我被自己惊了一下，觉得这句话充满了经历、创伤和明悟感，还有那么一点神秘。金嘎不认同地撇撇嘴，邀我出去散步。

太阳低低地悬在离地平线两尺的高度上，稳稳当当向西移动着。但只要稍多留意，就会发现太阳其实远比想象的要移动得快。就是说，脚下的这颗星球远比我想象的要转动得快，而人们却没有丝毫不适，仿佛快啊慢啊都是一天，没什么大不了的。

我把这感受跟金嘎说了，他疑惑地、木然地点点头，然后去提水了。过了半个小时，他像拎着两个空桶似的拎着两桶水回来了，然后坐在确罗身边看他们打麻将。兀斯把炉子烧得红旺旺的，火苗从茶壶和炉口之间的缝隙中蹿出来，毡包里的温度在兀斯的得意洋洋中急速上升。他们把场地换了又换，最后挪到了门口。南什嘉提醒兀斯要节约烧柴。兀斯说不用颇烦①，吃完饭咱们背牛粪去。

背牛粪要到三四公里之外的一个牛窝子。那里的牛倌令人诧异地把每天的牛粪都拾出来堆成一个大大的牛圈，这样连圈牛的铁丝网都省了。而且牛粪圈还有抗风御寒的作用。他把自己的地窝都用牛粪墙给圈起来了。

牛倌和牛群早已转到冬牧场去了。

我们惊叹地观赏了一会儿壮观的牛圈，找了一个缺口，张开麻袋开

---

① 颇烦，青海方言，麻烦的意思。

始往里揽牛粪。我们用皮袄的带子或者绳子把两袋、三袋的牛粪装好捆在一起背回营地，一个个排立在毡包外面。有了这么多烧柴，兀斯就更不会节约了。毡包里的温度简直跟烤箱似的。我觉得根本用不着这样。但他们却一边夸赞兀斯是个顶呱呱的好厨子，一边冒着汗大呼过瘾。可我实在受不了，就出去透气。等在外面挨冻挨够了，再回到里面。我刚坐下，金嘎又来了。他挨着我坐下，笑嘻嘻地说，垭口那边有一个惹人心疼的藏民姑娘，你想不想认识？

我瞥了他一眼。你怎么知道，你见过？你们都见过？

当然啊，每年转场的时候，运气好就能见到。我已经见过好几次了。他脸上露出那种我比你运气好多了的得意劲儿。

我回想了一下仅有的几次转场的经历，没有一点关于一个"心疼的姑娘"的印象。她住哪儿啊，我怎么一点印象没有？

金嘎嘿嘿一笑，你的运气可真够差的。她家就住在大垭口那边啊，最后一个牧道拐角过来不是有好几户人家吗？就在那儿。

他这么一说我就知道了，那里的确有几户人家。

你到底去不去？金嘎十分笃定地说，不去看看你会后悔的。

不去。

去瞧瞧也没什么，对吧？

不去，你自己去吧。

我要是有机会就不跟你说了。

你怎么就没有机会了？难道……

我跟她搭不上话。

她那么跩呀？

他接过书一页一页地翻动着，羡慕地说，她跟你一样。

什么一样？

她和你一样会看书。

你怎么知道？

乌兰告诉我的。

哦，他去约会过了？

哈，他才不行，你看他那娘娘腔的样子。说完，他笑了，又担心地马上结束了高兴，他怕乌兰听见。他在小心翼翼地讨确罗的欢心，以期得到平常对待。他的那副样子我不喜欢，所以我不想搭理他。没想到他反而纠缠不放了。此刻他目光炯炯有神地盯着我，誓不罢休的样子，我被逗笑了，说你怎么这样子？他疑惑地哦一声，说，我怎么了？真的是一个漂亮女孩。

毡包里乌烟瘴气，人人手不离烟，我被呛得咳嗽不止，嗓子眼一阵阵胀痛，眼睛又疼又痒。掀开门帘，让一股股冷风挤进来，烟雾像潮水一样往外涌去。但过不了多久又会被烟雾占据，所以几乎整整一下午，我都在忙着换气。

兀斯要做饭，他叫金嘎再去提两桶水。金嘎一脸不情愿，低声嘟囔为什么不让别人去，没想到兀斯耳朵贼灵，一下子就听见了。他严厉地看着金嘎。金嘎不敢吭声，灰溜溜地去提水了。兀斯很满意金嘎这么听话，干巴巴地笑了一声。他在一个铝锅里淘洗大米，又黑又粗的手在米中搅了几下后把水倒掉，而后端盆进来，把早就切好的小块牛肉倒进锅里，舀了一盆水"哗"地泼进去，粗粗的大黑手指搅动了几下。最后，他盖上锅盖，把锅端起来，"咣"地放在炉子上。他搓了搓手，拿起几块牛粪填进炉膛里。他从裤兜里摸出一包"花好"香烟，麻利地抖出一根来，又从另一个裤兜里摸出打火机"啪"地打出火苗，叼着烟猛猛地吸了两口。至此，他的午饭大功告成。兀斯的厨艺既不卫生又粗暴，几乎没有美味可言。但我们谁也不说，大伙儿都机灵着呢。

金嘎回来后又悄悄问我想好了没有，到底去不去？

我觉得这样冒冒失失去见一个素未谋面的女孩子是一件特别不靠谱的事。何况还是晚上不怀好意地去。人家给好脸色才怪。但金嘎的兴奋传染给了我一部分，于是又想，去一去也无妨！权当凑个热闹。

金嘎说，太好了，我就知道你会去，咱们九点钟出发。

吃过晚饭，还没到九点，金嘎已然按捺不住，他和乌兰过来说，咱们走吧。眼看就到点了。

还是不去了吧？这天也太冷了。看见乌兰也要去我就不想去了。

冷怕什么，还能冻死我们不成？乌兰嘴一撇，说，你真矫情！

我有些恼怒，但又不能发火，让他们觉得我是一个开不起玩笑的人。我默默承受了这句颇有分量的评语。

确罗也走过来了，你们鬼鬼祟祟干吗？

乌兰说，我想让卡尔诺认识一下银措。

确罗斜视着我，阴阳怪气地说，那你可别尿啊，你软塌塌地说话不行，你得硬邦邦的。他咕咕地怪笑，一脸猥琐的样子。

我不去了。说完，我不管他们回到毡包里。他们几个随后也进来了，嚷嚷着打麻将。金嘎终于按捺不住，也学着玩起来，他们玩了一个晚上。到清晨睡觉的时候，金嘎脸色灰暗难看，输得很惨。但他难过是因为整个晚上他像玩具——更像某种可以提神的东西——被确罗他们玩来玩去。我觉得金嘎在他们心中已经形成了一个不怎么光彩的形象，想要扭转改变可不容易。为什么会这样无从得知，但他唯唯诺诺小心翼翼的样子的确使人来气。我甚至觉得他卑微得让人压抑。

第二天上午十一点多醒来后，我趴在被窝里继续看书。睡在我旁边的确罗也醒了，好奇地陪着我看了一会儿，说，你真他妈能看，有那么好看吗？

我说，有啊。

那你讲个故事吧!

我可不会。

你看的这书不是故事吗?

是啊。

那你讲个故事吧，干吗那么小气。

不是小气，是不会讲。

我们不挑不拣，只要有女人就行，哈哈。

正在盛饭的兀斯插话说，有野狐精的故事吗?

他一边把一碗一碗的面片摆放在矮桌上，一边无限感慨地说，我小时候听过一些好故事，年龄大了忘掉了，真可惜!

确罗嘲笑说，或许你还想着有一个狐狸精晚上来你的被窝里呢。我们都笑起来。兀斯听了也不计较，只摇头。老啦，早就不想了，剩下的全是颇烦了。年轻的时候，就多想想，老了就想不动了。

第三章

暴躁了一天的狂风终于歇息了，夜世界静默安然，星空凛冽，雪原敞亮。我们说话的声音轻巧地跑出去很远。

确罗咧着嘴，看着我。我就爱听漂亮女人的故事，来一个。

我拿起《白鹿原》说，这里面有个人娶了七个女人，娶一个死一个，就娶了七个……一个叫小娥的女人，又漂亮又……

好好好! 就讲这个。确罗催促我快讲。乌兰也精神抖擞地说，你可不要随随便便糊弄我们。我说，我脑袋里装的故事三天三夜都讲不完，连外国的都有很多。乌兰说，多才好呢，最好天天都有，就像单田芳说书一样，那人最气的是说得太短了，刚听得舒坦他就哑着嗓子一声"欲知后事如何，且听下回分解"，我最气这句话，天天说，烦死了。确罗捏着嗓子学了一遍后说，卡尔诺你可别那样，你可以讲几个小时。南什嘉说，每天晚上十二点收音机里有一个叫姚什么的女人讲故事，那女人的声音又甜又柔，那是永远都听不过瘾的……可惜这里什么也听不到，要不然我就带收音机来了。

　　第一次做这种事，我有点小兴奋，迫不及待地想享受把自己欣赏的故事分享给别人后所带来的那种喜悦和成就感。酝酿了一下后我开始讲述起来：

　　白嘉轩后来引以为傲的是一生里娶过七房女人。

　　娶头房媳妇是他刚刚过十六岁生日。那是……

　　我讲了两个小时，讲得很慢很投入，讲到白嘉轩费钱费力救出和尚那里。我说明晚接着讲。可大家意犹未尽，恳求我再讲一会儿。而我口干舌燥，不复开始时的激情，于是坚持明晚讲。

　　确罗啧啧称奇道，真是不敢相信，那人的老二怎么那么毒？是真的吗？不管怎么说，反正他很厉害，你们说是不是？大家哈哈大笑着说那当然。

　　我们胡天胡地地聊天，消磨着时间。但冬夜的时间被冻得走不动了，只能一点一点地向前挪动着。南什嘉站在炉前，神色犹疑不定。一根烟吸完，他说，卡尔诺，陪我走一趟吧？

　　干吗去？

　　别问，快起来。

　　黑漆墨乌的，我眼睛不好。我知道他要去干吗，但我一点都不想起来。

　　就这一次——

我不干，我要睡觉……

最终我还是跟着他纵身跃入了白茫茫的、冷酷的寒流中。我拿着一根木棍，他握着一把忽明忽暗的手电筒，我们深一脚浅一脚地走着。靴子在厚厚的积雪上踩出"吱吱"的老鼠叫一样的声音。大约一个钟头后，我再也忍不住了，怎么还不到……你不是说很快吗？

转过这个山嘴就到了。

你刚才就这么说，这都第几个山头了？

你看，拐过去就到了。他指向前方说。

我就不明白，你怎么在这儿找了一个。

冬天放牛的时候认识的。

她没有男人？

大多数时候没有，一回来就打她。他沉默了一会儿，说，一天晚上，我们一帮人喝罢酒，麻京要我给介绍一个姑娘，我就答应了。她那时候住在恰乌日。

他停下来撒尿。尿液浇在雪上发出一种有质感的声音。

那你为啥不娶她？

他猛地加快了脚步，却不说话了。

终于听到狗的吠声，在快速地靠近我们。他说，到了。我握紧了棍子，南什嘉打开手电筒，孱弱的光里出现了两个敏捷的黑影。两只大狗！我说，好大的狗！南什嘉早已从怀里摸出打狗链，恶狠狠地冲上去，呼吼着，打死你狗日的……

冲我来的是一只花斑狗，它龇牙咧嘴朝我大腿咬来。我一闪身避过，手里的棍子砸向它的脑袋。一声闷响，大狗惨叫着倒向一边去；而缠着南什嘉的那只狗却格外机灵地逃之夭夭了。

我们又走了一阵子，蒙蒙眬眬地看见了一堆物体。一片房屋出现了。有一栋羊棚接连着羊圈，对面是一个很大的有土墙的牛圈，它们中间是土平房，有三四间并排着，有两扇门、三扇小窗户。南什嘉让我去最东边的那间屋子。你先去那里眯一会儿，里面有被子，走的时候我叫你。他说完便不再理我，径自走向西面的那个门。

这屋子的炕上铺着一条牛毛毡，一床被褥和其他乱七八糟的杂物一起堆在毡上，其余的地方被两副马鞍和垫子占满了。我把那些杂物清理一下，腾出一个可以睡觉的地方，披着被子躺下，侧耳倾听。夜阑人静，只有大花狗在似泣似吠。我望着窗外的星空，吸着凛冽的空气进入梦乡。

南什嘉把我摇醒，我迷迷糊糊地跳下炕，就跟着他走。狗已不知去向。刺入骨髓的寒风飕飕地响着，我哆嗦着打了个喷嚏。东方的启明星格外耀眼，远方的群山依稀显出暗淡的轮廓。天快亮了。

我好奇地问他，怎么样？美不美？

他用一种冰冷的语气说，不是所有的恋人都像你想的那样龌龊。

我一听也生气了，反驳说，怎么，你大半夜拉着我过来，就是证明自己的高尚的？

南什嘉一怔，说，她心里苦，那么难过，我却给不了多少帮助。

世界上不是只有你们一对苦命鸳鸯。我犹自不解气地说。

他苦涩一笑，默默走在前面。

瞧他哀伤的样子，我也说不出气话了。

难道你们就没想过私奔？

私奔？别跟我提什么私奔。他突然对我大吼起来，我他妈恨私奔！我他妈恨私奔！

为什么？你还不让我说话了？你什么意思？

为什么？南什嘉仿佛听到了世间最好笑的事，他咬牙切齿地说，因为我父母就是私奔的，那对狗男女就是私奔的！

怎么会？没听说过呀。我真是太吃惊了，想不到他那个吝啬至极的父亲还有这壮举。

你不会以为我是在说老抠吧？

你说的呀。

他不是我父亲。

啊？我更吃惊了。这是什么意思？

你不知道我的事？

你的什么事？

南什嘉把烟蒂弹出去，冷冷地说，他们生下了我就死了。不，是一死一逃。女的死了男的逃了。他们把我丢在了这里。

我怎么从来都没听说过？

谁又在乎这些？

这么说你不是乔合柱的儿子。

你说呢？

我哑口无言。

第四章

雪还是很厚，但地面上已经出现了数不清的拳头大小的窟窿，老鼠爪印和踩出来的道路也越来越多。我们制订了灭鼠计划。计划将整个牧场分成六片区域，河那边是两片，河这边四片，大小都差不多。这样一分，很具体，效率也更高。我们先从毡包这一带开始。这是第三片区域。东到热力木出口，西至大肖兴出口。南面到河边，北边到隆瓦山脚。这片区域长八公里宽两三公里，一个长条形状。其实牧场比划出来的六片区域大得多，但这场大雪帮了我们双方的大忙，因为山里雪更厚更结实，除了正宗的大阳坡，其他地方的雪会一直保持原样到春天。这些地方我们不用去，老鼠出不来。所以我们减少了工作量，它们保住了性命。等到了春天，平地上的老鼠灭亡大半，它们就从山上迁徙到平原。我们从来没想过要灭绝所有老鼠，这是不可能的事情，能够灭杀大半老鼠就心满意足了。

我们每人背二十五斤左右的药，投药的工具是 2L 的百事可乐或可口可乐饮料瓶。削去瓶底，用铁丝将瓶子两边穿起来（像提水桶一样可以提在手里），瓶口盖子上弄出一个小拇指大小的洞，将瓶口在老鼠洞口一戳，瓶子里的麦子十几粒二十几粒撒出来；再一提，麦子堆挤在小小的瓶口，等待下一次碰到地面。这是为了自己的腰着想而发明的。我们不用弯下腰去放药，解放了腰，更节省了弯腰放药的时间，提高了效率，时间越久越明显。因为你可以坚持一天弯腰触地一百次两百次，但你无法坚持一千次两千次，你更不可能天天弯腰两千次。

投药第一天，我们地毯式地前进了四公里，几乎每一个出现的老鼠洞门口都撒上一勺子青稞，请它们吃。下午返回的时候，已经可以看到很多老鼠倒毙在雪地上，而看不见的洞内会有更多。死了这么多仇敌，我们感到满意，心情特别好了。心情一好，确罗开始胡来。他用一根树枝把这些老鼠像肉串一样串起来，血淋淋的十几只老鼠在树枝上排列整齐，十分恶心，但确罗玩得不亦乐乎。他还将脚底下碰到的也一脚脚踢出去，有的囫囵地飞向远处，有的就在他脚下烂开。

我们劝他别这样，他不听，兀斯一说话他更来劲了。我就爱玩你管得着吗？我又没踢你家的母羊。

你怎么一点敬畏心都没有？死了的亡灵你干吗要这样欺负？

我为什么要对老鼠有敬畏？要是其他东西我才不这么做，正因为是老鼠我就有气，死老鼠我也不放过怎么了？确罗理直气壮地看着我们，我才不管死老鼠活老鼠，所有的老鼠我都不在乎。

你别乱来啊！兀斯终于意识到跟确罗对着干实在行不通，他转变态度，几乎是哀嚎地说道，这也是跟我们一样有气的东西，是命，死了就还给你了，都算清了……你不能这么干……老天爷看着呢。

确罗果然吃这一套，好好好，我丢掉了，你看。他把手里的一串老鼠远远地扔出去。然后闻了闻自己的手，说有一股酸臭的味道。他用雪搓洗了手。

越接近毡包，死掉的老鼠越多。已经冻得硬邦邦的死老鼠成了动物的餐点。野狐几乎成群地溜达，老鹰、兀鹫、鹞子和隼等飞禽频繁地出现，盘旋俯冲不止。自从有了不会二次中毒的毒药，它们的小命就有了保障，不会出现十年前的那种惨事。兀斯说十年前因为一个失误，成群成群的野生动物吃了死老鼠而中毒死亡。那景象百年不遇，惨不忍睹。但奇怪的是没有谁为此事负责。

到现在没人再提这件事，它们就那么可怜，死了就死了，没啥大不了的。但不是这样的，我们跟一个狗一个牛一模一样。兀斯难过地说。

这两年还是有点不一样了，保护动物的政策多了。

你懂个屁。乌兰说，上有政策下有对策，那些人照样啥也没损失。

我气愤地瞪乌兰，他说话太不客气了，不拿我当回事。那些人是谁，没有一点头绪。我刚要问，他诡异地笑了，说了你也不懂，而且饭不能乱吃话更不能乱说。你问我也不说。你问南什嘉去。

连续几天的高强度劳作使得身体快吃不消了，尤其双腿，疼得厉害，晚上睡不着觉。而感到累的不止我一个，大家的意见都一样：把强度降下来，把工作时间缩短。南什嘉从善如流，下一个十天的工作时间从九个小时十个小时缩短成六个小时。

这样过了三天，身体缓过来了。我决定去看看那个女孩。金嘎已经提过好几次了，而确罗无论如何也要跟着。他们要求我认真对待此事，因为这是男人和女人之间的较量。这让我感到可笑，我只是想去看看而已，没有想那么多。

天擦黑的时候，我们四个人踩着冰面过了昂冷河。一阵疾行，走得浑身热乎乎的。一个小时后，我们停下来稍作歇息。

乌兰拍着我的肩膀说，翻过垭口就到了，从现在开始小心一点，她们家有两只狗，一大一小，她们家有两个帐房，一大一小，大的住着她阿爸阿妈，小的里面才是她。

帐篷？她住帐篷？

确罗撇撇嘴，说，她家的冬窝子在三公里之外呢，就是我们每年转来夏牧场的那个大拐弯那里。这儿是她家最远的一片冬草场——

我挥挥手打断他说话。我已经明白是怎么回事了。她家是临时在这片草场住一段时间，把草场吃完了就回去，不然每天赶着羊群来回六七公里谁家的羊能吃得消？这种情况我们村里也有，只不过我平时并不注意。但这么冷的天气里要住帐篷，我开始可怜这个还未谋面的姑娘。

我们几个人悄悄移动着。翻过垭口，沿着山坡向下走了几百米后，隐约看见几个黑影。确罗捅捅我，轻声说，到了。

我们猫腰继续往前，走到能模糊地看见帐篷时停住，有一只狗从帐篷后面跑出来发出警告，紧跟着，另外的一只也叫起来。

乌兰看着我，我摇摇头。他说，要不，我进去说说？

说什么？

就说你大驾光临哪。他捂住嘴嗤笑。

我就是来看热闹的。我说，我真没想要干什么。

确罗说，我去看看。

金嘎说，我们来是陪卡尔诺的，就让他自己去。

确罗说，你少跟我来这套，难道我不知道？我是担心他，他有点悬。

我去探探风。乌兰抢在确罗前面，弯着腰溜了过去。狗叫得愈加欢实了。我们几个瞪着眼一眨不眨地看着那边。乌兰在帐篷门口探头探脑许久，然后一闪，没了。我缩在了大衣里，想着事情会怎么发展，突然间紧张起来。

高原寒夜里的星星最是明亮，深邃的天空给挤占得满满当当。我一口口吸着冷气，冻得浑身发抖。金嘎频频抬头朝帐篷张望。后来，他干脆翻身趴下，目不转睛地盯着帐篷门口。狗不叫了。大地静下来，时间仿佛停顿了。我在金嘎的嘟囔中，在这仿佛永不歇息地闪烁着的星星底下，呆呆地出神。不知过了多久，背心一痛，然后听到金嘎兴奋地压着嗓门说，出来了出来了。

乌兰无声无息地过来，几只狗这回却仿佛看不见他一般连半点声音也没发出来。乌兰一脸不高兴，连骂狗屁。

金嘎咂咂嘴，把要问的话吞了回去。

别怕，你怕个啥？我就不信，她看书，你也看书。你们会没话说？你去。乌兰怒气冲冲地对我说。

我很不情愿地朝那边走去。这种事完全超出我的经验范围，不知道该怎么做。而且那个大帐篷里虽然静悄悄的，但里面可是住着她的父母。我总是胆战心惊地朝那里看，生怕她阿爸突然冲出来，把我打死。

到了门口的时候，我的心都快跳出来了，我在门口伸长了耳朵听，但帐篷里静得可怕。身后那么多双眼睛推着我，我来不及多想什么就掀起帐篷门的一角把自己送进去。里面黑乎乎，什么也看不清。我定定地站了一会儿，发现前面有一团东西，青蒙蒙的。本能告诉我这是一个活着的东西。心一下子提到了嗓子眼，几乎下意识地……我又向前走了两步。这时，这东西突然动了，接着我的脑袋里轰然一响……

在倒下去的时候我想，这是怎么回事？我挨打了？我摸到一条被子，暖烘烘的。我使劲呼吸，脑袋嗡嗡响得厉害，疼痛难忍。于是我一动也不动。她也一动不动。过了许久，"嚓"的一声，火柴燃了，点了蜡烛。眼前是一个直挺挺的背影，披着满背黑发。有一股说不清的香味，好像是从她头发里散发出来的。她突然转过身，粗粗的眉毛紧紧地揪在一起，眼睛比我想象的要小，但很有看头。我不由得多看了一会儿。她的嘴唇有点厚，但唇线非常完美，给人的感觉是她说话吐音是极为准确的。她穿着一件紫色的毛衣，上面套着深红色缎子的羔皮马甲，一条蓝色的牛仔裤，脚上是一双棕色的高帮马靴。她的穿着异常干练，仿佛一夜都在准备着对付我这样的人。她一言不发地盯着我看，我想站起来，但几次都没成功，不由得惨呼一声。

"嘘！"她怒气腾腾地把食指竖在嘴前，示意我闭嘴。然后一边侧耳倾听，一边用嘲弄的眼神斜视着我。我觉得什么也不用说了，于是牙一咬，站了起来。头上被打的地方疼痛欲裂，吸口气都头晕目眩，伸手一摸，黏糊糊的，鲜血从来没有如此腥气肆虐，刺激我的神经。我走出帐篷，难言的羞愧涌上心头。我朝他们走过去。我不想放弃最后一点可怜巴巴的尊严，但眼前一阵阵发黑，已然难以控制的身子颓然摔倒了。金嘎跑过来，惊讶地问这是咋了？我黯然沉默。他们几个咧着嘴，白晃晃的牙齿格外醒目。他们想笑又不好意思笑。都安慰我说没事没事，这次不行，还有下次。但我连回头看看的勇气都没有。

第五章

灭鼠工程卓有成效，随着地面在雪中出现得越来越多，老鼠洞越来越多。一天下来前进不了多少但放药的速度却更快了，到处都是老鼠洞，一亩草地的所有洞都放上药得好一阵子。二十五斤药以前能放八九个小时，后来是五六个小时，现在四个小时不到就能放完。增加到三十斤也不到六个小时。我们早晨好好吃一顿早饭，九点半出发，下午四点就回来了。第三区域一个星期前投放结束，现在是第四区域，比第三区大，而且有两条河谷，隐秘的地方多，增加了难度。但再难也被坚决的行动解决了。药投放得越细致越精准——尤其是看到放过药的地方出现了大量数目惊人的死老鼠——心里获得的满足感便越充实，甚至欣慰变成幻想，仿佛经此一役，鼠患永绝，草原的毒瘤成为历史，草原的身体重获新生！

心中有执念，投药的积极性和态度从不懈怠。

因为死去的老鼠太多了，多到野生动物们吃不过来。我们会尽量把这些尸体收集起来，堆成一座尸山烧了。那味道有时候散发着烧烤的肉香味，有时候又难闻恶心得要命。有时候会遇到一些刚刚死去身体还软塌塌的老鼠，确罗还有串起来玩的冲动，都被我们严厉制止了。

每天，投放老鼠药无聊的时候，我那晚的经历就可以让大家开心起来，我像一瓶酒一样被他们传来传去，我想着等他们的新鲜劲过去，这件事也就过去了。我一直在等，可我太天真。在他们看来，没有比这个更加有趣的事了。他们越说越精彩越说越离谱，到后来，这件事就成了一个非常非常有说头的故事。

我不想和他们说话。只要我开口，他们总会把话题引到这件事上来。最可恨的是确罗，他因为没有亲眼目睹我被打的场景而耿耿于怀，嘲讽我最带劲，说我根本就不是谈情说爱的材料，说我以后有了女人也会被别人抢走。他公开表示，他要和我争夺银措。他果然行动了，利诱乌兰陪他去了一次，也被赶了出来。更有意思的是，他被狗追咬，撕烂了裤腿。在那个格外寒冷的夜里，他就晃荡着已经扯到大腿根的布条回来。乌兰说，确罗的裤子宛如一面投降的旗帜在风中飞舞。但确罗誓不罢休，总是央求乌兰去给他做伴挡狗。乌兰说，你以为你是谁？还要我来做保镖，有本事自己去，没本事一边去。

确罗说，你也会有求我的一天。乌兰说，我不在窝里干缺德事儿！确罗说你把话说清楚，我做什么缺德事了？我和他公平竞争，看谁有本事，我有什么错？乌兰说，那你之前干什么去了？确罗说，畜生！两人打起来了。一会儿工夫，确罗已经在乌兰脸上落实了好几拳，乌兰被打得毫无还手之力。

我们拉开两人后，确罗骂骂咧咧地把金嘎带走了。

南什嘉看事情平息也去约会了。

我又感激又惭愧，向乌兰表达感谢。但他说这不关我的事。

乌兰的脸到晚上才彻底肿起来，惨不忍睹，痛得直哼哼。我给他几片去痛片，他就着茶咽下去，把自己捂在被子里，不再出声。我把小小的蜡烛挪到眼前，趴在被子里读《平凡的世界》，但心烦意乱，心思跟着确罗走了。一个小时一个小时，一点睡意没有。

到凌晨三点，确罗和金嘎披着一身寒霜归来。确罗看我还没睡，就寒气森森地说，看书也能让人不想睡觉？

那当然。书中的女人……书中自有颜如玉。我观察他们的表情（尤其是金嘎），看不出头绪。心里既羞愧又愤怒，又瞧不起自己。可是我从来没说过要怎样怎样，一直以来我都是被动的，我把自己弄到了一个窝囊的尴尬的处境上。

你神经病吧？确罗说。

你又不是去跟母狼约会，干吗发这么大的火？

她是火气不小但又如何？她缺的就是一个我这样的男人降住她。

我倒是羡慕你的厚脸皮。

他得意地哼着调子，有意无意扫过乌兰，开始脱衣服睡觉。这会儿金嘎早已躺在被窝里，把自己严严实实地包起来。

我又装着看了一会儿书，怀着一种灰败的失落感睡了。睡也睡不踏实，有无数梦的碎片组成一个巨大的场景，旋转着，揪着我的心。

早晨，嘈杂声中闻到了酽茶和酥油融合的浓浓茶香，肚子就感到一阵阵饥饿。困意也浓浓的像一壶酽茶，但我还是坚持起来。他们都已经洗了脸，这会儿正吃着早饭。不知什么时候回来的南什嘉在穿裤子，他的裤带是一根牛皮绳。黑乎乎油腻腻的。他的鞋帮上有冻干的血迹。我惊异地多看了几眼，认不出是狗血还是人血。

每人背半麻袋老鼠药，途中休息了三次，差不多一个小时才到了桑赤弯。休息了一会儿，就各自在饮料瓶里装上老鼠药，一只手提着，另一只手将药袋子背在身上。然后大家一字儿排开，间隔十数米，缓步向前，一个洞也不放过。因为只要漏掉一个洞，可能就会有一家老鼠逃过一劫。我们把目标定得高高的：每一窝老鼠，都要全家死光光。

放完药，几个小时过去了。小心翼翼地将药袋卷起来塞进饮料瓶里，我们坐下来休息。天气晴朗，无风、暖和。周围的老鼠慢慢多起来，不知死到临头的它们欢天喜地地抱着麦子就往嘴里送，一边观察我们一边飞快地嚼食。

老鼠中毒后在多长时间内死亡，我们起了分歧，有的说是两三分钟，有的说十几分钟。不管多长时间，只要它吃了麦子，那就是死路一条，这点大家有目共睹。头一次对草原站的"专家们"说了好话。兀斯尤其觉得今年有盼头，因为这么多年，今年的药最劲道。他说，千辛万苦来放药但没死多少老鼠的洋相，我们也出过，今年是个好年份。你们看这地，湿度满够了，今年是一个多雨水的好天年。

我们开始往回走。走着走着，兀斯指向右方，语气沉重地说，你相信这里曾经是一大片可怕的沼泽地吗？

一点不相信。我说。眼前是一片干燥的荒野，哪有什么沼泽。

别说是你，就是我也不信。要不是我心里装着整个草山，有时候以为自己老糊涂了呢！

可不是。我说。

兀斯说，退化得太厉害了，真可怕啊。

人越来越多，牛羊也越来越多，加上气候原因，退化是必然的。

明明知道身体不好还要往死里折磨，是不对的。

我向四处看了看，老鼠踩出来的道路四通八达，犹如一张密集的渔网，顿时心悸不已。但马上又抱起希望，因为我意识到如果不这样做，满心满肺的担忧会淹没我。我怕重新认识这片草原，一个和眼前不一样的、更加悲惨绝望的草原。

我们年年整治，就不怕治不好。我大声说道，功夫不负有心人，还有我们人办不到的事情吗？

兀斯没好气地说，我已经参加了四次灭鼠了，我不知道年年灭的好处吗？村长书记不知道吗？但有的人心没有，光知道喝酒、耍，吃啥嘛喝啥嘛一点不知道，草山好吗不好一点不知道，老鼠多吗不多一点不知道。

去年没有灭鼠，前年也没有。

兀斯颓然地叹息一声，灭个鼠都这么难，其他再别说了。哎，要不是我这个腿子攒不上劲道，我才不愿意做饭呐，我自己放药才踏实。

但今年我们干得不差。我说。

今年是最认真最好的一年，今年的效果夏天你看着，肯定大不一样。

我听说了，明年的灭鼠是大规模的，好像每一家都要来人。

他疲惫的脸上总算露出笑意，一瘸一拐的身子也好像轻快了一些。

第六章

营地上停着一辆白色皮卡。村长来了，和草原防疫站的人等着我们。他们都全副武装，把自己搞得严严实实。我们差点没认出村长。

草原防疫站来了两个人，其中一个还是南什嘉的姐夫。那个姐夫说事情麻烦了。内蒙发现了鼠疫。他说，已经有很多人被传染。

虽然现在青海还不知道，但是这个事情可不得了……你们都没事吧？村长担忧地观察我们。

我们面面相觑，鼠疫？

你们的身体有没有不对劲的地方，比如发高烧、咳嗽、恶心、浑身疼这样的症状有没有？那个姐夫说。

我快速地确认了自己这些天的状态，好得很。除了熬夜有些瞌睡，并没有他说的那些反应。然后我回忆他们的情况，也好像没有。

等到我们一个个确认无事后，那个姐夫说，我们北部地区暂时应该还没有鼠疫，所以灭鼠的力度更要加大。而且还要做好个人的自我保护工作。这次我们带来了手套、防护口罩、消毒酒精、消毒液这些除菌的工具，以后出去灭鼠，你们要严格按照我们的要求工作。

然后他详细地讲了一遍以后工作的流程。再三叮嘱，一定要搞好个人卫生，做到万无一失。

回来后一定要用消毒液洗手，一定要喝开水，外出一定要戴口罩……

尤其是死在外面的老鼠，全部烧掉。村长说。

烧的时候远离。另一个人说，车上还带来了一百斤汽油，每天出去的时候带上一点。不要用手去抓老鼠，用我们带来的钳子。

……

村长自始至终没有说过你们谁不想干的话。那意思就是我们必须得干到底。事实上我们已经被隔离了。我想到这点，盯着村长。但他全神贯注地盯着南什嘉，一遍又一遍地交代注意事项。

傍晚之际他们终于说完了，卸下了带来的东西走了。

这场突如其来的鼠疫事件完全打乱了我们的阵脚。尽管事发区域远在千里之外，但明显感觉到所有人的心情都变得沉甸甸的，一场随时有可能会爆发但我们不得不面对的危机在等待着我们。

将那些防护消毒用品搬进帐篷安顿好，然后用消毒液将毡包里里外外仔仔细细喷洒了一遍。我们闻着消毒液怪怪的刺鼻的味道开始讨论这场突发事件。

我认为没什么大不了的。确罗首先说，我从来没听说过这种事。

没什么大不了？你没听说过？你知道什么？兀斯突然对确罗大吼起来，他凶巴巴地恶狠狠地盯着确罗。确罗被兀斯的乖戾吓得不敢出声了。

兀斯瞪着确罗一会儿，颓然坐下，自言自语又像是在跟我们说：这种情况不是没有发生过，而且还不止一次，每过几十年就会出现一次。上一次的鼠疫，就到我们家里来了。我的阿爸、我的妹子，就死在了鼠疫上。

我们这里有过鼠疫？我们面面相觑，谁也不知道这件事。

你们不知道我也奇怪，我不知道你们家的老汉们为啥不给你们说。但是这件事情是真的，我们村的人死了一些，好像是四个，两个就是我们家的。这也活该，因为鼠疫就是从我们家出现的。

你们家的人得了鼠疫？确罗问道，你们家？

先是我妹子。兀斯沉默了一会儿，仿佛在回忆自己的妹妹。那时候我才十一岁，我妹子才九岁。我妹子本来不在家里，她可怜……五岁的时候就抱养给别人家了，在那个人家里生活了几年，好好地活着，可没想到得了鼠疫，那个人家看着人不行了，就送回来了。送来的时候她还知道事情着呢，还高兴地说回家了回家了……可是第二天就昏迷了。阿爸搂着她骑马走了一天才到县医院里，一进去就再也没有出来，两个人都死在里面了。

毡包里静悄悄的，兀斯沉浸在遥远的家事中不能自拔。

金嘎打破沉默说，我们来的时候，一只死老鼠也没看见。我们放药后才出现死老鼠。

不管会不会出现，先预防起来，先把老鼠全弄死准没错。我说。

我们的工作量成倍加重了，没有灭过的地方要尽快灭，灭过的但还是有老鼠的地方还要重灭。要把死掉的老鼠毁灭干净……就我们几个人，离完工遥遥无期。

确罗你以后再不要把老鼠用棍子串起来，更不要朝我们身上扔老鼠，你太不像话了。南什嘉训斥确罗。

想起确罗犯过的"罪行"，我们不寒而栗，齐声讨责确罗。他保证再也不那么干了。

"鼠疫事件"第十天，我们的心态看上去平复了。我们没有畏首畏尾。

但是不行，做不到像从前一样了。至少我不行，有两种奇怪的感觉在交替扰乱我，支配我。一种是勇敢，一种是懦弱。勇敢说没什么大不了的，至少认认真真去做，小心谨慎就不会有事；懦弱说赶紧想办法回家，这里有无数老鼠，有无数感染的机会，你再防范都无济于事，因为活在危险中，你还每天碰几百只老鼠……

恐惧太真实了，一刻不停地证明它的存在。每次出门工作穿戴得严严实实，轻易绝不脱去手套和口罩，装老鼠的袋子绝不挨到身上，在地上拖着。回来后第一件事是洗手，一遍又一遍，用滚烫的开水，用洗手液用酒精……还是不放心，端着碗胆战心惊，看着手仿佛看到可怕的东西。

我以为就我是这样，但他们都这样。只是不说，只是默默地干自己的事。晚上睡觉戴着口罩。毡包每天三四次喷消毒液，味道越浓郁越觉得安全。

这种情况持续了近一个月，大家才真正地正常了，或者说是懈怠了，疲惫了，麻木了。

兀斯瘦了，沉默了，眼睛更大了；金嘎的裤裆扯得越来越宽了（但他就是不补）；南什嘉频繁地夜不归宿；而确罗呢，隔三岔五去垭口那边，后半夜披霜戴寒地回来。

只要他去了那边，我就烦躁得睡不着觉，我一分一秒数着时间等他回来，我从他脸上看不出异样的情绪来。他是得逞了吗？他在失败着吗？

又过了一段时间，我们不是傻子，就都知道是怎么回事了，但谁也不提。我也开始打麻将，但从来没赢过。输光了兜里的几十块钱，欠了一百多块。确罗天天跟我讨债，让我烦不胜烦。为了还债我玩得更加勤奋，赌得越来越大了。到后来我输了三百二十六块，我的债主又多了乌兰和金嘎。确罗威胁说，再不还债就把我的狼皮褥子拿走。

我对此嗤之以鼻，想要我的狼皮褥子，没有五百想也别想！

确罗意有所指地说，咱们走着瞧！

后来他和乌兰达成协议，乌兰要我把欠他的钱转给确罗。于是我欠了确罗五百多块，我的狼皮褥子被他拿走了。我只能睡在牛毛毡上，半夜里三番五次冻醒。金嘎竟然也不客气，他把我的东西搜索了个遍也没发现什么值钱的东西，最后，他拿着《平凡的世界》问，这个多少钱？

你又不识字，拿它干啥？

多少钱？

我心里一动，说，要不，我教你认字吧？识了字那就可以看这本书了。

我真的开始教他认字，每个字一块钱。这样，他可以识字，我可以还债，一举两得！事实证明这件事是非常明智的。十天后他掌握了五十个汉字。而我也还了欠他的三分之一的债务。他的学习兴趣大增，麻将也不怎么打了。《白鹿原》被他翻了一遍，几乎每页都能找到一两个他学过的熟悉的字。这让他感到很骄傲。不厌其烦地猜测那些还不认识的字的意思。他总是问我，我烦不胜烦，就给他讲故事。虽然我以前照着书念，但不承想没有书我照样把故事讲得声情并茂。他听得津津有味。大家都听得入迷。于是我说这个故事免费，我还有更多特别好听的故事。《白鹿原》好听吧？还有更精彩的。如果你们想听，我给你们讲。我不多要，每天晚上一个人就一块钱。我告诉你们，我的脑袋里，男人和女人的故事可多了，而且一个比一个好听。

讲个故事还要钱这让他们不高兴，觉得我不知好歹。

确罗说，上次《白鹿原》完了后让你讲你推三阻四不答应。

我说，你们到底要不要听？我的水平你们是知道的。

确罗说，便宜点，太贵了。

一块钱还贵？世上哪有这么便宜的故事？

确罗说，故事我们也会讲。

能一样吗？土种马和纯血马的速度能一样吗？

确罗说，你有多少好故事？

我说，那就要看你们听故事的水平了，有些你们不会懂。

乌兰说，你这是什么意思？我们当然听得懂。

最终他们都同意了。

我从《西游记》开始讲。这本书我从七八岁开始读，读过不下十几遍，早就烂熟于心了。又是整整两个小时，毡包里安静得只有我一个人的声音，所有人都不出声音，害怕破坏那种气氛。

往后的多少天里，我为他们讲了许多故事，我讲故事的能力日新月异，他们听故事的水平层层提高。我给他们讲《鲁滨逊漂流记》《飘》《平凡的世界》《藏獒》《堂吉诃德》《高老头》《穆斯林的葬礼》等等我读过的书。

我的记性真好！我讲故事的才能真好！我都开始佩服我自己了。每天晚上讲完了故事，我们在讨论哪个故事好笑哪个太悲惨谁个让人心里湿湿的谁又使人想起许多往事的时候，我们本身也发生着许多故事。我对他们说我讲了这么多别人的故事但是我们自己的故事讲出来也是一样精彩。他们不赞同，说我们哪有故事我们没有故事。我说我们现在的生活就是故事。我以后就写这个故事给别人讲这个故事。他们说你写的时候别忘了写我们每个人，讲的时候别忘了讲我们每个人……

金嘎已经认识了五百多个汉字，他的聪明和记忆力让我刮目相看。至于学了这些字金嘎该给我多少钱，这个早就不提了。他已经没有钱了。而且我也相信再过一些日子，他们所有的钱都会在我身上，他们会连一分钱也没有。

在这期间，乌兰几次三番地要大家跟在确罗的后面去看个究竟，他说他敢打赌，确罗根本没有去约会，是死要面子活受罪，傻兮兮地去外面挨冻。我虽然怕事情的真相不是我想的那样，可我还是去了。因为我又渴望见到她。即使见不到，我也想看看她的小帐篷。

那天晚上，乌兰对确罗说，你该出发了，时间不早了。

今晚不想去。确罗说。

你已经好多天没去了，难道你忍心让你的情人失望吗？

确罗没说话，他眯着眼斜靠在被褥上，仿佛魂游天外。

你不去我们去了？乌兰说。

确罗说，去啊，干吗问我？

乌兰说，你不会是吃了门板吧？

确罗抓起皮袄离开了。乌兰看着确罗的背影再次强调，我敢打赌他有问题，没有才怪哩！

半个小时后我们也出发了。我默默祈祷，但愿乌兰的猜测是正确的、唯一的答案。不久以后，眼睛渐渐开始适应了黑暗，脚下的小土坎都看得清清楚楚。很多地方被狂野的大风吹得露出了草地，更多的地方是厚厚的积雪。我们和确罗保持着距离，等他过了垭豁之后我们加快了脚步。站在垭豁上，对着下面的斜坡观察了一会，没有发现确罗的身影，我们一溜儿下了坡。一有风吹草动就立即趴下。整个山坡上都没有发现任何可疑之物。金嘎的眼睛最好使，因而走在最前面，我们落后二十多米跟着。这样走了一会儿，金嘎突然蹲下，然后敏捷地跑过来。我们头挤在一起，金嘎低声说，前面一个东西，看不清。

有多远？

一百多米吧。

你再去仔细瞧瞧！

金嘎爬去十几米后，我们也跟了过去。没多久就见前面出现一个人，看样子是确罗无疑。他走到金嘎前面十多米处停下，金嘎一动不动地趴在地上，仿佛死了一般。过了一会儿，他开始向金嘎扔石头，接着就听金嘎喊道，别扔别扔。

确罗说，金嘎，你在这里干吗？

还有我！乌兰一下子跳起来。我也站起来。确罗干笑两声。乌兰佩服地说，确罗，你是怎么熬过来的？不行就不行，你死要面子活受罪啊。

我心里高兴死了，我几乎欢叫出来了。要不是我还有一些理智，我真就高兴得跳起来了。

确罗说，卡尔诺你去，银措不讨厌你。

你怎么知道？

第一次来的时候她说的。

她怎么说呀？

让挨打的那个有本事再来。

乌兰转而看着我，你去，这回她肯定不打你。

她也不知道我——

快去，就算她生气你也要去。男子汉大丈夫别尿。

帐篷的门被堵得严严实实，有两道系住门的绳子是从里面扣住的，我弄了好一会儿也没成功。这时听到里面有动静。

谁？她的声音让空气更冰寒了。

我屏住呼吸，不敢说话。我想缓缓，我想叫她多注意身体，想让她知道鼠疫的事情。我一直都在担心她。但我太紧张了，说不出话来。她已经开始骂了，我知道你是谁，滚！快滚！！

第七章

早晨，洗脸的时候南什嘉说，今天投药的那片地范围大，我们早点去。

今天是二号区的最后一片地吧？我也去，争取早点放完。兀斯说。

这是兀斯第十次还是第十一次跟着我们放药了。自从鼠疫事件之后，兀斯对灭鼠的态度有了转变。以前他总是找机会对我们这些看着不怎么上心灭鼠（他坚持说我们吊儿郎当不认真）的年轻人进行说教，一套接一套的理论，而且头头是道。我们并不喜欢听，甚至很烦，但他不为所动，一有机会总是说上两句。但现在，他不说了，他开始行动了。他沉默寡言地拖着瘸腿自己行动。这么一来反而让我们感受到一股压力，工作得更认真了。当然和鼠疫的发生有关，但兀斯的举动是另一个原因。我们要不好好干活，好像既对不起自己也对不起兀斯，更对不起他死去的妹妹和阿爸。

现在我对兀斯也颇有微词，形势是很严峻，但他连气氛也搞砸了。要不是有我的"故事"和我的"爱情"调节调节，相信大伙儿更不好过。

我的事情他们现在格外关注。他们兴致勃勃地打算帮我渡过这次感情危机。不知是谁提到了写情书，于是他们认为这是一个具有高度可行性的计划。一上午，他们都在为这个计划而热切磋商。他们当然知道归根结底还是要看我，他们给我打气，让我振作起来。用我的才华写情书，写一封不成就写两封，两封不行就三封五封，一直写，直到打动她同意见面为止……我意动了，觉得这样的交流方式可能更适合打开我们之间的障碍，这种书信的来往本身就有一种诱惑性。可是送信是一件特别艰苦的事儿，谁愿意大半夜的跑那么远的路？

我把主意打到金嘎身上，他不同意，但在我的威逼利诱之下还是答应了。

既然有人送信，就差写信了。对此他们踊跃提出自己的真知灼见，乌兰甚至说要教我怎么写情书。我一笑拒绝了。我觉得在这方面还是我比较在行。那天下午的全部时间，我都花在了这封情书上面。我足足写了两千字，写了很多废话，我不知道说什么，就从见她第一面的遭遇和感受写起，我写着写着，就觉得仿佛干了一件见不得人的事情；写着写着，就觉得写下的这些字怎么看都糟糕透了。我从头开始写……我像小学生写作文那样先打草稿。等又写了五百字，这天的下午时光就过去了。晚上，躺在被窝里，我没有别的心思，只想着怎么写。我以前不怎么写东西，因此没有意识到写字的艰难。尤其是写出让自己满意的文字更是意想不到地难。我是一个字一个字斟酌，一个字一个字写的。我去掉了"亲爱的"这种太暧昧的词，改成了"叫人难忘的银措"，也不满意，又改成"亲爱的朋友"！朋友？这不成。我划掉了。决定先不管了，先写内容。我趴在被窝里打草稿。金嘎和确罗一左一右老是偷看我写的内容，虽然他们认不出潦草字体，可也很烦人，搅得我不能认真写，于是就发了一通脾气，他们便不看了。但这样一闹，我心情糟糕，什么头绪也没有了，气呼呼地蒙头躺下，一会儿生他们的气，一会儿生自己的气，不知不觉，睡着了。

次日一早，天还没亮，我醒来。终于想通了，干吗要纠结于形式呢？我们交流的不是感情吗？只要真心真意地写心里话就好了，只要她知道我的真诚就好了。

这下我浑身感到轻松了，立即翻身从枕头下取出纸和笔，在新的一张纸上写：

　　　　银措你好！我叫卡尔诺，就是那个第一次被你打、第二次被骂"滚"的胆小鬼。我说自己胆小鬼是对的，因为要是第一次我胆子再大一点可能根本不会挨到打，同样，第二次我要是胆子大点也不会被骂一声就灰溜溜地离开。我也觉得自己的脸皮不够厚，我的朋友说一个男孩子要是没有锻炼出足够厚的脸皮是追不到漂亮女孩子的。这话让我感到很吃惊，但一细想，也觉得有些道理。在他之前，从来没有人跟我说过这些，我也不知道怎么去追女孩子，尤其是像你这么漂亮的女孩子，别说去追，我甚至都没怎么见过。

我第一次见到你就喜欢上了你，应该说我从你可怜兮兮的背影喜欢上了你，从你好闻的长发喜欢上了你，更从你转身的那一刻喜欢上了你。你一定要相信我那天晚上不是来干坏事的，我就是好奇。他们把你说得像天仙一样，我就想，这么美丽的女孩子有吗？于是我就带着强烈的好奇心想去看看，我对自己说，去看看又怎么了？我甚至都没有想到别的可能。

但显然你误会了，你把我打了。这活该，我觉得你打得好！回来之后我好些天都神情恍惚，恨不得打自己一顿。我真的打自己了，有一天晚上，我想你想得痛苦，就到外面去，在寒冷的野地里流了一点泪，给自己的脸上来了两巴掌，以惩罚自己对你的冒犯。可是，随着时间越久，我对你的思念就越深沉，我真想再见到你。

你可知道我们这儿的一个叫确罗的人叫嚣着说也要追求你，那会儿我吓坏了，我担心得不得了。可我不知道该怎么办。你那晚的态度让我失去了再去找你的勇气。我只能心被刀割一样地看着确罗去找你，心里默默祈祷你也像对待我一样对待他。那天晚上我一点也没睡着，我一秒一秒地数着，我一分钟一分钟地等着，终于把他等回来了，他一点伤都没有，那一刻我的心都碎了。我以为你喜欢的是他。你知道那是一种怎样的毁灭的感觉吗？可是，我又高兴起来，因为第二天晚上他没去，第三天晚上他去了，可回来得更早。于是，凭着男人对男人的直觉我知道他在撒谎，你同样也把他拒之门外了。那一刻，你又知道我有多开心吗？

后来，我们跟踪确罗，他果然和我想的一样，我都快高兴死了，所以当确罗说你说了，叫那个挨打的人来的时候，我就来了。我想那天晚上你肯定不知道是我，要是知道了就可能不会骂了。但我脑子里一阵迷糊，一听到你骂就伤心欲绝，稀里糊涂地走开了。

现在给你写这封信，我是听了他们的建议写的。不是说我不想给你写信，而是我觉得你可能也会讨厌。自从受了两次打击后我的状态确实出现了问题，我自己也知道。他们其实也是为了开导我，也确实给了我一点勇气，就像乌兰说的，我不写，又怎么知道你讨厌我给你写信呢？

那天我虽然没怎么看清但一定不会看错，你的帐篷里有书。说明你也喜欢读书。我想如果你不反对我们用书信的方式交个朋友，就给我写一封回信吧！明天晚上十点半，会有我的朋友带着我的第二封信来。到时候你把回信放在门口（记得用石头压住），我的朋友取了信，也会把信放在门口。或者，如果你觉得这样不太好，就在回信里说一下我们在哪里交换书信。

另外你知不知道鼠疫的事情？据说很严重，但我们并不知道更多，这里没有外来的消息，即便有也是一星半点，不足为信。但肯定的是这件事对我们都有影响，你们那里有没有什么措施？

祝你睡个好觉，做个美梦！

永远都这么漂亮！

真奇怪，写这封信，我有一种酣畅淋漓的感觉，仿佛一口气将这些字写在纸上，把精气神都调整好了。我甚至感觉到要是再次见到她，我一定不会惊慌失措。同时也感到遗憾，我拐弯抹角地提出想带去一些消毒防护用具，遭到他们异常强烈的反对。这不能怪他们，是我的不对。乌兰说她们村里肯定也会发这些的。我不太相信。

我认认真真把信修改了两遍，然后规规矩矩地抄写在一张崭新的纸上。我精心叠制了一个信封，将信装好，用一点面糊封了口。信封上写：银措亲启。

本来可以不封，但我怕金嘎偷看。如果以后常常写信他就知道我们的所有事了。他的进步太快太恐怖，以至于现在我都感到害怕。现在他翻看一页书，认识的字更多了，有很多词他能读写，虽然还没有完全搞清楚意思，不过我想这种情况要不了多久就会改变。而且我也相信再过一两年他会毫无疑问地超越我。如果他有一本字典，他的成就将不可限量。因为他帮助了我，所以我答应回去后将我的一本字典送给他。他这两天一直念叨着。我对他的这种恐怖的天赋既羡慕又嫉妒，如果说以前是带着玩笑心态的话，那么现在我是认真的。我怀着强烈的好奇想知道他会走到哪一步，会不会创造一个奇迹？

吃过晚饭，金嘎带着我的期望和他的保证一头冲入夜色。

他走后，确罗唆使我说说信的内容。我不说，他便骂我小气。

金嘎走的时候是八点过一刻，回来时快到十一点了。我等得心急如焚，以为他被狗咬了。他对我的担心嗤之以鼻，喷着寒气说，我看见一只受伤的小狼，就追了去，没想到跑远了。

你有病吧？大半夜的你追什么狼，碰上狼群怎么办？

我才不怕。他犟嘴道，再说哪有什么狼群呢？

你怎么知道没有？

这里又没有羊群，它们会跟着羊群走，它们都在冬窝子上呢。

孤狼也不好对付，你可不要大意。兀斯吓唬他，有的狼会悄悄跟着你，找一个好机会把两只前爪搭到你肩上，这时候你可千万不要回头，你一回头它就轻松地把你脖子咬断……

老掉牙的故事当然吓不住金嘎。他根本就没好好听，又捧起书看。我的《白鹿原》被他霸占着。我给过他一个旧本子，现在他快写满了。从这个本子上就可以清晰地看出金嘎的进步有多快。刚开始写的时候每一个字都扭扭捏捏，东倒西歪，而且奇大无比，每个字都有他自己的大拇指那么大。写了几页，变化开始了，首先字变得小了，做到了在一个格子里勉强框住，再过几页，连字的整体形象也统一起来，也就是从那个时候开始，他的字再也没有出格过，到现在，猛一看，我们的字还真没多大区别。他很快就会超过我，我坚信这一点，因为他是天才，而我不是。

夜已经很深了，我叫金嘎快睡觉。

我要吹灯了。我说。

你睡你的，我马上就看完啦。他煞有介事地说。

你看个屁！确罗怒气冲冲地说，不灭灯我睡不着，快点……

金嘎不敢犟嘴，气呼呼地睡觉。煤油灯刚熄灭，他还是忍不住"哼"了一声。

你"哼"啥？确罗马上就问道，你想骂我？

金嘎翻来覆去地折腾，一会儿便轻轻发出叹息，一会儿又把牙咬得咯咯响。

他肯定是恨死确罗了，却又不敢反抗。确罗把他吃得死死的。

夜阑人静，我睡不着。我想她想得睡不着。她的容貌是那么清晰，以至于把原本有些模糊的样子轻轻松松补齐了，她的影像活生生留在脑海中，只要我愿意，我一天到晚都可以看着她。而且我也由此坚信我已爱她爱得深沉，我相信切身感受到的才是真实存在的，为此我不断地去触及我灵魂里那块柔软的地方，不断地接受我对她的爱所带给我的折磨和疼。

第八章

翌日一大早，我趴在枕头上，点了一根烟，静静地抽着，一边思考今天要写的信。想了半天也没有头绪，只觉得越想越乱，怎么写都不对。我又担心昨天的信，当时觉着挺好，但现在拿出草稿一看，心里就凉了，这都写的什么呀？看看这语气，这滔滔不绝的架势，她一定会觉得我是个自大狂，一个自以为是的家伙。

去放药之前，我们照例检查了自己的装备：胶皮手套、有一股子干燥刺鼻的气味的口罩、轻便的钳子、汽油，都带上了。南什嘉照例问我们有谁觉得不舒服？于是我们就嘻嘻哈哈地都说不舒服，要求休息一天。南什嘉说在这里待着有什么意思，赶紧干完了回家休息去。但我们都知道不会那么容易让我们回去的。自上次村长走了后，这里再没人来过。他说过如果有事会有人来通知，没人来就是没事。但南什嘉说并不是如此，鼠疫事件现在闹得沸沸扬扬风声鹤唳。

我们千万千万不能马虎大意，你们一有不对劲马上报告。南什嘉警告说。

他怎么没来通知我们？

所以我们要尽快干完，然后撤离。

尽快？怎么个尽快法？还有老大一片呢。确罗说，干脆我们马上回去，剩下的爱谁来谁来。凭什么是我们？

这能怪谁？你要是不贪图那点工资也就不会出现在这里，既然来了，那出了事就不能逃避。

南什嘉你这是什么意思？

要么别来，既然来了就得有始有终。这不仅是我的意思也是村长他们的意思。

你觉得我会在意他们和你的意思吗？

那你想怎么着，想离开？

确罗沉默不语。眼下的处境他清楚得很，只是心里愤愤不平，觉得上当了，被抛弃了。

路上金嘎一口气背了五首诗，把他们惊得够呛，因为我教他这些诗的时候他们都不在场，现在金嘎突然来这么一手，他们就感到不可思议。确罗既嫉妒又愤怒地说，你光背有屁用？你知道意思吗？

金嘎得意地说，现在我当然不知道，但我以后绝对会知道。我的将来一片光明，简直是金光大道。他终于从确罗这里找到些许优越感，幸福得脸都红了。

兀斯对金嘎的表现相当满意，昨天下午还让他写一写他的名字，金嘎写对了后一个字，前面的兀字他没学过，以为是无或五，他把两个都写了，让兀斯挑一个。兀斯掏出身份证，原来是吴斯，连我都弄错了。但我觉得归根结底还是当初登记身份的人弄错了。兀斯说那时候根本就是随便写，才不会考究名字的字义，户口上添名字是要看运气的，要是那天填写之人的学识不咋地，他就随便弄一个字了事；有时候就算有学识也靠不住，他不想动脑筋，也随便填写，于是兀斯就成了吴斯，好像一个汉人的名字。

金嘎信誓旦旦地说他的名字绝对没弄错，他老子对这类事可是很认真的。

确罗说你有种再背五首。金嘎说行啊，我明天背给你听。说完他看着我。我点点头，金嘎就再次得意地朝确罗一扬眉毛。

确罗讽刺我说，你既然那么想当老师，就连我也教一教吧？不过我想你除了写字也没什么可教的，我是不会学字的。

竖子不可教也！

你啥意思？

说你无知还真没错，连骂你什么都不知道。要不我教你一些骂人不带脏字的话？

他哼哼唧唧地跑到前面和南什嘉走在一起。我趁机叫金嘎再把昨晚的经过好好地详细说一遍，好让我知道接下来的信怎么写。金嘎苦恼地抠着头，说也没啥呀，就是去了后把她叫醒，然后把信从帐篷的缝子里塞进去，然后说明晚来取回信，然后就走了。

我连连点头，不知是错觉还是真的，反正我觉得仿佛得到了点什么。我说难道她连一句话也没问？

没有。她连一声都没出。

不行，今天晚上我也去，我要亲自感受一下才能写出好的情书来。

那你自己去吧。

我……还是我俩去吧，我们可以在路上学习。我没说我害怕走夜路。金嘎支支吾吾，显然不想去。但我不给他找理由的机会，说就这样定了，以后我们一起去送信。

金嘎说我还没同意呢。

我是你老师，你是不是应该帮助我？是不是应该尊重我？是不是应该听我的话？

可我给了你钱啊。金嘎反驳道，那就是学费。

哪有那么美的事，哪个老师会因为那点钱就教你那么多？你老实说，我这些天来教给你多少知识？你有没有想过，等我们回去的时候，你可能就是以一个知识分子的身份回去的，那些中学生在某些方面也不能和你比，你想想。

金嘎自豪地笑起来，说你说得对，我果然要以知识分子的身份回去。他兴高采烈地同意奉陪到底。他对天天夜里走路受冻这种小事不屑一提，因为这对他强壮的身体而言根本就没啥好说的，所以他一点也不在意。

放药的时候，我心不在焉，一门心思想着信的事。真是书到用时方恨少！我自以为读书多，有见识，写几封情书理当不在话下，但只有真正写了才知道有多难，需要考虑的问题太多了。而一封糟糕的情书起到的作用是灾难性的。难道没有这种可能？不不不，这种可能性太大了，大到我不得不一次又一次地揣摩要怎么写。我越想就越沮丧。眼看下午开始返回营地了，但我还是没有想出来。这让我意志消沉，和谁也不说话。兀斯和我走在一起，他说你觉得她怎么样？

我想了想，不知道该怎么形容她。她很霸道。但我不想这么说。

那你是怎么打算的？

我想了想，还是不知道。

你不知道，你没有好好想过，这就是问题。兀斯说。

我一直在想，我会好好想的。

你白天想的和晚上想的是不一样的，你也没有往长远里考虑。

回到营地，兀斯问我们晚饭吃什么。

金嘎说吃面片，确罗说吃拉条。兀斯说，那就吃面片吧。然后就开始做饭了。

我吃了两个馒头，喝了三碗茶，趴在铺盖上展开皱成一团的草稿，看了一遍，暗想也没那么糟糕，然后我在空白处写下了以下这些句子：

亲爱的银措，我在想你会给我什么样的回信。我想了半个夜晚，今天又想了一天。此刻我在写第二封信，之前焦躁的情绪消失了，我的世界安静安详了，我的世界只剩下你了。由于没有更适合（我是说适合于我们之间彼此的称呼）的名称，我暂且这样称呼你，希望我们能够建立起一种相通相融的阅读方面的关系，以一种我们的"亲昵"的称呼来区别我们与别人的关系。我是说如果我们的阅读和现实的符号一致，那么是不是意味着我们归根结底都是在虚幻着？我觉得我们应该想办法建立实质的根基……

另外，还是"鼠疫"的事。刚开始几天把我们吓坏了，连最不知天高地厚的确罗都吓得不知所措，却还装作一副无所谓的样子（他就是这副德行），但我们都看得明明白白，没有揭穿罢了。我们都担忧，担心外面的情况，这是最可怕的，我们不知道外面发生了什么，到底怎么样了。真觉得我们被抛弃了，自生自灭。你知道些什么，请告诉我。

我想我又写了一些幼稚的、不知所谓的东西。世上有这样欲盖弥彰、自以为是的情书吗？但我不想改。我觉得我正是用这种有毛病有缺陷的方式在和她构筑我们的关系，所以这封信的意义就不是单纯的情书，而是一个沟通我们之间的某种氛围的东西。我感到一丝满足。虽然我在她面前头破血流，没有一点用处，但在文字交流中我预感到我一定会占据主动，找回尊严。

兀斯在面片饭里放了好多肉，因为我们的肉多，菜少。我们有土豆、甘蓝、大葱、洋葱、红薯粉条、土豆粉条、菜瓜等，大部分菜已经吃完了，剩下的土豆和粉条最多。牛肉和羊肉还各有一条完整的大腿。这顿面片里的羊肉就是那条羊大腿的新鲜第一刀。兀斯把冻得跟铁一样的大腿放在案板上剁的时候我看了一眼，按照他的用量，这条腿吃不了几天，但他肯定不担心肉不够，因为除了两条大腿还有别的肉。

我和金嘎一起帮兀斯揪面片。金嘎来这里学到的第二个本事是揪面片，揪得很不赖。每做一次面片，兀斯就使劲夸他一次。这样一来，金嘎成了兀斯的助手，干了很多本应该兀斯干的活儿。有几次我还替金嘎打抱不平，但他自己说十分愿意，就像他现在愿意识字一样愿意，那我还能说什么呢？

我吃了两碗面片，想了想，又硬是多吃了半碗。金嘎已经吃第四大碗了，白瓷瓷的大碗里好像装的不是食物，而是空气。其实我们所有人都能吃，做饭用的是直径有四十厘米、深达五十厘米的大铝锅，兀斯要做满满一锅才能满足我们一顿吃喝。为此兀斯已经抱怨过无数次，但最让他感到吃不消的是蒸馒头。我们吃得太狠，他辛辛苦苦蒸出来三四锅馒头不够我们吃一星期，而且是馒头做得越好我们吃得越快，后来他要心眼，做得差了，但也只是多吃了一天，他还是每过三四天就要花费大半天蒸一次馒头。我猜他想方设法把金嘎搞定，多半是为此考虑的。因为自从金嘎愿意帮助他以来，他就没再和过一次面，所有做馒头的面都被金嘎玩儿似的弄好了。所以他现在是越来越喜欢金嘎了。

饭后，金嘎说要睡一会儿，他果然睡着了。我是无论如何也睡不着的，于是就坐在门口，眺望远方昏暗中的群山发呆。我意识到关于银措的一切对我层层叠叠（几乎是突然）的追加的影响，这是始料未及的。我有时从乱糟糟的脑海中努力提炼出一点意象，那些小火苗一样的念头似乎足以燃烧我，让我更能感受到爱。

九点钟，我叫醒金嘎。我们穿戴好，走出毡包。遵照我们的协议，我得教他点什么。他说要背诗，明天给确罗背。我就勉强凑出五首教给他。他仅仅听了一遍，就背会了，然后就不怀好意地把我抛下，眨眼间消失了。我喊了几声，又惊又惧地加快脚步。他等在上次我们窝过的洼地里，嘿嘿地朝我坏笑。我稍作歇息，怀着某种激荡而壮烈的情绪朝那边走去，信已经被紧紧捏在手里。我听见那两只可恶的狗叫起来，但没有冲过来。

我远远绕过大帐篷，从那门缝里仿佛有一双冷酷的眼睛在盯着我，我走一会儿，就觉得有人悄悄地出了那帐篷，悄无声息地跟过来了，一回头，却什么也没有。我走到帐篷门口，静默地看着帐篷外面厚厚的门帘，我似乎还记得当初我推开里面的木门时的那种沁人心脾的冰凉，那种令人感到镇定的错觉。如今，我又觉得人生奇怪的历程其实在很久以前就有迹可循，只是人们没有能力把它抓住。我们时常以麻痹自己来渡过劫难，而且还会找一些方式来弥补这个伤痕。我的伤痕，就需要情书来弥补。我低下身去，很顺利地在一块宝贵的红砖之下摸到了一片纸。是一个信封。我像幽会成功的少年一样愉悦起来，我甚至有一种探险完成后庄严的仪式感。我把信揣好，把给她的信连袋子压在红砖下，在红砖四下里摸了摸，确认没有暴露出来。我站起来，再一次屏住呼吸，努力延伸听觉，试图得到一星半点她的动静，但我失望了。我站立五分钟，一点声音也没有。

好像她的不出声更让我感到幸福。终于我带着满足的心情离开了。回去的路上我几次都忍不住想看信，但每到最后关头都硬生生忍住了。就在快要回到营地的时候，我突然想到要是进去了再看，他们也会来凑个热闹，我不知道她到底写了些什么，要是她把我绝情又狠辣地臭骂一顿……

我和金嘎找了个避风的地方，他掌着手电，我拿出信。信封还是我的那个信封，她没有封口。我哆哆嗦嗦地抽出一张折叠的纸，凑着一束白光盯住纸面：

　　卡尔诺，你还真有意思。我确实没有想到你会给我写信，所以当我被你的朋友叫醒，然后接到信的时候半天都没回过神来。首先我要说明一点的是，我并不是特意针对你的，我这几天心情不好，因为和一个算是朋友的人闹别扭，不过现在好了，今天我去把她揍了一顿，我把她打倒在地……算了，不说这个了。能收到你的信，这封平生第一次收到的信还是让我很开心的。你说的很多话我一时半会儿还没想明白，但有一件事你说得对，我爱读书，我的帐篷里有一些书，但不是很多。而且你不知道的是我还在写诗歌。我很早就知道自己有这方面的天赋，我的诗歌也得到过一些人的好评。虽然我写得并不是很好，但时间和阅历、感悟和沉淀会慢慢把我磨砺成一个优秀的诗人，这一点我相信就足够了，不需要别人的认同。

　　写信交流我乐见其成，觉得可以把很多话都写上去，可以写得肆无忌惮，可以写得天马行空。我们总是不能好好地随心所欲，越是长大了越受束缚，越是变得笨重木讷。所以一旦有机会就要抓住。写在纸上就是这样一种机会，所以当然要珍惜。

　　关于鼠疫……老实说我不在意，生死有命，真要是来了，我们这些和老鼠生活在一起的人，又能逃到哪里去？不过你放心，我们也有那些东西。而且好像有人死了（我真的没怎么在意），但不知道多少人，我会打听打听。我们家和外面的人不接触好一阵子，简直和你们差不多。我阿爸出去过，到乡里

去了，回来说乡上忙得紧，啥事也办不了。好像已经到来了似
的。我只知道这么多。

我五味杂陈地读完。然后又一字一字地读了一遍。一个性格开朗而
果断的形象就套在心中那个女孩身上，直到这时，我才真真切切地感受
到了她的气息，她在我心中彻底活过来了。我不由自主地呻吟一声，完
了！看看她写的信，看看她字里行间的飞扬的霸气，看看她理所当然地
掌握主动权的意识。我的脑门一个劲儿地突突跳。

金嘎陪我看完了信，咂着嘴夸张地嚷道，哇哇，你女朋友好厉害！
居然在写诗？连你都不会写吧？

我猛然一惊，对呀，她在写诗，她是一个诗人！

你会写吗？金嘎用胳膊撞了我一下。

当然会写，但……但要写出好诗是很难的。

我知道不容易，所以我才觉得她好牛啊！

我无法反驳了，而且我为什么要反驳呢？他说我的女朋友好，我应
该高兴，从她回信的那一刻就已经算是我的女朋友了。可让我感到难受
的是她远比我想的要有才华。我之前自以为是地认为她虽然读书，但也
只是限于读书……人总是在顾着埋怨而忘了防备的时候遭遇袭击，我就
在毫无心理准备时被她刺了一下，我没有把这件事展开分析的勇气，急
匆匆地遮盖掉了。

第九章

金嘎大嘴巴一张，就把银措学问好还会写诗的事情说了出来。他们
惊讶、兴奋、感到不可思议。他们以为她回复的信是一首情诗，怂恿我

念给他们听。我一拒绝，他们便强行把我摁倒，抢走了信。他们让南什嘉念。南什嘉看着我，我说你要是敢念你就走着瞧！他龇牙一笑，就开始念了。

他们听完了个个都张大嘴巴，和金嘎一个样哑吧着嘴，一个劲儿地说厉害厉害，真他妈厉害。因为没有诗出现，所以他们也就没有深入探讨到底厉害在何处，只是觉得一个女孩子能写出有条有理的信，还能写更高级的诗，这就不是一般的厉害！他们对她打人的事情只字不提，仿佛没有这段叙述一般。不理会他们各种古怪的想法，我又要烦恼回信的事情了。这回又要说些什么呢？

思来想去，觉得还是得从她喜欢的诗歌上谈，可是怎么谈？我对诗歌了解多少？我想了想，我对诗歌几乎可以说是一无所知。那么又能跟她说些什么呢？她的水平一定是超过我的，我说得不好等于是在自找死路，不说又显得和她不是一路人……太纠结了。这天晚上我又失眠了，自从认识她以来，我没睡过一个好觉，我时时刻刻都被她折磨着，有时候我想，难道她是我前世的仇家，今世来复仇吗？

亲爱的银措：

以前，我从来没有想过缘分这回事，但现在这个东西活生生出现了，出现在你我之间，我用炽烈而明净的态度拥抱住缘分，不让其轻易离去。我有时候感到一阵阵惊悸后怕，我不知道要是我没有认识你会是一件多么可怕的事情，我浑浑噩噩地一天一天过活着是一件多么可怕的事情……可是，幸好，你出现了，你来了，你在我毫无准备的时候来了。幸福来得太突然，我猝不及防地接住，难免感到手足无措，并且愚蠢地伤害到了你，我真恨自己！

读了你的信，知道了你是一个诗人，这几乎再次打垮了我，我感觉和你的差距这回是明显地拉大了，但我很快也调整过来了。因为我觉得用不着去妄自菲薄，我也有自己的长处和优点，我也有优秀的一面，所以，我才这般从容地给你写这一封信。这是我写得最自在的一封信，也是最自信的--封信。可我不知道自在在哪里？又自信在哪里？不管你看了后是什么感受，我都可以坦然地接受，期待你的回信。我喜欢读你的信，哦，不！事实上是我喜欢你的一切东西！

关于读书，想必我们因为读的书的不同而有着自己别样的观点，但你是诗人，读的文学书籍应该多一些吧？我也是。我尤其爱读小说。但要我在这里说出个一二三来我也不知从何开口。哎，这可就让我有点尴尬了，本来在写信之前是想写一写的，但现在，我的笔变得无比僵硬了，索性算了吧！

想了想，还是忍不住说，昨天晚上来送信的是我。

这封信会带给我什么样的"命运"？我觉得自己以一种隐蔽的方式挑战了命运。为此我既高兴又悲哀，不愿意考虑后果了。

晚饭前，兀斯又骂金嘎了。兀斯老是骂金嘎，但这种骂是父亲对儿子的骂，所以金嘎有时候一顶嘴兀斯就特别生气，这回他也是气呼呼地说，你以为你是谁？要知道我们都是孽障的人。你也是一个孽障的人，你想乱来，那能有啥好处？没有！

原来金嘎异想天开，想要努力学习知识，然后离开草原去城市生活，他还想找一份好工作。大伙儿一听这话就笑得很欢实，七嘴八舌嘲讽金嘎。兀斯认为金嘎学了几个字就不知天高地厚，简直可笑至极。

金嘎很不服气，他认为只要他把所有的字都学会，只要他有学习的强大能力，就可以去试一试。他说，我才不信，凭什么我不行？你们又没有试过，你们也不识字。等我到了可以像卡尔诺一样看书的时候，我就会去的。他说得信誓旦旦，态度也十分严肃，和以往判若两人。

兀斯又气咻咻地骂了几句，无奈地看着我。意思很明显，就是让我去劝劝。可我觉得金嘎是好样的，我支持他这样想也去这样做，于是悄悄地给了他一个鼓励的眼神，他就高兴起来，把晚饭的面团揉得十分起劲儿，再也不管兀斯对他的横眉瞪眼。

兀斯没有从我这儿得到想要的，就对我也生气了，把锅瓢弄得噼啪作响。以前兀斯做饭，尤其是做面片的时候，还会把肉块啊葱啊先在锅里炒一下，等到肉变色了，烧焦的葱散发那种特有的香味，他再把水倒进去。但现在他不这样，他已经懒得那样做了。这段时间，他常常说的一句话是上当受骗了，他说他没想到我们竟是如此能吃，而做饭又是如此辛苦，比起去放药简直不知道辛苦了多少倍……尤其是蒸馒头的时候，尽管有金嘎帮忙和好了面，但他还是累得够呛，而我们又没人愿意帮忙，每当这时，他的脾气就异常火爆，稍有怠慢就会哼哼唧唧地骂起来。他的辛苦，我们看在眼里，所以倒也没谁去抬杠，只当是一阵带着噪音的风，吹一会儿也就过去了。就连和兀斯闹过矛盾的确罗也缄口不言，一点不给小心眼的兀斯找他麻烦的机会。

面片饭里没有了烧葱的味道，便降低了不止一个档次。结果就是原来吃四大碗饭的人，现在只吃三碗，或者两碗半。兀斯对此结果非常满意，做饭做得更加随意了。要是有谁抗议，他就会说，行啊，那你来做，我去放药。我又放药又做饭，你还弹嫌起来了？

好在他有分寸，而且极好地掌握着，一直都没有超出我们忍受的底线。现在大家都对兀斯敢恨不敢言，那滋味，难受极了！即便这样，兀斯还是时不时闹一些小情绪，他会让我们自己凑合着吃一顿午饭。因为每天放完药回来已经是两三点钟，有的时候都四点了，很快就会吃晚饭，所以大伙儿也能接受这个，但也不能天天的午饭都是茶和馒头啊，连吃几次，胃里直冒酸水。直到南什嘉用组长的身份提出抗议，兀斯才不情不愿地炒了两天土豆片，但到了第三天他又不做了。后来形成的默契是每隔两天，他会炒一大锅菜。由于没有什么蔬菜，所以不是牛肉土豆就是甘蓝粉条，这两种菜轮换上阵。不知道兀斯是不是故意的，自从这种规矩形成后，他炒的菜不是没放调料就是咸了，要不就像一锅汤水。但我们只能乖乖地吃了，而且不能表示不满。如果再说他的不是，他就会指责我们得寸进尺，并理直气壮地拒绝再做饭。所以谁和他说话都要小心翼翼，也就金嘎能够顶撞几句。

因为心情不好，兀斯早早就睡下了。他这段时间情绪低落，不愿意说话。兀斯并不老，但年龄和身体像一条洪水一样把他分开了，时间越久他越害怕，现在他更害怕，因为鼠疫来了。事实上他已被恐惧牢牢套住，他一直在挣扎，这我们都看得出来，他活得艰难。

他提到的另外一次鼠疫他不愿意说，我问了两遍才告诉我。原来那不是鼠疫，是另外一种瘟疫，发生在他的祖父祖母身上，那已经是差不多八十年前的事情了，那时候都是部落。那场瘟疫在信息、交通都落后的那个年代毫无征兆地降落到部落里，短时间内就有大量的牧民死去。直到死了很多人，部落才知道瘟疫又来了。部落与部落之间不再走动，需要交流他们就约定在一个地方，隔着山谷站在两个山头对话，若有更重要的事就写信，然后用抛石绳将绑着信件的石头打过去……来往的信件都要从两堆火之间穿过，然后用柏香熏，把一切不干净的东西除掉……

为了消毒，人身上、衣服上、毡包里、家具上、被褥上、马具上、马身上、牛羊身上、牛羊圈……所有看得见用得着的东西都熏烤，还在整个部落里撒上牛粪灰，因为牧民们相信，牛粪灰会把看不见的那些魔鬼淹死。

兀斯说，我们家一直以来都多灾多难，我的祖父祖母在那场瘟疫里死了，到了我阿爸这一辈，我的阿爸和妹子死了，现在是不是轮到我了？但我想不会，因为我这一辈已经死了人了，虽然不是瘟疫但反正是死了，而且我的下一辈也死了。我们家里，每一辈都要死几个人，其他的才能活着。

他在年富力强的时候，在一个无风无月的夜里杀死了三只同样年富力强的草原狼，那是他人生最辉煌的时刻。但这不久之后，他妻子就死了，莫名其妙地死了，顺便带走了腹中的儿子……他坚持认为他的家族背负着巨大的罪孽，所以他不会停止对自己的谴责，他手上的佛珠长久以来从未停止滚动，他嘴里若有若无的经文仿佛与生俱来，永远成了生命的重要部分……

我同情他，但每个人、每个家庭都有磨难。他身上发生的事情，同样会发生在别人身上。我不会太在意他的祖辈他的父辈和他的妻儿和那三只狼，不会在意那串佛珠磨平了他多少指纹，磨掉了他多少指甲，更不会在意他嘴里的经文是为了忏悔还是为了祈祷……但我和金嘎出门，我去追求爱情，他去追求知识的时候，我由衷希望兀斯能够拥有安稳安心的日子。

路上，金嘎迫不及待地问我对他的想法有什么想法。我说挺好的。

挺好的？他提高嗓门质问，那是怎么个好法？你在耍我？

不要说耍，可以换成敷衍。

嗯，你在敷衍我？

没有，我得想一想，我刚才觉得你有魄力，既然有那个心，有那个决心就去干，你才二十多岁，有时间犯错和挥霍。但现在又觉得还是得慎重一些。

我就是想出去看看，我觉得出去走一走总比一辈子待在这里强一些。

当然强多了，所以我支持你。而且我觉得你一定会生活得很好，因为你有强大的学习能力，只要有了这个，你在哪里都会活得很好！

一说到他学习好，他就高兴。走路更轻快了。

黄河远上白云间，

一片孤城万仞山。

羌笛何须怨杨柳，

春风不度玉门关。

他特别喜欢唐朝诗人王之涣的这首《凉州词》，总爱用那半生不熟的普通话大声朗诵。他还喜欢王昌龄的《从军行》，就因为里面有"青海长云暗雪山，孤城遥望玉门关"。诗中有青海，所以他也常常挂在嘴边。

他最自信最豪迈就是在念诗的时候，仿佛那些诗根本不是我教给他的，而是他与生俱来的。他在读出来的时候自然而然气势十足，他才是真正的诗人。我对银措写诗这件事不再忐忑了，因为我突然明白不是只有写诗的人才叫作诗人，有一种诗人是不用写诗的，他会让诗用灵魂的声音诵唱天地间，永不消散。只有那些一遍一遍、一次又一次用灵魂写诗读诗的人才是真正的诗人。只有他们才能将诗歌永远流传下来……

我激动地说，金嘎，你才是真正的诗人你知道吗？你才是诗人！

他得意地哈哈大笑。

我径直朝帐房走去。我已经不再害怕她家的狗了，也不担心那个大帐篷了。而奇妙的是自从我不怕它们以来，它们就再也没有出现在我眼中。这个夜晚仍然静悄悄的，我借着月牙儿的微光摸到砖头，摸到了下面折叠的纸张，把怀里的信用砖压好。当我站起来准备离去的时候，我听见她在里面喊了我的名字。这声轻微的招呼是如此清晰，我根本就不怀疑是自己听错了。我的心又不争气地怦怦乱跳起来，我颤抖着轻轻地叫了一声她的名字。里面是一阵沉默，然后她说，你进来。

我脑后的筋脉仿佛要从皮肤里鼓胀出来，那鼓起的筋线一点点地延伸着，很快头皮就开始疼起来，我双手摁住头，惊恐得不知如何是好。我呆呆地站立着，我又听见她在说，快进来，你——

但我的耳朵也不听使唤了，嗡嗡地响着，后面她说了什么我听不清。我头昏脑涨地进去了……我的嗓子眼被一大团东西堵住，张了张嘴，喉咙里便一阵刺痛。我甚至有一种小腿要抽筋的感觉，我觉得会晕死过去，这样一想我就有了一个古怪的感觉，仿佛自己真的会晕过去，接着我居然真的晕过去了。

也许是我自己不愿意醒来，也许是我真的醒不过来，反正应该是过了很久，我看见了眼前的一片漆黑，我第一次看见黑暗中的黑色，像空气中的呼吸一样自然地出现在我眼前。我动了动，好一会儿才想起来在哪里。于是我发现自己躺在床上，我听见了旁边的呼吸声。我不知道自己该不该坐起来，我不是特别紧张了，仿佛一个昏晕把所有的紧张都带走了。我想咽一口唾沫，但嗓子太干了，一点水分也没有。我很自然地，连自己都没有意识到地说了一句，有水吗？我一怔，在打火机的光亮中接过水杯。我不敢看她，可这杯水真凉啊！凉得进入喉咙时仿佛一条流焰倒了进去，那是一种撕裂的融化的痛，旋绕着将我的咽喉摧毁，我吐出半口气，终于可以确定喝了这杯杀伤力十足的水，我是要受罪了，因为嗓子眼正在以一种飞快的速度肿胀起来。我再次咽一口水，嗓子眼里感冒严重时的那种熟悉的疼痛和艰难就出现了。我怀疑她是不是故意的……

她就躺在我身边，我看不见她。但我坐起来的时候，她也赶赶咐咐地起来了，她点燃了蜡烛。她披着她阿爸的大皮袄，面无表情地看着我。

我在想……我得有多可怕，才会把你吓晕过去？我有多可怕？她好像极为愤怒我的表现，所以声音冷得就跟那杯水一样。

我是因为紧张才晕过去的，可不是怕你。我沙哑着声音说。

那你紧张什么？怕我打你？

你再打我多少次我都不在意，我就是因为太喜欢你才……

她突然吹灭了蜡烛，你喜欢我喜欢得晕过去了？

我是因为太喜欢你，所以激动得晕过去的。我几乎是一字一句地说。

她扑哧笑了，说，你确定真是这样？她戏谑的语气让我感到不舒服，但转念一想，她这是在以这种玩笑的方式缓解尴尬吧？不然我们怎么交流呢？

于是我就高兴起来，也嘿嘿地笑起来，去捉她的手却被她避开了。

我晕过去多久了？

十分钟吧？我没注意，反正有些久。

你可不要嘲笑我。

她咯咯地轻笑起来，我没嘲笑你呀！

那你笑什么？

我……我就是觉得好笑……

那不就是在嘲笑吗？

没有。我就是……今天很高兴见到你。她用这句话表明了她没有看不起我的意思。

我得意起来，多大的进步啊，写信果然是好办法，这回她可比上次好相处多了，而且还笑个不停，这是好兆头啊！

你快走吧，不然你同伴要冻死了。

明晚我再来看你，我担心的是这一天一夜叫我怎么熬。

她的脸一红，胡说什么，不要来。

我来给你送信。我说着，从帐篷探出身子，取了砖下的信递给她。我握住她的手，舍不得松开。我更舍不得离开。赖着和她又说了好多话。我不知道说了什么，反正我们都在说着笑着。不知过了多久，我恋恋不舍地在她的再三催促下轻飘飘地走出帐篷。我浑身滚烫滚烫，连嗓子也不怎么痛了。

金嘎冻得直哆嗦，但很兴奋，一个劲儿地追问是不是搞定了。

我说，嗯，搞定了。

你真的睡了她？金嘎一把拉住我的手，一双眼睛都快要冒出光了。

胡说什么呢，我们只是聊天。

少扯淡，你进去一个多小时了，快说说怎么样？你摸她了吗？

我都说了只是聊天，再说她是那种随便的人吗？

金嘎遗憾地叹息一声，仿佛我没有做一些事情，是他的损失似的。

我们在前一个晚上看信的地方停下看信。这回她的信比较长，我俩忍着冻挨着冷一连读了好几遍。

　　可爱的卡尔诺，你的第二封信在我看来只说了一件事：我们的发展。

　　你果然听话（感觉怪怪的），这封信写得云山雾罩，让我不明所以。我连猜带蒙，不知道对不对？但这样一来就更有趣了，至少不是一封干巴巴的信，显然我们以书信交往现阶段是成功的。哎呀，你可知道在寒冬深夜，哆哆嗦嗦地给你写信可不是一件容易的事儿，但有趣极了。我的过去平平淡淡，甚少发生有趣的事情，不知道为什么，我很少有朋友。女性的更少。上学的时候总有几个女的看我不顺眼（大概是我长得比她们好看的原因吧哈哈），我对她们也是如此。因此倒是没少打架。你见过女人打架吗？可比男人凶恶多了去了，仿佛都是仇深似海。这点让我特别感慨，我甚至有一段时间因为自己是个女人而了无生趣，开始恨自己的身子。但后来一想，他妈的，这是我懊恼就能解决的吗？于是也就想开了。

前天——还是昨天，我忘记了——阿妈拐弯抹角地侦查了我，他们俩好像知道夜里的动静了，心里肯定担心死了，但嘴上不明说，还装作若无其事的样子，好笑死了。改天我想吓吓他们——就说我已经怀孕了哈哈……

再过一个月就可以回到冬窝子去了，好怀念家里的火炕啊。真是冻死我了。每天夜里至少要被冻醒两三回，每次一醒来，鼻子和耳朵都要掉下来似的。我仿佛听见它们可怜兮兮地在哀求我好好照顾一下它们，不要没心没肺地不管。我现在在锻炼自己闷在被窝里睡觉的本事，但困难在于呼吸，闷一会儿就受不了了。而且一旦睡着，我的脑袋自己就钻出被窝去了。真烦恼啊！我问过阿妈该怎么办，她奇怪地看着我（仿佛不认识似的，又好像在怀疑我是不是她的孩子），估计在她看来，一个在高原上土生土长的孩子，居然会害怕高原的夜晚，实在荒唐。

说来你也许不信，我这会儿是脖子里夹着手电，跪在被窝里写信的。这样比刚才好多了，至少手指灵活了一些。写的字

嘛是丑了一些，但和真实水平没关系，我写得忘乎所以的时候
才不管那么多呢。

　　行啦，我的脖子都发酸了，就先到这儿吧！

　　至于"鼠疫"的事，抱歉啊，我没打听到什么有价值的
消息，我阿爸知道的不比我多，应该没什么事吧。管他呢，先
把眼前活好，我可没有那么多脑子想很多事情，我劝你也不要
管，我特意调查了一下，我们草原人，就是几乎天天和老鼠打
交道的人，从古至今好像都没有因为它们身上的什么东西而死
了人。这一点实在奇怪死了，但又好像在情理之中。我阿爸说
魔鬼只会找害怕它的人，所以啊别担心，还是多想想怎么给我
写好玩的信吧。

　　我一连读了几遍，鼻子发酸，心头涌起强烈的怜爱，恨不能将她的
寒冷统统都揽到我身上来。她写得真好！我炫耀似的问金嘎，怎么样，
厉害吧？

　　金嘎满口佩服，她写的比你的多多了。以后你也写长一点。

　　我答应着，但觉得以后似乎不用再写信了。我每天晚上都要去见她。

　　而事实上我确实每天晚上都去和她幽会。我晚上七八点钟离开，早
上五六点钟回来。我像一个上班和回家的人一样行走在一个垭口的两
边。这点山路对我来说已经不算什么，我乐此不疲，不怕寒冷侵袭，不
怕黑暗世界。我们每天晚上聊奇奇怪怪的话题，然后做爱，相拥着沉
睡。早上她像一个温柔的妻子轻轻地摇醒我，说你该出发了，于是我就
离开温暖的被窝，迎着寒风翻过垭口奔向工作。而她忙着家里的事，等
着我晚上回来……

第十章

日子一天天过去，我们工作的范围越来越小。再困难的事情都有结束的一天。大家都挺高兴，离家都三个多月了，想家想老婆想孩子想坏了。想睡热乎乎的炕，想吃热乎乎的家里饭。再不用忍冻挨饿了，不用担惊受怕。但我们没有接到通知，南什嘉说没有接到通知就不能回家。但他又保证说工作全部结束后，顶多三五天我们一定可以回家。

可是我不想回家，我感到难过。我不想离开她。我们才刚刚开始。我觉得漫长冬夜变得越来越短促了，几乎一眨眼，天就亮了。我说到我们的未来，她笑而不语。有几次我见她欲言又止，但最终这些话语在做爱中消耗了。

这天午后，南什嘉说他又分手了。可他还是一如既往地去约会。在我之后，确罗成了他的跟班，我不知道确罗跟了几次了，但我知道他心甘情愿并且乐此不疲。据说狗都被确罗包了打，并且越打越上瘾。南什嘉承诺回去之后从某处给他借一把枪。他之所以答应给南什嘉做保镖完全是看在那把枪的分上的。他常常用质疑的口气问南什嘉那把枪是不是八成新、会不会哑火之类的问题。南什嘉再三保证枪绝对不旧，而且也绝对不会发生哑火之类的问题。但他还是不放心，必须要每天问一次，仿佛一天不问那枪就会出现那种情况。

这几日南什嘉跑得格外勤快，他说时间所剩无多，机会转瞬即逝……

我听着心里慌，说我也是没多少机会了。

不一样，你和我不一样！他说，我再也没有机会了，但是你有机会，好好把握！

我说，你舍得吗？

我就这点好，从来不留恋任何女人，所以往往关键时刻毫不犹豫。

你真舍得？

又不会马上死掉。他说。

我办不到。

今晚我陪你去。

不用。

没事，就是想跟你聊聊，以后可就没时间了。

翻山的途中他跟我说他要去玉树了。他再也不想待在这里。

玉树？

我招女婿去了。

这是干吗？我感到很诧异，他突然这样说，好像一去就是永别似的。

我和他不对路，像仇人一样很没意思，与其这样不如远远分开。

我就不明白，这么多年你们兄弟就一点感情没有吗？

有什么感情，一直都是我在家放羊干活他上学。我很早就知道，我只不过是他们家的一个仆人，他把我领养的时候大概就是这么打算的吧。

南什嘉说得让人心酸，让人不由自主地去想象他遭受过的困苦。我实在不知道他对自己现在的家庭到底持有一种什么样的态度，是恨呢，还是无奈？

我觉得他当初领养你大概没有想那么多。

你不知道，你不了解。我的养父啊，别看平日里一副老实样子，主意多着呢。

你这是打算离开，还是要彻底断绝关系？但毕竟，他把你养大……

南什嘉苦笑着摇头。就因为他把我养大，我才为难，要不然你以为我会忍气吞声受这份窝囊气？

远走高飞，也好。我在想，我要是去她家招女婿的话会怎么样……

我回头望了一眼亮堂堂明晃晃的月亮，那清光把我打了个激灵。我把皮袄往紧里拉了拉。我俩的影子就在眼前晃动着，清晰得令人难以置信。我的围巾松了，寒气扑到脸上，直透骨髓。远处灌木林里，一只孤狼在长啸，那悲戚的声音把我的心绪搅成一团绵绵的伤愁。我紧跑几步追上他。

走完长长的下山路，他朝四处看看，挥挥手，转身离去。他远去的身影悲戚如那匹孤狼。我用衣袖擦了擦眼睛，转身走进帐篷。

我没有见到她。但奇怪的是我一点儿也没有惊讶，我一点儿也没有感到意外。我惊讶什么？我又意外什么呢？我早该料到这种结局了。我看到叠得整整齐齐的被子，上面是一封薄薄的却沉重如山的信。打量整个帐篷，一切如旧，只有她的消失留下了巨大的空间。我突然感到这个帐篷里的陌生和冰冷，把最后一丝暖意也吞噬了。我坐在熟悉的小床上，熟练地点上了蜡烛，抚摸着我们共同枕过的枕头。我拿下那封信。在打开信的时候，我双手沉稳，我知道如果一抖，我就会号啕大哭。而我，却不想在一个无情的夜晚，流淌没有用处的眼泪。

看见这封信……也许不用打开这封信，你就明白发生了什么，就已经有了预感。我们现在这样子，这真是讽刺又可笑。也许这就是命中注定，我不会为此去改变什么。请原谅，可能我当初就不应该去搭理你，不应该把你引来，可是，我也有不能控制自己的时候，我对你充满好奇和愧疚，还有一种说不出的感觉。正是这些东西害了我也害了你。让我们无端地受了一次爱的伤害。请不要怀疑我们拥有这一份美丽爱情的真诚。回想我们在一起的每一个夜晚，我们写的那些情书……我一生都不会忘记的……

　　我很快就会结婚了。不是我不在乎我们的感情。我就是想给你留下一个坦白的心。我知道这样做会使你伤心悲痛，但所有的爱情都会有伤心和悲痛的，不是吗？

　　我永远不忘记你。把我好好地放在心里。

　　你的女人，写于冷夜。

　　看完信，我把信揣在怀里走出帐篷。我揣着仿佛还有她的温度她的气息的诀别信踏上归途。

　　我的围巾又被风吹开了，在脖子后面迎风飘扬。天地间只有我一个人。雪，又开始飘下来。

第十一章

　　当我从一种浑浑噩噩的状态中被冻醒的时候，大雪纷纷扬扬，天地一片朦胧。云层低沉沉地压在头顶，强风横扫每一寸雪地，轻盈的雪花有了箭一般的速度和力量。空气冷酷得令人窒息，呼出的每一口气都被毫不留情地封杀在了围巾上，形成一层坚硬的冰布。我的眼睛和额头赤裸裸地见证着这一场恶劣的大风雪。

　　我发现一只老狼威风凛凛地站立在不远处。它饶有兴趣地凝视着我。过了一会儿，它朝周围看看，仿佛在寻找几个同伴，以便一起来分享我这个大餐。可是当发现除了大雪和呼啸的大风之外什么也没有的时候，它无比留恋地望了我一眼，夹着尾巴摇摇摆摆地走了。而我身后的脚印，飞快地消失。自我离开小帐篷，山的那边，山的这边，所有我存在过的痕迹都被抹除了。

　　我悄悄回到营地，异常疲惫地躺进被窝，流了几串眼泪，然后昏昏沉沉地睡去。

　　我被乱哄哄的喧闹声吵醒。我听见麻将声，听见他们在争论着吃什么。有人说吃好一点，反正快要走了。有人反对说不行，大雪封山，这些剩余的东西可能都吃不了几天。大家都七嘴八舌地说着。

　　我拉开被子，见南什嘉也在被窝里。他看着我笑，事情怎么样了？

　　我下意识地摸了摸信，说，我们也结束了。

　　很好，这下你可以重新开始新的生活了。他毫不惊讶地说。

　　我也这么想。我强迫自己这么说。

　　今晚你陪我吧！你说得对，我们要做个了断。

　　我接过一根烟，默默地吸着。

　　下午，确罗说他发现了一个秘密。

　　金嘎这家伙，他在弄这个，你们说有意思不？他的手做了一个手淫的动作，夸张地嚷嚷道，这天气……他就不怕冻掉……哈……他一个劲儿地说着。

　　兀斯说，你这是吃饱了撑的，你管那些干啥？你没干过？

　　确罗理直气壮地说，我当然不会干，我需要就去找女人。我就想要问问他，冷天里的感觉怎么样？

　　谁信你的鬼话，我就不相信你从来没干过。南什嘉说。

　　我就是没有，你们爱信不信。

　　乌兰乐呵呵地说，确罗你做了也不会承认，在前些天你去"约会"的晚上有那么多时间，你做什么了我们也没看见，你的怎么没冻掉呢？

　　确罗说，乌兰，你是不是又想挨打了？

　　乌兰站起来，说，你试试。

　　确罗沉着脸，突然一笑，开个玩笑，玩笑。你们看，金嘎来了。

金嘎一进来，确罗就笑嘻嘻地说，金嘎，你哪去了？

我去哪儿了？金嘎本能地感到不对劲。

对呀，你去了哪里？你不会连自己去了哪里都不知道吧？

我去上厕所了。金嘎结结巴巴地说。

你紧张什么？难道还有什么事？确罗不依不饶地追问。

确罗你想干什么？你什么意思？兀斯第一个阻止，你要是吃多了就滚出去。

就是，确罗你过分了。南什嘉接着说，他去哪里干什么跟你有什么关系？

我和乌兰也指责确罗多管闲事，破坏团结。

确罗成了众矢之的，气得哈哈大笑，态度更强硬了。

你们不让我说，我偏要说，金嘎你说，你干什么去了？你说不说？

金嘎摇着头，茫然地站着。

你不说是吧？好好好，你不说我替你说。确罗激愤地嚷嚷，我刚才看见一个人，在那里……有个人在那里干这个……

确罗夸张地挥动右手，皮笑肉不笑地冷冰冰地盯着金嘎，你说说，你在干什么？

金嘎痛苦地闭上眼睛，眼泪滑下脸颊。

你说啊，确罗没有开玩笑的意思，恶狠狠地说，你那家伙是不是已经被你训练出来，已经很抗冻了？

金嘎大叫一声，你是魔鬼神。他哭嚎着跑出去，一直跑到冰面上去了。

确罗撇着嘴，摇摇晃晃地躺到自己的毯子上。金嘎的表现让他很失望，他继续玩下去的兴致没了。

毡包里一阵沉默。气氛诡异。确罗越来越能搞事了，而且还不愿意改正，他铆足了劲儿找茬儿，谁也拿他没办法。南什嘉是个失职的队长，几乎什么都不管。但也不怪他，他有自己的事情，他连自己都管不好。我们都什么也不是。我突然感到难过，金嘎年轻，我也年轻。乌兰、确罗、南什嘉都年轻，但我们仿佛经过了一百次年轻的时候，仿佛现在厌倦了年轻。

我不明白。首先，我不明白发生这些事的原委，到底哪里错了？然后我不明白为什么时间一长，我们就开始仇视彼此，鼠疫来了不是我们任何一个人的错，可我们不着痕迹地提防别人。是个人就能感觉到那种不正常的交流。

我们竟然都变得凶巴巴的。

一个小时过去了，金嘎还不回来。我磨磨蹭蹭地走过去，和他站在一起。我不敢看他，摸了摸裤兜，掏出烟。在给他点烟的时候打火机几次被风吹灭。我偷偷地瞅了一眼，他已经不哭了，很平静，看不出任何表情。我不知道该怎么劝他，任何劝解都显得无力。

你说，我窝囊吗？风一来，他的话被吹散，像是从遥远的地方飘过来的。

什么？窝囊？这有什么窝囊的？我赶紧说。

其实我一点不窝囊，你相信不相信？他看着我。

我当然相信，这跟窝囊不窝囊没关系。我不由自主地躲避开他灼人的目光。

你也不相信吗？我该怎么办？

我真的相信。我怎么会不相信？我是了解你的。而且这也不是什么大事，你想那么多干吗？

他们都会知道的，所有人都会知道的。我家里人也会知道的……她们也会知道的，谁还会看上我？还有谁会瞧得起我？

金嘎终于崩溃了，蹲在冰上呜呜地哭。

我站着，一句安慰的话都说不出口。

他哭了一会儿停下来，冷冰冰地说，我不会就这么算了的，我会让确罗后悔死这么做。

他的确不像话。我说，说明他吃的亏太少。

他把我当小狗一样。老天怎么不把他劈死？

他就是那么个不长记性的人，不知道分寸的人。我顺着他的话说着。

他会有报应的。

迟早的事。我说。

我想一个人坐一会儿。他说。

我点点头，走开了。

金嘎傍晚回来了，回来后去提水。然后帮兀斯做饭，很正常了。我松口气，这件事这么过去是最好的结局。金嘎对这件事的反应是有些出乎意料，但也情有可原。女人是他的一道深渊一道坎，这谁也看得出来，但这是因为他年轻，我相信很快他自己会解决的，或许若干年后，他会怀念地把这段经历讲给别人听，因为时间会把一切改变掉。

金嘎总有一天会为今天的行为感到好笑，并顺便怀念青春的。

第十二章

我和南什嘉出发了。四野白茫茫一片，一如我们刚来的时候。坚硬如砂的雪粒子还在空中飞荡，时不时地打在脸上。南什嘉沉默而伤感，他再不能克制自己的情绪了。走着走着，我们身后那已然被悲伤晕染的圆月突然光芒大盛。月光清清爽爽地照耀雪原，大地就在那一瞬间燃烧了一样红亮了，夜色也在这一刻动了一动。

我们身后逶迤的脚印，仿佛爱情的符号，断断续续。

我承认，我到现在一直放不下她。南什嘉喃喃自语，我承认我说的都是假的，可我没有其他的机会。

那天夜里有哭哭啼啼的声音锲而不舍地烦扰我，我在梦境与现实之间的地带茫然无措，不知该往何处去，只觉得面向何方，都是一条绝望的路。黎明之际，他来叫醒我，我们走出低矮的木头门，一起远眺黛青色的山峦。天地肃穆，没有因为一对恋人的分手而多出一丝变化。悄然出现在门口默默相送的她和大步流星离去的他都承受着难以释怀的悲伤，我见证了一段五味杂陈的爱情的终结，心里像被割了两刀。

天色刚刚亮起来，昼夜交替，正是一天中最冷的时候，呼出去的气还没消散便成了冰，冻结在围套上、眉毛上。雪地不再反光了，变得灰暗，即将到来的阳光让一切物体都做出了迎接的准备。

迎着第一缕阳光，我和南什嘉几乎同时看见毡包门口的热闹。我们隐隐约约听见哭喊。

他们在干什么？南什嘉停下，变换视线的角度，极力想从迎面而来的强烈光线中看清楚发生了什么。

好像有人在哭。我说，出事了。我有很不好的预感，是那种大难临头的预感。

南什嘉跑起来，一边跑一边说，肯定出事了，要不然他们不会这么早起来。

走近了，确罗呼天抢地的嚎哭清晰了。

再近一些，看见他们站着。乌兰、兀斯，木桩似的站着。在他们前面，是跪倒的确罗。确罗的前面是金嘎。

金嘎盘腿坐着，披一身霜雪。

金嘎一动不动。

金嘎结结实实冻住在雪地上。

不久前他还活蹦乱跳地读诗念字，如今已经从头到脚冻死了，嘴巴、眼睛、手，还有心灵都冻掉了，甚至连灵魂也冻死了。

确罗他把头深深埋进雪里，哭声渐渐变得哽咽，最后只剩抽搐。他跪在金嘎面前，一遍又一遍地把头撞在地上。

我不敢靠近，浑身剧烈颤抖，恐惧。我试图让自己发声，可是我失语了，我只能看着。我觉得这一定是一场噩梦，我还在那间冰冷的小屋里睡着，等着南什嘉来叫醒我。

一只手来到我鼻子底下，南什嘉应该是想抓住我站起来，但没抓住，他的眼神错乱了，比我更不堪。他再次一抓，抓到我手臂上。我把他扶起来。

他冻死了。南什嘉喘着粗气。和我一样，他的目光不敢停留在金嘎身上。他冻死了。他自言自语地说。

他就是这么个人。我终于可以说话了。话一出口，泪水横流。

南什嘉也哭了。

他狠起来比谁都狠，他把狠用到自己身上了。是的，我早该想到他会有行动的，但他往日的懦弱麻痹了我。我忘记了老实人狠起来才是真的狠。他真的报仇了。他把有自己精液的碗放在了确罗的头顶，他让自己结束生命。他报仇了！确罗得到了一个一辈子也无法洗脱的报应。

金嘎，这世上只有你最有尊严。

第十三章

金嘎走了。

我们把他抬上车，南什嘉和乌兰送他回去。

我们剩下的人，躲在被窝里，谁也不说话。炉火灭了，没人点。

我感受着白天和黑夜的轮转，仿佛经历着什么。在这种经历中长了十岁，我从一次死亡长大成人了。我明白了生活就是这样。我身边的一个个人，就是一次次死亡。我明白了如果没有死亡，无论是现实还是精神，我们都将有一个完全不同的人生。我们从死亡的一边出发，走向死亡的另一边。

为什么感受到风吹和雪花？因为我们在死亡之间的人生里。

兀斯沉睡了两天，脸庞浮肿，眼睛充满血丝。他时而发出沉痛的呻吟，时而大声念出长长的、包含情感的经文。

两天后，兀斯起来了，把确罗踹起来，将水桶踢给他。

确罗蓬头垢面地去提水了，这是以前金嘎的活。两天前，南什嘉让确罗出山，他不敢。他的胆子被恐惧和愧疚包裹起来了。他成了一具行尸走肉，但这不是我们愿意看到的。逝者已逝，生者向前。我们原不原谅他无关紧要，他得自己走出来。兀斯是过来人，他知道仇恨是最没有用的，最会害人的，所以他才打确罗。

南什嘉和乌兰回来了，带来了消息。鼠疫终究没能得逞，这片草原保持了原有的平衡。该怎么样还怎么样。兀斯终于可以放心了。

金嘎走后第七天，我们可以回家了。这是一个世纪般漫长的七天。

来的时候满载而来，沉甸甸的，回的时候行简车轻，空荡荡的。

来的时候是六个人，朝气蓬勃；走的时候却成了五个人，死气沉沉。金嘎留在了草原上，他所向往的大世界……

我们绕道去了那卡诺登，登上了敖包山。在敖包跟前，我们跪倒磕头。确罗呜呜嘤嘤地哭泣着，强劲的东风吹散了他的哀声，吹得他像狗一样匍匐着向前爬。南什嘉也哭了，轻轻地、无声地流泪。这是我第一次，也是最后一次看见他流泪。

当我们再次坐上车，朝遥遥在望的家驶去时，我说我们念一首诗吧，金嘎经常念的那首。于是，我们一起大声地、歇斯底里地喊道：

　　　青海长云暗雪山，孤城遥望玉门关……青海长云暗雪山，孤城遥望玉门关……